コンビニ兄弟

—テンダネス門司港こがね村店—

町田そのこ著

新潮社版

11332

目次

コンビニ兄弟

―テンダネス門司港こがね村店―

Sonoko Machida
Mojiko Tenderness Brothers

プロローグ

「やあーん！　あたしの方を見てよお！」

「やだ、わたしよ！」

アイドルのコンサート会場のような悲鳴が巻き起こり、思わずわたしは後ずさった。目の前で、手にしていたペットボトルが滑り落ちたけれど、拾う余裕もなかった。

蝶々《ちょうちょう》みたいに華やかな女性たちがうつくしい花に吸いつこうと舞っている。え、ここ、普通のコンビニじゃなかったの？

周囲を見回す。そうしながら、わたしはどうしてこのコンビニに寄ったのか、無意識に記憶を巻き戻していた。

そもそもは、車の免許を取って、中古の軽自動車を買ったことに始まる。黒のワンボックスタイプで、名前は『ピピエンヌ号』。ピピエンヌ号とは、いつか自分の車を所有したときには絶対につけるのだと決めていた、とっておきの名前だ。車につける名前を用意していたというエピソードで分かってもらえるだろうが、わたしは『自分の車』というものにすごく憧《あこが》れを持っていて、自分の運転する車でドライブするのが長年の夢だった。

車を買って初めての連休——ゴールデンウィークの真ん中のある日、とても気持ちのいい快晴に、わたしはその夢を叶《かな》えるべく、意気揚々と家を出たのだ。

初めてのドライブは、ひとりきりでと決めていた。お気に入りの音楽をかけて、自由気ままに、誰に遠慮することもなく好きなところへ行く。熊本《くまもと》の家を出たわたしは、とりあえず高速に乗って福岡を目指すことにした。

博多《はかた》で買い物をして、太宰府《だざいふ》天満宮に寄って帰ろうかな。焼き立ての梅《うめ》ヶ枝《え》餅《もち》が食べたいかも。気持ちよくハンドルを握っていたわたしだったけれど、途中休憩で寄った基《き》山《やま》パーキングエリアで激怒した。出かける前に友人にメールを送っていて、その返事が届いていたのだ。

『どうせ博多に行ってるんでしょ？　九州人って何かあると絶対博多を目指すんだよね。ウケる』

今日はドライブを楽しんできまーす！　としか書いていなかったのだけれど、明らかにバカにされている。自分のスマホじゃなければ地面に叩《たた》きつけて割っていたところだった。

「自分が仮免から進んでないからって、僻《ひが》んでんじゃねえぇー」

呪詛《じゅそ》を吐きながら返信を打とうとして、やめる。博多に向かっていたのは事実で、となればもうどうしても博多には行けない。もっとバカにされてしまうだけだ。くそ、あいつに浮かれたメールなんてしなければよかった。

目的地を変えざるをえず、わたしはスマホの地図を眺めながらうんうん唸《うな》る。さてどこに行こうと頭を悩ませながら地図を探っていると、指先がひとつの地名に触れた。

「門司《もじ》港……」

聞き覚えのある地名だ。そこそこ名の知れた観光地だったと思うけど、行ったことはない。レトロ地区とか呼ばれているところがあって、街並みが綺麗《きれい》、なんだっけ？　少しだけ考えて、わたしはそこを新たな目的地にすることにした。こういうときは、フィーリングが大事なのだ。

それから二時間後、無事に門司港に着いたわたしは自分のフィーリングをひとり褒《ほ》め称《たた》えていた。キラキラした海に、レトロでかわいらしい建物たち。人力車が行き交い、賑《にぎ》やかしい声がすると足を向けたらバナナのたたき売りのおじさんが声を張っていた。太陽の光を受けて、黄色いバナナが眩《まぶ》しく光っている。

「最高じゃん、ここ」

いつか彼氏ができたら、一緒に歩きたい。彼氏ができなかったら、仮免中の友人でもいいから、一緒に来よう。どこに足を向けても楽しくて、わたしはひたすらに歩き回って街を散策した。

五月もまだはじめだというのに、夏の気配がするほど天気がいい一日だった。夕食として名物料理だという焼きカレーを食べたわたしは、お茶でも買おうと目についたコンビニに入った。

慣れない土地に行くたびに思うけれど、コンビニって不思議な場所だ。どこの街であろうと、この中に入るだけでどこか親しみのわく懐《なつ》かしい空間に変わる。同じような店内で、同じような商品が並んでいるからだろうけど、安心感のようなものを覚えてしまう。

高揚していた気持ちが少しだけ落ち着いたわたしは、ドリンク棚の中から好きなメーカーの緑茶のペットボトルをとった。それからレジに向かったのだが、そこにはわたしが普段コンビニで目にしないような光景が広がっていた。

これから合コンでもあるのかなと思うくらい綺麗に着飾ったお姉さんたちがレジカウンターに群がっている。レジカウンターの中にはひとりの男性がいて、彼に熱狂しているようだ。男性は多分、店員だと思う。パステルピンクとライトブラウンが基調の制服をちゃんと着ているから間違いないはずだ。でも、その男性はコンビニ店員とは思えないくらいイケメンで、『色気』と呼ぶべきものをぷんぷん匂《にお》わせていた。これ、映画か何かの撮影だろうか。北九州市ってロケ地で有名らしいし。何度も周りを見るけれど、撮影班らしき姿はない。

男性店員がふんわりと微笑《ほほえ》む。

「いつもありがとうございます。あ、今日は何だか印象が違いますね」

「えー！　店長、私のことちゃんと見てくれてるのね……。あのね、リップを変えたの」

「ああ、なるほど。普段より可愛《かわい》らしい雰囲気になっているのは、その桜色の唇のせいですね」

「店長、あたしも見て！　あたしだって今日はネイル変えてきたのよ。ほらほら、ね？」

「ああ、由宇子《ゆうこ》さん。ほんとだ、ゼリービーンズみたいで、食べてしまいそうに可愛い」

彼が甘く微笑んだ。その瞬間、耳を塞《ふさ》ぎたくなるような絶叫が店内に響き渡った。ここ、アイドルのコンサート会場なの……？　わたしはどうして、どこに、紛れ込んでしまったの……？

三回ほど、自分のこれまでの行動を思い返しただろうか。どうしても普通のコンビニに入った記憶しかなくて、これはもう記憶が改竄《かいざん》された可能性があると思い始めたころだった。

「あ、お客様、こちらのレジどうぞー」

気の抜けた声がして、はっと我に返った。宇宙人のアブダクトが終わってしまったのか。足元に転がったままだったペットボトルを拾い上げ、見ればもうひとつのレジにいた男性がわたしを見ていた。彼が、声をかけてきたのだろうか。わたしと年が変わらなそうだから、多分、大学生バイト。失礼だけど、顔は普通。ドラマで言うところのモブって感じだ。あれ、わたしは変な白昼夢でも見ていたのか。

どこか夢うつつな感じで大学生バイト――名札に廣瀬《ひろせ》とあった――のところにいき、会計をしてもらう。その間も隣のレジでは華やかで濃密な会話が現実に続いていて、どうしても気になったわたしは無表情でレジを打つ廣瀬くんに「あの、あれって撮影か何かですか」と小声で訊《き》いた。その途端、廣瀬くんがふっと笑った。何かを諦《あきら》めたような、どこか達観した顔つきだった。

「いいえ。撮影でもなんでもなくて、あれは当店の日常の光景です」

「え、日常……？」

廣瀬くんは小さく頷いて、わたしの手におつりを乗せた。わたしはテープを張ってもらったペットボトルを手に、もう一度隣の光景を見る。仲が良いと思われた女性たちが、険悪な雰囲気になっていた。ネイルが可愛いと言われた女性が、店長の口元に「食べてほしいな」と指先を持っていったのが図々《ずうずう》しいと誰かが声を尖《とが》らせたのだ。

「ああ、喧嘩《けんか》しないで。ぼくは、みなさんの笑顔が見たいんです」

男性が困ったように言い、女性たちは笑顔を作ろうとする。相手より余裕を持って微笑もうとすればするほど、引き攣《つ》る顔。これは間違いなく、大学内でも時折見かける女同士の意地の張り合いだ。しかしこれも、日常の光景なの？　問うように廣瀬くんを見れば、黙って頷《うなず》いた。まじすか。

もう少しここで観客として見ていたい気もするけれど、しかしそろそろ熊本に向かわなければ帰宅が真夜中になってしまう。後ろ髪を引かれる思いで廣瀬くんのいるレジカウンターを離れ、出入り口の自動ドアに向かう。

「ありがとうございました」

外に出たところで、背中に廣瀬くんのものではない声がかかって振り向く。あの男性店員が、わたしの方を見て微笑んでいた。背中の奥、皮膚と肉の内側に守られた神経を直接撫《な》でてくるような視線にぞくりとした。またもやペットボトルを取り落とし、転がしてしまう。駐車場の真ん中まで転がっていったそれを慌《あわ》てて拾う。それから彼を見たら、まだわたしの方を見ていた。少し肉厚な唇が優しい弧を描いていて心臓が大きく跳ね上がる。

「いってらっしゃいませ」

静かな、でも確かな声が離れたわたしの元まで届いたその時、わたしたちを分かつように自動ドアが閉まった。

駐車場の真ん中で、わたしは立ち尽くした。店内に戻るべきではないのか。今感じたものの正体を見極めなければいけないのではないのか。でも、入ってしまえばわたしは底なし沼に落ちてしまうような気がする。どうしたら、いいんだろう。

自動ドアが開いて、はっとする。もしかして、彼がわたしを追いかけてきたのではないだろうか。

「ほらほら、喧嘩するなら帰りなさい」

出てきたのは、筋肉マッチョなダルマみたいなおじいさんと、さっきの女性たちだった。おじいさんは白いタンクトップに真っ赤なオーバーオールという奇妙ないでたちで、異様な迫力がある。

「買うもの買ったら、帰りましょう。ね！」

大きな声でおじいさんは言い、そしてにたりと笑った。人ひとりくらい食べてしまいそうな凄《すご》みがあって、女性たちが悲鳴を上げてちりぢりに逃げていく。それをげへへと笑いながら見送ったおじいさんと目が合った。おや？　と片眉《かたまゆ》を上げたおじいさんは、わたしも彼女たちの仲間だと思ったらしい。「帰ろうね！」とひときわ大きな声を上げた。

「か、帰ります！」

一体、このコンビニは何なんだ。イケメン店員でおびき寄せておいて、あんな妖怪《ようかい》みたいなおじいさんに追いやられるって、もう意味が分からない。ピピエンヌ号を停《と》めている駐車場まで全力で走る。そうしながら、今度はここにいつ来ようと考えている自分に気付いた。

『いってらっしゃいませ』

あの笑顔にもう一度会いたい。あの笑顔の本質を知りたい。

これって恋かも。でもあのおじいさんに会うのはやだなあ……。いや、でもこれが恋なのか確認するべきでしょ。

門司港を猛然とダッシュしながら、わたしは降ってわいた恋心について、悩むのだった。

第一話

あなたの、わたしのコンビニ

中尾《なかお》光莉《みつり》は、充実した日々を送っている。学生結婚をして十七年目を迎える夫と、高校一年生になる息子の三人家族。息子が絶賛反抗期なのが少し気がかりだけれど、他に問題はひとつもなく、夫とも、隣県に住む義理の両親とも仲が良い。自分の両親はもちろん健在。十一年前に買った3LDKの一軒家は狭いながらも住み心地がよく、ローンの返済も順調だ。自分の小遣い稼ぎのために始めたコンビニ店員のパートも、うまくいっている。うまくいっているどころか、最高の職場だ。給与以上の素晴らしいものが得られる。

とにかく、中尾光莉は充実している。

「あ、来月からラインナップが変わるんすね」

バイトの野宮《のみや》が、発注作業をしている光莉の手元のタブレットを覗《のぞ》きこんで言った。

「冷やし中華に、ざるそば。そっか、夏商品っすね」

「もうすぐ七月だからねえ。早いよね」

「オレ、テンダネスの冷やし中華がコンビニ界最強だと思ってるんすよ。バランスがめちゃくちゃいいんす。でも、量が上品すぎるんで二個は必須ですけど」

野宮は、九州共立大学の一年生だ。大学入学と同時にテンダネスでバイトを始めた。元レスリング部だという野宮の体は筋肉が膨れ上がっていて、大きめの制服を支給されているにも拘《かか》わらず、胸と肩の部分が破裂しそうになっている。高校時代は大会で何度も優勝したらしい。

九州共立大学のレスリング部は強豪だが、どうしてそこに入学しておいてレスリングを辞めたのか、本人は言わない。光莉もまた、わざわざ詮索《せんさく》する気はなかった。

「野宮くんなら、夏野菜焼肉丼《どん》一択かと思った」

夏メニューの中でも、毎年若い男性に大人気の品だ。炭火で焼かれた牛肉と、色とりどりの夏野菜が目にも美味《おい》しい。通常の弁当よりもご飯の量も多く、満足度が高い。

「いや、それは別格っすよ。ああ、そうだ。テンダネスって飯も旨《うま》いっすよね。白飯」

「そりゃ、こだわってるからね。お弁当にスイーツ、食べ物は特に」

手元の画面の数字を迷いなくタッチしながら、光莉は答える。光莉がテンダネス門司《もじ》港こがね村店で働きだしてから、もう四年。どの商品がどれだけ売れるか、感覚で分かるようになっていた。

テンダネスは、九州だけで展開するコンビニチェーンだ。『ひとにやさしい、あなたにやさしい』をモットーとし、その人気は他のコンビニチェーンに劣らない。そして、北九州市門司区大坂町通りの中ほど、こがね村ビルの一階にテンダネス門司港こがね村店はある。レトロ建築で有名な門司港駅や旧門司三井倶楽部《クラブ》からは少し離れた位置の、静かな場所だ。お客も、観光客より地元民の方が多い。

店内に、やさしいオルゴールのメロディが流れた。自動ドアが開閉する——来客の合図だ。ふたりが同時に顔を向けると、白いタンクトップに真っ赤なオーバーオールを着た老人が入って来るところだった。梅雨明け宣言までもう少しかかるはずだが、老人の格好は既に真夏である。顔の半分を覆《おお》った髭《ひげ》と禿頭《はげあたま》に、鋭い眼光。タンクトップから飛び出た腕は筋肉が盛り上がっている。背も高く、ぎろりと店内を見回す様子は威圧感がある。しかし老人は光莉たちふたりの視線に気付くと頭をつるりと撫《な》でて、相好《そうごう》を崩した。

「ハローハロー。いつも可愛《かわい》いねえ、光莉ちゃん」

「こんにちは、正平《しょうへい》さん。今日は、町の様子はどう？」

「ううーん。中国からツアーのお客さんが多いみたいだねえ。駅前を観光して、そのあとは関門連絡船で唐戸に向かうんだってさ」

梅田《うめだ》正平は、町の有名人だ。真っ赤な大人用三輪車の荷台に手作りの門司港観光マップを積み、町中を走っている。恐ろしいほどの強面《こわもて》なのに、一風変わった格好と意外なほど気さくな性格から、この辺りの子どもたちからは『赤じい』と呼ばれて親しまれている。

「わしのことを、俳優か？　だなんて訊《き》いてきてな。まあ、岡田眞澄《ますみ》と勘違いされたことは多々あるからな。そう思われても、仕方ない」

正平は自慢げに言うが、光莉はどちらかというと達磨和尚《だるまおしょう》だよなあと思う。生まれ変わりだと言われても納得するほど、似ている。

「写真撮らせてくれってそりゃもう大人気で、観光マップもすっからかんさ。家に帰って、印刷せにゃならん」

げへへと悪役のように――本人は普通にしているだけなのだが――笑って、正平は「というわけで今日のパトロールはこれで終わりだ、すまん」と申し訳なさそうに言った。正平は自称門司港の観光大使で、そして地域の治安を守る自称頼れる用心棒なのだ。観光マップを配る傍らで、何度も店に立ち寄っては休憩している。

「こっちは気にしないでいいですよ、正平さん。今日は、店長お休みだし」

光莉が笑って言うと、「お、そうか」と正平は顔を明るくする。

「あいつがいないなら、この店も平和だな」

「そうそう、大丈夫です」

「なら、安心して帰る。じゃあ、またな」

正平は満足したように頷《うなず》いて、赤い三輪車に乗って帰っていった。

「元気っすよねえ、正平さん」

しみじみと野宮が言い、光莉は頷く。どんな天気であっても一日たりとも休むことなく三輪車に乗っているせいか、正平は潑剌《はつらつ》としている。噂《うわさ》では八十を優に超しているらしいが、肌は艶々《つやつや》だし、三輪車を漕《こ》ぐ脚も力強く筋肉は一切衰えを感じさせない。私もああいう逞《たくま》しい老人になりたいものだといつも思う。

またもやメロディが流れ、顔を向けると今度は杖《つえ》を突いた細身の老人が入ってきた。タオルでこめかみの汗を拭《ぬぐ》った老人は光莉と野宮を見て「おう」とぶっきらぼうに言った。

「こんにちは！　浦田《うらた》さん、今日はいつもより暑いっすね！」

野宮が大きな声で言うと、浦田は顔を顰《しか》める。近所でひとり暮らしをしている浦田は、正平とは違って気難しい性格をしている。そして明るくてはきはきしている野宮の言動が気に障《さわ》るのか、いちいちに文句をつける。

「そうでかい声を出さんでも、聞こえとる。そんなに体力が有り余ってるなら、金稼ぎなぞせんと運動せんか」

杖先を野宮に向けての口調は厳しい。

「ほら、メシを食いに来たぞ。用意してくれ」

野宮は一瞬だけむっとしたように唇を尖《とが》らせたが、すぐに笑みを作った。

「はい。昼ごはん、すぐ用意しますね！」

野宮がすぐに弁当を取りにバックヤードの冷蔵庫に走り、その間に光莉は「隣で待っててください」と浦田に声をかけた。浦田は返事もせず、ドアで繋《つな》がった隣室のイートインスペースへ歩いていった。

レジカウンター内は、さほど広くない。弁当とお茶のペットボトルを持って戻ってきた野宮は大きな体軀《たいく》をくるくると動かして弁当を温め、チェックシートに記入を済ませてから、隣室で待つ浦田の元へ向かった。

「さて、これから忙しくなるな」

時計を見上げて、光莉は小さく呟《つぶや》く。浦田は毎日一番乗りで、彼が食べ終わるころにぞくぞくと老人たちがやって来るのだ。

テンダネス門司港こがね村店では、『イエローフラッグランチ』というサービスを提供している。毎日テンダネスの特別日替わり弁当が食べられる定額制のもので、これが年配客を中心に好評を博している。日替わりなので飽きがこないことはもちろんなのだが、一番の大きな売りは『その日の体調を伝えられる』ことにある。

こがね村ビルの三階から最上階の八階までは、高齢者専用のマンションになっている。もとは、その住人向けのサービスだった。毎日の昼食作りの手間がなくなるし、テンダネスの横にある住民専用の談話室――いまはイートインスペースとして開放されている――で食事をすれば他の住民ともコミュニケーションが取れる。そして、弁当を受け取りに来ないことで万が一の事態を早急に察知することができる。そんな風にアピールしたのだった。じわじわと利用者が増え、いまでは浦田のように、マンション以外の近隣の方も利用してくれている。

「戻りました」

野宮が明るくない顔で戻って来た。浦田に何か言われたのだというのは想像に難くない。どうしたの、と光莉が訊く前に、「オレ、うざいっすか」とぼそりと言う。

「さっさと置いて行け。無駄な筋肉男が傍にいるとメシが不味《まず》くなるって怒鳴られて」

野宮は大きな体軀に反比例して、繊細で気弱な性格をしている。客の些細《ささい》なひと言にもいちいち傷ついては、悩んでしまう。もう少し気楽に構えるといいよ、と光莉がアドバイスしても、うまく聞き入れられないようだ。

「浦田さんは、誰にでも当たりがきついんだよ。だから、あんまり気にしないで」

「あんな言い方されて、それは難しいっすよ。だいたい、年寄りだからって、あんなに偉そうにしなくってもいいじゃないすか」

野宮がこぶしを握ると、上腕二頭筋がぐっと膨れた。

「こういう言い方好きじゃないっすけど、ああいうのを老が……」

「はいはい、ストップ」

野宮の言葉を止める。いまは幸い店内に客の姿はないけれど、安易に不満を口にする癖がついてはいけない。野宮は不服そうな顔をしたが、しかし口を閉じた。少しして、「すみません」と頭を下げる。

「言い過ぎました」

「気持ちはわかるけどね、でも、そういう言葉は飲み込んでようね」

にこりと笑うと、野宮がぎこちなく笑い返してきた。野宮のいいところは素直さだろう。

メロディが鳴り、派手な格好をした青年が入ってきた。それは徒歩五分のところにあるヘアサロンのスタッフだった。エナジードリンク二本とレタスサンドを手に取る。

青年が野宮の立っているカウンターに商品を置く。その手は遠目に見ても、痛々しくあかぎれていた。四月に入店したばかりの見習いのはずだから、いまの時期はひたすらシャンプーに取り組んでいるのだろうと光莉は思う。

「あと、唐揚げボックスひとつください」

「はい、唐揚げボックスですね」

野宮がてきぱきとレジを打つ。その隣で唐揚げボックスをフライヤー商品の棚から取り出しながら、光莉は思う。

ああー、唐揚げ、一個おまけしてあげたい！

年を取ったのか、若い子が頑張っている姿を見るとつい手を差し伸べたくなってしまうようになった。特にこの青年は顔立ちが綺麗《きれい》で、美容師のタマゴにありがちな、派手な髪色がとにかく似合う。光莉がいま嵌《はま》っている漫画の登場人物に少しだけ似ているのも、またいい。一個と言わず二個くらいサービスしたいところだ。

会計を済ませて店を出て行く薄い背中を見送っていたら、青年がぴたりと足を止めた。

「ああ、志波《しば》さぁん！」

イートインスペースの側から入ってきた男を認めて、青年がはしゃいだ声を上げる。入って来たのは、私服姿の志波三彦《みつひこ》——この店の店長だった。

背が高く、モデルのようにすらりとした体軀。そのスタイルのせいか、白シャツとチノパン、サンダルというありがちな格好なのに、どこかお洒落《しゃれ》に見える。捲《まく》られた袖《そで》から見える引き締まった腕がほどよく日に焼けている。年は光莉より九つ下の、三十歳。

「あれ、アユムくん。休憩かな？」

「はい！　そうです！」

嬉《うれ》しそうに駆け寄る青年——アユム。それにやわらかく微笑みかける志波を眺めて、光莉は「まさかの展開」と小さく呟いた。

「志波さん、そろそろお店に来て下さいよ。あれから僕、シャンプー褒められるようになったのに全然来てくれないんだから」

「ああ、なかなか行けなくてごめんね。でも、アユムくんが頑張ってたのは、この手を見たら分かるよ」

志波がアユムの手を取った。あかぎれをやさしく指先で辿《たど》ると、アユムの頬がぽっと赤く染まった。

「もうすっかり美容師の手だね。近々行くよ」

「はい。僕、楽しみにしてます。ずっと、待ってます」

熱っぽい目で、アユムが志波を見つめる。志波はその視線を当たり前のように受け止めて、「午後もお仕事頑張って」と白い歯を零《こぼ》して笑った。それに何度も頷いて返したアユムは、志波に触れられた手を大事そうに掲げたまま、店を出て行った。

一連の流れをじっと見守っていた光莉は、何とも言えないため息を吐《つ》いた。あの青年はいつの間に、『フェロ店長』に心を奪われていたのだろう。気付かなかった。

光莉は志波のことを、フェロ店長と呼んでいる。もちろん、フェロモン店長の略だ。志波は、フェロモンを泉の如《ごと》く垂れ流している。体を流れる血か魂の素材か、とにかく何かが常人のそれとかけ離れているのだろう。そのせいで、フェロモンを半永久的に垂れ流す源泉のような器官ができているに違いないと、光莉は思っている。

志波は、完璧《かんぺき》に整った顔ではない。左右で大きさの違う二重の瞳《ひとみ》や肉感的すぎる唇がアンバランスに配置されている。その絶妙な違和感と、女形の舞のようにやわらかに変化する表情が、薄気味悪いほどの色気を醸《かも》し出している。そして彼はいつも、花の蜜《みつ》のような匂《にお》いを纏《まと》っており、声もまた妙に甘く鼓膜を揺らす。浪越徳治郎ではないが、押せばフェロモンの泉湧《わ》くような男なのだ。

四年前、パートの面接のために事務室で志波と向かい合った光莉は、店を間違えたのだろうかと不安になった。目の前の男がコンビニエンスストアの店長だとは、どうしても思えなかったのだ。しかし話せば普通だし、業務内容におかしなところはない。脳に入って来る情報の整理がうまくいかなくて混乱したのを、よく覚えている。

結果、志波はごく普通の雇われ店長で、それ以上でもそれ以下でもなかった。あまりの色香にオーナーとわりない仲なのかとも勘ぐったけれど、このコンビニを含んだこがね村ビルのオーナーは七十を過ぎた愛妻家の男性であるので、その線はないだろう。志波もまた、ただのチャラチャラした男かと思えば、真面目《まじめ》に仕事をこなしている。どころか、過剰と言ってもいいほどに働くのだった。

光莉は志波に、どうしてコンビニの雇われ店長なんてしているんですか、と訊いたことがある。志波ならばもっと他にも——人心を鷲摑《わしづか》みにすることで利益を得るような仕事があると思う。コンビニが悪いとは言わないが、しかし才能ともいうべきフェロモンの無駄遣いであるといえるだろう。しかし志波は意味ありげに笑い、「コンビニが好きなんだよ」と言う。絶対に、適当に受け流しているだけだ。きっと何か理由があるに違いないと睨《にら》んでいるが、まだ分からないでいる。

「お疲れさま。野宮くん、中尾さん」

アユムを見送った志波がゆっくりと振り返って微笑む。しかし、アユムと違って光莉と野宮の表情は変わらない。お疲れ様です、と普通に返した。この店で働くための絶対条件は、志波のフェロモンを『臭い』と言い切れることだ。

「店長、お休みなのに降りて来たんですか？」

光莉が訊く。志波は、オーナーの好意で四階の一室に部屋を借りている。職場が真下というのは通勤にはいいけれど、近すぎて嫌になりそうだなと光莉はいつも思う。

「そろそろランチタイムでしょ。みんなと混じろうかと思って」

志波が隣を指差す。え！　と声を上げた野宮が、「店長、プライベートがないじゃないすか」と呆《あき》れたように言った。

「普段もしょっちゅう行ってるのに、なにも休みまで」

「イエローフラッグランチは、いまのところうちしか導入していないサービスだからさ。気になるんだよね」

「ええっと、誰でしたっけ。確か、ご意見番のイタコ？　サセボ？　の発案なんすよね」

「ニセコ。ニセコだよ」

イエローフラッグランチの発案は、テンダネスの創業者である堀之内《ほりのうち》会長が『御意見箱』として開設している私書箱に届いた、一通の封書からだった。

お客様の声を直接承ります、という触れ込みで、事実、届いた手紙は会長が全《すべ》て目を通す。その中で常連とも呼ばれているのが『ニセコ』だった。毎回、とても細かな部分まで丁寧に意見がつづられているという。福岡県の○○店は男子校が近いので、スポーツ飲料や大盛弁当の仕入れをもっと増やしたほうがいいとか、佐賀県の△△店はおもちゃや駄菓子の扱いが多いので、近隣の小学生たちが喜んでいるとか。何の仕事に就いているのか各地に赴くらしく、その範囲はまさに九州全土に及んだ。そのニセコが『黄色い旗運動』という取組みをご存知ですかと手紙を書いてきたのだった。

『黄色い旗運動』とは、外から確認しやすい軒先やベランダなどに毎日朝から夕方まで黄色い旗を掲げ、独り暮らしの住人が元気であることを周辺住民に知らせるというものだ。もし掲げられていない、仕舞われていないという場合は、気付いたひとが家を訪問して安否を確認する。

『もちろん旗を掲げることもいいのですが、独居老人の住まう家だと悪意のあるひとに知られてしまうリスクもあります。弁当を日々受取りに来る、などとすればそのリスクは減りますし、人づきあいを深められるメリットもあるように思います』

会長はこの意見をいたく気に入り、その実証実験をする店舗として白羽の矢が立ったのが、門司港こがね村店だった。会長の指示を受けた志波はすぐにマンション内全戸を回り、本部から示された最低契約数を優に超した数を取って来て企画を始めた。契約数は伸びるばかりで、大きな問題もない。年末には他店舗でも導入されることになっている。

ここまで軌道に乗せたのだからお役御免だと光莉は思うのだが、志波は暇さえあれば老人たちに混じって話相手を務めている。

「そのニセコってやつがご意見番とか呼ばれて会長にちやほやされてるのってムカつきませんか。店長の方がよっぽど頑張ってんのに」

野宮が腹立たしそうに言うが、志波はにこにこと笑う。

「そんなことないよ。それに、婦人会のみんながぼくと一緒に食べるのを楽しみにしてくれているから、無下にしたくないだけだよ」

志波の人気は、絶大だ。出勤するとしないとでは、売り上げが違うほどだ。それだけならいいのだけれどデメリットもあり、例えば志波目当てに来る客同士での諍《いさか》いが多々発生する。月に一度は、店長に色目を使っただの、店長をレジに引き留めすぎだの、くだらないことでキャットファイトが起きる。

それを止めるのがさきほどの正平と、こがね村ビル婦人会——別称『志波三彦ファンクラブ』の面々なのだ。喧嘩《けんか》が始まると強面の正平が「止《や》めなさいよ」と間に入り、子育て孫育ても一段落した百戦錬磨の婦人たちが「そういうのは彼に嫌われるだけよ」と窘《たしな》める。正平も彼女たちもこの店をやっていく上で欠かせない存在で、だから志波は婦人会のメンバーをとても大切にしている。

そこにタイミングよく、「みっちゃーん」という華やいだ声と共に、イートインスペース側からファンクラブのメンバーが数名、なだれ込むように入ってきた。イートインスペースの奥には上階へ繋がる出入口があり、こがね村ビルの住民はそこから出入りするのだ。

「もう来てたのね、探したのよ。わたし、一緒にお昼を食べるの楽しみにしてたの」

「わたしね、いなりずしを作って来たの。みっちゃんは、お弁当買わなくっていいわよ」

「あら、私だってお惣菜《そうざい》作ったわよ、みっちゃんの好きな鰯《いわし》のぬか炊《だ》きに、エビフライ」

志波を取り囲む女性たちはみな、少女のように頬を染めている。そのひとりひとりに笑みを返し、志波は「隣に行きましょうか。ここだと、他のお客さまの迷惑になりますし」と言う。女性たちは「はぁい」と可愛らしく答えた。

「中尾さん、彼女たちのお弁当をお願いしていいかな」

「ええ、もちろん」

光莉はざっと女性たちの顔を確認して、チェックシートを手に取った。チェックを入れながら、隣室に移動する婦人たちの声に耳を傾ける。そろそろ、土用の鰻《うなぎ》の予約が始まるんじゃなあい？　うちはふたつ、注文するわね。あらあら、じゃあ私は五つにしましょ。娘夫婦にも配るとするわ。あっら木本さんそんなに頼んで大丈夫なの？　あ、うちはうな重八人前ね。みっちゃん、一緒に食べましょうよ。

「さすが、フェロ店長」

この調子なら、今回も売り上げは上々そうだ。くふふ、と笑うと入店のメロディが鳴る。目だけ向けると、のそりと一人の男が入ってきた。

あ、なんでも野郎。光莉は心の中で思う。男は、この店の常連のひとりだ。伸び放題の髪に、正平のように顔の下半分を覆い尽くす髭。一張羅と思われる、ライトグリーンのツナギの背には、白抜きで『なんでも野郎』の文字。駐車場には、彼の愛車の白の軽トラック。荷台のアオリ部分は『不用品回収・お困りごとはなんでも野郎にお任せ！』と書かれている。荷台には古い冷蔵庫や腕の曲がったマネキンがしょっちゅう積まれていたりするので、廃品回収業者なのだろう。お困りごと、というのは不明だ。

男はいつも、店内の滞在時間が長い。ブックコーナーからドリンク棚、日用品の棚、とにかく店内全てを見て回る。最初こそ警戒したけれど、そういうのが好きなようだ。

「また来た。なんすかね、あの客」

そっと近づいてきた野宮が声を潜めて言う。男を窺《うかが》う目は警戒するように鋭い。

「正平さんも詳しくは知らないって言うし、どうにも胡散臭《うさんくさ》いすよね」

「へえ、それはすごい」

独特の観光マップを作り、門司港の最新情報を求めていつも走り回っている正平は、わしこそが門司港の情報屋だと豪語する。事実、正平に訊けば大抵のことは分かる。その正平が白旗を上げたというのか。

光莉がこの店に入店したときから、男は通って来ていた。これまでに何度か話しかける機会があったのだが、男は「ああ」「はい」「まあ」、と二文字以上の返答をしてくれなかった。もう辞めてしまった先輩パートは「極度の人見知り」ではないのかと推察していたが、そんなことでは廃品回収業などできないだろう。光莉は、どこか距離を置かれていると感じている。必要以上に懐《ふところ》に入ってきて欲しくない、そんな雰囲気があるのだ。

「あと、これけっこうヤバいことかもしれないんですけど」

野宮が一段と声を小さくして言う。

「実はオレ、門司のジョイフルであいつが店長とふたりきりで会ってるところを見かけたんですよ」

「まじで！」

思わず大きな声が出て、慌《あわ》てて口を押える。まさかなんでも野郎まで、志波の毒牙《どくが》にかかっているというのか。でもファミレスで逢引《あいびき》きなんてするかな、いや店長ならするかもな。チーズハンバーグの食べさせっこしてる姿とか、想像できなさそうでできちゃうんだよな……。

「なんか小包？　みたいなものを店長が受け取ってました。あいつ、店長に貢《みつ》いでるんすかね」

光莉の口から「ほええ」と意味のない声が漏れる。アユムの件といい、今日は驚きが多すぎる。ぽかんとしてしまっていた光莉だったが、はっと我に返った。

「いかんいかん。とりあえず、バックヤードに行って来るね。ここはよろしく」

光莉が人数分の弁当を抱えてイートインスペースに向かう途中に視線をやれば、男はカゴを片手に楽しそうに棚を眺めていて、戻ったときもまだいた。カゴの中にはウインナー盛り合わせと大盛りペペロンチーノが入っているのが見えた。男はトッピング好きで、いつも幾つかの惣菜を組み合わせたような買い方をする。そして最近はペペロンチーノがお気に入りのようだ。ペペロンチーノは光莉の息子――恒星《こうせい》の好物でもあって、今日の夕飯はペペロンチーノにしようかなと考えたところでふと、光莉は思い出すことがあった。

あ、これは、声をかけるチャンスかもしれない。でも、訊いていいものかしら。少しだけ考えて、しかし思いついたときには光莉の心は決まっていた。

「あの」

ドリンク棚の前で飲み物を眺めている男に声をかけると、男がゆっくりと振り返った。長い前髪の下の目が光莉を捉える。一瞬どきりとした光莉は、そういえばまともに向き合ったのはこれが初めてかもしれない、と思った。

毛で覆われているせいで分からなかったが、存外若い。志波と同い年くらいではないだろうか。そして、意志の強そうな黒い目に、何か引っかかるものを感じた。「何？」と男が静かに訊いてくる。

「あの、廃品回収業をやられている、んですよね？　壊れた自転車なんかは、引き取ってもらえるのかなと思って」

先日、恒星が自転車を壊して帰って来たのだ。どんな乱暴な扱いをしたのかフレームが大きくひしゃげていて、修理もできそうになかった。捨てなくてはいけないと思うものの、裏庭に置いたままになっている。

「できるけど、どこにあります？」

二文字以上を引き出した！　そのことに少しの達成感を覚えつつ、光莉は「家なんですけど」と答えた。

「家、どこです？」

「ここから徒歩で十分くらいのところです」

住所を言うと、男は頷いて、「今度、そこ回る」と言う。

「他にも捨てたいものがあったら、一緒に持って帰る。自転車は無料だけど、場合によってはリサイクル料が発生するものがあるから、その点だけ気を付けて」

「あ、はい」

男の声音や口調がやさしいことに、光莉は内心ものすごく驚いていた。いくら仕事とはいえ、つっけんどんだったり、無愛想だったりするのではないかと想像していたのだ。

「えーと、あ、あったあった」

男がツナギのポケットを探り、紙を取り出す。はいこれ、と手渡されたのは名刺で、背中と同じレタリングで『なんでも野郎』と書かれていた。小さく、携帯電話の番号も記載されている。

「何かあったら、ここに連絡してください」

「不用品回収・お困りごと……。あの、お困りごとってなんですか？」

ずっと気になっていた質問だった。名刺から男に視線を移すと、「困ってることをなんでもやる」と返って来る。

「年寄りの家とかに行くと、雑用を頼まれることが多いんだ。家具の移動とか、買い物とか。だから、いっそ書いておこうと思って」

なるほど、と光莉は思う。

「あ。これ、名前が書かれてない……」

名刺に名前がないことに気付いて呟くと、「名刺を発注するときに、入れ忘れてしまって」と男は少しだけ恥ずかしそうに頬《ほお》を掻《か》いた。

「ツギ」

「はい？」

「ツギって呼んでくれたらいいから」

ツギ。津木、都城、そんな漢字だろうか。訊こうとしたところで、客が立て続けに入店してきた。

「あ、行かなきゃ。すみません、じゃあ今度、お願いしますね」

ツギともう少し話をしてみたかった。後ろ髪を引かれるような思いで、光莉は仕事に戻ったのだった。


夫がベッドに入る二十二時から、光莉のゴールデンタイムが始まる。きれいに片づけたダイニングテーブルに、ノートパソコン、ペンタブ、読みかけの漫画にスマホ。そして淹《い》れたてのコーヒーを並べて、準備が完了する。

「今日はいいネタが入ったなあ」

熱いコーヒーを啜《すす》って、くふふと笑う。美容師の子の名前が分かっただけでもすごいのに、すでにフェロ店長の毒牙にかかっていたとは。それに、謎《なぞ》の男に少し近づいた。

「アユムくんは、金曜日の更新分に絶対入れこもう」

パソコン画面では、ピクシブの漫画ランキングが開かれている。三位につける『フェロ店長の不埒《ふらち》日記』を光莉は指でなぞって、もう一度くふふと笑う。まさか、私の描いた漫画がこんなに人気が出るなんて。夢みたい。

漫画が好きで好きで、自分でも描こうと思い至ったのは中学生のころだった。高校、大学とずっと描き続け、漫画誌に投稿もした。けれど結果はいつも最終選考手前で落選。そんなときに出会った男性に夢中になって、結婚した。すぐに子どもに恵まれて、そしたら毎日が慌ただしく過ぎていくようになった。漫画のことを思い出したのは、夫と穏やかな関係に落ち着き、ひとり息子が早々に精神的な親離れをしてしまったころ。自分のために使う時間が出来たのだ、と感じたときに真っ先に思い出したのは、やはりというべきか、漫画だった。

いまの時代はすごい、と光莉はしみじみと思う。なにしろ、ネットにアップするだけで、多くのひとの目に触れるチャンスがあるのだ。かつては友人たちと必死に同人誌を作るも売れず、在庫の山ができた。せめて誰かに読んでもらいたいよね、とみんなで悔し泣きしたものだ。それがいまでは読者数も着々と増え、「面白いです」「更新楽しみです」などという嬉しい感想を貰う。なんと素晴らしい時代だろう。

「まあ、それもこれも、フェロ店長のお蔭《かげ》なんだけど」

趣味を充分に楽しむには、お金が必要だ。光莉は元々ペンタブ欲しさにパートに出たのだったが、そこで志波に出会ったのは運命だと思う。

志波が本当にただの雇われ店長だと分かったあとに、光莉は感動した。なんて、なんてキャラが立ったひとなの……！　テロ行為のごとく色気をまき散らすコンビニ店長だなんて、それだけでもう面白すぎる。仕事を覚えるのと並行して、志波観察を始めた。

志波は、知れば知るほど面白い男だった。コンビニには絶対不必要なオーラを発しながら、しかし丁寧に接客をする。テンダネス内で毎年行われている接客コンテストでは殿堂入りを果たしているらしい。熱狂的なファンがいる一方、女子中高生には「顔面セクハラ」と呼ばれて避けられている。臭いほどのフェロモンは、若い女の子には気味悪いのだろう。私生活は、謎だ。休日でも店に出没することもあれば、休暇を取りますと言って数日いなくなることもある。関門海峡ミュージアムでうつくしい着物姿の女性と腕を組んで歩いているところを見かけた翌日に、野宮以上に筋肉質な男におぶわれてプレミアホテル門司港に入っていくところに遭遇した。気になりすぎて「どんなひとと付き合ってるんですか」と訊いたら、「中尾さんとぼくの『付き合う』という意味の摺《す》り合わせから始めないといけないよね」、と笑って流された。

光莉は、気付けば色恋とは別のところで志波に夢中になっていた。このひとを漫画にしないでどうする。志波を主人公にして、舞台はもちろんコンビニ。フェロ店長と、彼をとりまく様々な人びととの日常を描こう。タイトルはそのものずばり、『フェロ店長の不埒日記』。絶対に面白いものになる、と確信を持って描いたものの、まさか数年経《た》っても人気の衰えないものになるとは思いもしなかった。

「店長って本当に存在してるんですか？　だったら店の場所を教えてください、かぁ」

連携しているツイッターに送られてきたダイレクトメールを見て、光莉は笑う。漫画の人気がじわじわ出始めたころに、さすがに本人の了解を取っておこうと志波に告白をした。もし不快ならば止《や》めますから、と頭を下げた光莉に、志波は「すごいねえ」と目を輝かせた。中尾さんってそんな才能があるんだね。ぼくのことはどれだけ使ってもいいけど、万が一のことを考えて店名だけは出さないでくれるかな。

既に、フェロ店長に会いに行きたいというコメントが届き始めていたので、光莉は「もちろん、絶対に」と強く言った。そんなことをしたら騒ぎになることくらい承知している。個人のプライバシーは守ります、そう言う光莉に、志波は「じゃあオッケー」と軽く答えたのだった。

「実在していますが、場所は言えません。いろいろフェイクも入れてますが、店長の迷惑になった時点で連載を取りやめなければなりませんので、捜索は止めてくださいね、と」

　何十回目となる返信を打って、コーヒーを飲む。それからコメントのチェックを済ませていると、ふらりと恒星が現れた。冷蔵庫を開け、パックの牛乳を直飲《じか》みしているかと思えば、光莉に向かって顔を顰めてみせる。

「またマンガかよ。いい年して、そういうオタク活動やめてくれよ」

「親の趣味に口出さないでって言ってるでしょ」

　むっとして言い返す。恒星は、光莉の趣味が気に食わないのだ。小さなころは、ボクのママは絵がとっても上手なんだよ、と誇らしげに言って可愛かったのに。でもそれを言うと、もっと嫌な顔をするから口にはしない。

「見るのも嫌なら、早く部屋に戻りなさいよ」

「言われなくても戻るよ。あ、そういや廃品回収業者にチャリの回収頼んだ？」

　驚いて「どうして」と言うと、「学校から帰って来たときにちょうど軽トラックが通りかかって」と牛乳をまた飲む。

「お母さんにチャリを引き取ってくれって言われたんだけど、いま持って行ってもいい？　って。だからお願いしたけど」

「ひ、髭もじゃだった？　正平さんみたいな」

まさか、もう来るなんて。訊けば恒星は頷いて、「髭だけは確かに赤じいと近いか。でも、すごく若いよね」と言う。

「何がどうって訳じゃないんだけど、面白いひとだったな。あと、かっこよかった」

「かっこよかったぁ？」

また驚いてしまう。顔なんて殆《ほとん》ど判別できないじゃないか。

「あの髭の下の顔、わりとイケメンだと思うな。まあ、女には分かんねえ良さかなあ」

十六になったばかりの子どものくせに一人前なことを言い、「とにかく、チャリは渡しておいたから」と恒星は部屋に戻っていった。

「えー、早すぎる」

光莉はバッグの中から昼間に貰《もら》った名刺を引っ張り出して、眺めた。自分じゃあまり意識していなかったけれど、どうやら彼に連絡をするのが楽しみだったらしい。少しがっかりしている自分がいた。

「わたしの面白人間センサーが、鳴り響いてるんだよねえ」

ツギは、何か特別なものを持っている。そんな予感がするのだった。

＊

それから数日後のことだった。その日、いつも一番乗りで弁当を食べに来る浦田が、姿を見せなかった。全員の受取りと食事が済んでも現れず、登録されていた携帯電話に光莉が電話を掛けてもでない。志波に報告し、志波が自宅アパートまで様子を見に行くことになった。店から浦田の家まで、徒歩で十分ほどだ。

「病院の診察日だったとか、寝過ごしたとかだといいんだけどね」

前にも何度か同じようなことがあったが、どれも伝達ミスだった。今回もきっとそうだろう、と光莉は気楽に「行ってらっしゃい」と見送った。しかしその十五分後に遠くから救急車の音が聞こえると、足が竦《すく》んだ。

「やだ、もしかして……」

咄嗟《とっさ》に嫌な想像をし、出勤していた野宮と顔を見合わせる。大好物のバナナラテのペットボトルを買おうとしていた正平が「嫌な感じだな」と呟き、光莉は鼓動を早めた胸元をぎゅっと押さえた。いつかこういう事態が起きるかもしれないことは頭では分かっていたけれど、動揺してしまう。

浦田と救急車は関係ないかもしれない。そんな風に思おうとしたけれど、しかし志波はいつまで待っても帰って来ない。不安だけが膨らんでいった。

「わし、ちょっと行ってこよう」

イートインスペースの端で用心棒中だった正平が言い、光莉は「すみません」と頭を下げる。赤い三輪車に乗って出て行った正平はものの十分で帰って来て、その顔つきを見た光莉は自分の予感が確信に変わったことを知った。

「自宅で倒れていたらしい。みっちゃんは、ついていったそうだ」

「そう、ですか……」

「みっちゃんから、何かしら連絡が入るだろう。それを待とう」

志波から連絡があったのは、店を出て行ってから二時間が過ぎたころのことだった。疲れ切っているものの、どこかほっとした声で志波は「大丈夫だよ」と言った。

「まだ予断を許さない状態だけど、でも、助かった」

浦田は、くも膜下出血を起こして倒れていたらしい。病院に搬送されるのがもう少し遅ければ命はなかったという。

「ついさっき、山口県に住む娘さんと連絡がついたんだ。娘さんが着くまで、こっちにいるよ」

「分かりました。店長も大変でしょうけど、頑張ってくださいね」

スタッフルームで電話をしていた光莉が店内に戻ると、レジカウンターの前に複数のひとがいた。待たせていたかと慌てていくとそれは婦人会の面々と正平で、野宮を捕まえて話しこんでいる。

「浦田のじいさん、どこが悪かったのかしら」

「最近やっとお話しするようになったけど、持病があるなんて聞いてなかったわよ」

「年を取ればどこかしらガタがくるもんだけどよ、気をつけないといけないよなあ」

かしましく喋《しゃべ》る輪の中に光莉は入っていき、「浦田さん、助かったそうですよ」と言った。

「店長の発見が早かったのがよかったみたいです」

その場の全員の顔がぱっと明るくなった。

「あらやだ、そうおお」

「年を取ると嫌な話題ばかりで憂鬱《ゆううつ》になるけど、一番悪いことにならなくてよかったわあ」

「さすが、みっちゃんよね。ちゃんとお客のことを見てくれてるわあ」

話はあっという間に志波の賞賛に変わり、みんなはしばらく会話を楽しんだあと、帰っていった。


光莉が夕方から出勤のスタッフと引き継ぎを終えてスタッフルームに入ると、先に上がったはずの野宮がまだ残っていた。テーブルの上に置いた携帯電話を眺めて、どこか呆然《ぼうぜん》と座っている。

「どうしたの、野宮くん」

光莉の声でのろりと顔を上げた野宮は、苦しそうに顔を歪《ゆが》めていた。

「え、具合でも悪いの？」

驚いて訊けば、首を横に振る。じゃあどうしたの、と重ねて訊くと、「浦田さん」と消え入りそうな声で言った。

「分かった、急なことだったから驚いたんだ？　無事だったんだし、よかったよね」

うちのサービスも、なかなかやるよね。そう続けようとした光莉だったが、口を噤《つぐ》んだ。光莉を見上げる野宮の目から、ぼろぼろと涙が零れたのだ。下唇をぐっと噛《か》んで堪《こら》えているようだが、涙は止まらない。

「ね、ねえ。どうしたの」

野宮の涙の理由が、見当もつかない。おずおずと訊くが、野宮は声もあげずにただ涙を流す。とりあえず落ち着くのを待とうと、野宮の前の椅子《いす》に腰かけた。「オレ……」と、野宮がようやく口を開く。

「オレ、いつも、ひとのヘルプを無視するんす」

光莉は「ヘルプ？」とおうむ返しに言って首を傾《かし》げた。野宮はテーブルの上に落ちた自身の涙を見つめながら、苦しそうに続ける。

「高校のとき、いつも一緒に練習してた奴《やつ》が……高木が調子悪いの、気付いてたんす。体が思うように動かなくなったみたいで、しんどそうで、ていうか、最近ちょっとおかしいんだよって本人から言われてた。なのに、オレは深く考えもせずに、寝不足か疲れのどっちかじゃね？　って……。あのときオレが病院に行けって言ってたら、あいつ、あんなに病気が悪化することなかったかもしれなくて……」

涙を堪えようとするあまりか、ぐぅっと野宮の喉《のど》が鳴った。

「だ、大学入っても……大学入っても一緒にレスリングやろうって言ってたのに、あいつ、もうできなくて。オレ、それがすげえ申し訳なくて」

そんなことがあったのか、と光莉は野宮を見る。彼はだから、レスリングを辞めたのだ。

「オレ、それがめちゃくちゃ頭にあって、もう、消えなくて。次にこんなことがあったら絶対に後悔しないようにしようって思ってたんす。でも……」

テーブルの上に置かれていた手が、ぐっとこぶしを握る。岩のように大きくごつい手は震えていた。

「この間、浦田さんにお弁当を持って行ったとき、『頭が痛い』って言われたんです」

「あたま？」

「浦田さんが、いつもより機嫌が悪い日があったじゃないすか。あの日、今日は嫌なことでもあったんですかーって言ったんです。そしたら、頭が痛くて仕方ねえんだって怒鳴られたんです。でかい声で話しかけられると、もっと痛くなるから黙ってろ！　って。

で、オレそれにムカついてしまって。そこで話を終わらせてしまったんです。メシが不味くなるから向こう行ってろって言われて、そのまま……」

　これ、と野宮が携帯電話を差し出す。くも膜下出血について検索をしたらしい。その前兆として頭痛が起きることがある、と書かれていた。

「また、やっちゃったんすよ。オレ、あんなに考えてて、絶対にって思ってて、でも全然ダメでした。ちょっとムカついたからって……」

「え、えっと、浦田さんの機嫌が悪いのは、いつものことだよ。同じ状況だと、私も聞き流しちゃうと思う」

　光莉は数日前のことを思い出す。あのとき確かに、入店して来たときから浦田の機嫌は悪かった。しかし光莉もまた、いつものことだと気に留めもしなかった。野宮が悪いというのなら、それは自分も一緒だ。しかし、野宮は「そうじゃない！」と叫んで勢いよく立ち上がった。椅子が大きな音を立てて倒れる。

「他のひとだったらどう、とかじゃない。ずっと気にかけていたのに、肝心なときにまた同じ失敗を繰り返した自分が、許せなくてどうしようもないんだ！」

　あまりの剣幕に、光莉は見つめるしか出来なかった。それに気づいた野宮が顔を歪める。

「怒鳴ったって、仕方ねえっすよね。自分が嫌になる。ほんと、最低っすよ、オレ」

そう言って、野宮は逃げるように部屋を出て行った。光莉は慌てて追いかけたが、店の外に出たときにはもう野宮の姿はなかった。

「ねえ、野宮くんどっち行ったか分かる？」

店内に戻って訊くと、レジカウンターの中にいた廣瀬《ひろせ》が首を横に振った。

「野宮、どうかしたんすか？　すげえ勢いで原チャリで飛び出して行きましたけど」

あれ、危ないすよ。心配そうなその口調に、光莉の不安が増す。野宮は思いつめた風だった。このまま放っておいてはいけない気がする。

「ええと、ええと」

志波に連絡をしたいが、まだ病院にいるはずだ。じゃあ、どうしたら……。必死で考えて、思い出したのは白い紙切れだった。

「名刺ぃっ！」

思わず叫んで、バッグの中に手を突っ込む。探り当てたものを見ながら、電話を掛けた。数コール目で、低い声がした。

「もしもし、あの、テンダネスの店員ですけど」

心臓が少しだけ鼓動を早める。

「あの、お困りごとで、頼みたいんですけど」

電話の主は低い声で笑って、「なんでしょう？」と訊いた。

テンダネス門司港こがね村店横のイートインスペースは充実している。外の通りを眺めることができるカウンター席が五席。四人掛けのテーブル席がふたつ。それぞれに、季節の花――いまはひまわりを生けた一輪挿しと、ティッシュボックスが置かれている。端にはお湯が満たされたポットとトースターに、ゴミ箱。こがね村ビルの住民間では、ここにテレビを置くことも検討されているという。そのイートインスペースのカウンター席の端っこに座った光莉は、そわそわと外ばかりを気にしていた。

すっかり日は暮れて、空にはクリーム色の半月がかかっている。開け放たれた扉からは、やさしい夜風が流れ込んでいた。光莉は手元のスマホで時間つぶしをしているものの、画面の内容は殆ど頭に入って来ていなかった。

「あ！」

何十回目とも知れない視線の往復を繰り返していた光莉の顔が明るくなる。見慣れた軽トラックがゆっくりと駐車場に入ってくるところだった。軽トラックの荷台には洗濯機や掃除機と共に、野宮の原付バイクが積み込まれていた。運転手の髭もじゃの男が光莉に気付き、手をあげる。その横には、項垂《うなだ》れた野宮の姿があった。

「見つけてくれたのね。ありがとう！」

外に出て、軽トラックに駆け寄る。車を降りた髭もじゃに言うと、ツギはにっと歯を見せて笑った。

「死にそうなツラはしてたけど、死にそうではなかったぞ」

人探しもできますか？　そう訊《き》いた光莉に、ツギはあっさりと『もちろん』と答えた。むしろそれは、得意中の得意です。

野宮を探して欲しい、光莉の言葉に、ツギは『ああ、バイトのマッチョくん』とすぐに分かったように言った。店員に全く興味がなさそうだったのに、まさか把握しているとは思わなかった。

『酷《ひど》い自己嫌悪《けんお》で、パニックになったまま原付バイクでいなくなってしまって。万が一のことがあったらと思うと心配なの。探してもらえないですか？』

ツギは少し考えるように沈黙したあと、『了解』と答えた。

『いまどこから電話かけてる？　ああ、いつものテンダネスね。じゃあそこで待っててくれるか。なるべく早く連れて帰る』

『え、そんな、大丈夫？』

『得意って、言っただろう』

自信ありげだったけれど、まさかこんな短時間で見つけてこられるとは思わなかった。のろのろと軽トラックを降りてくる野宮に「よかった」と微笑みかける。野宮は「すみません」と消え入りそうな声で頭を下げた。

「光莉さん、こんな時間に、お家はいいんですか。あの、オレのためにそんな」

「家には一旦《いったん》帰って、夕飯の支度も済ませて来てるから大丈夫。そんな心配しないの」

こんな時でさえ光莉を気遣う心に笑ってみせて、光莉は続ける。

「お腹空《す》いてるでしょう。本当はどこかで食べさせてあげたいんだけど、もうすぐフェ……店長が戻って来るの。だからイートインスペースでお弁当を食べながら待ちましょ」

念のため報告だけしておこうと志波に連絡を取ったら、弁当を食いながら待ってってと言われたのだ。誰に野宮くんの捜索頼んだの？　え、なんでも野郎？　まじかー。いつか声かけるんだろうなあとは思ってたけど、このタイミングか。まあ、あのひとならきっとすぐに見つけてくれるだろうから、人選は間違っていないけどさ、そうかあ……。

志波の口調からは、ツギに関わって欲しくないような気配がした。

やだもう、ふたりはどんな関係なのかしら。気になる気になるぅ。踊りはじめそうな邪《よこしま》な自分を頭の隅に押しやって、光莉はツギにも笑いかける。

「なんでも野郎さんも、ご一緒にどうですか？　奢《おご》りますよ、店長が」

「ツギでいいって。じゃあ俺もありがたくご相伴に与《あずか》ろうかな」

多少口調が砕けたツギだが、何の情報も得られそうにない。実は腹減ってたんだよな、とお腹を撫《な》でる様子はごく普通で、変なそぶりはない。

「私が買ってくるから野宮くんはイートインスペースで待ってて。最近お気に入りだったカツ丼でいいかな？」

訊くと、野宮は首を横に振る。

「食欲なんて、ないです」

「昼食もほとんどとってなかったよね？　食べた方がいいよ」

普段は三人前でもぺろりと平らげてしまうのだ。二食も抜いたら筋肉がしわしわに萎《しぼ》んでしまうのではないだろうかと思う。

「でも、食いたくなくて」

「サンドイッチはどう？　サラダパスタとか」

一口でも食べたら、呼び水になって食欲が増すものだ。思いつくままに言う光莉に、野宮は決して首を縦には振らない。

「俺、買ってきていい？」

傍でやり取りを見ていたツギがふいに言った。

「あんたは、こいつの話し相手してなよ。俺買ってくる」

「え、でも」

「いいからいいから。会計は、ミツにつけとけばいいんだろ？」

ツギはそう言って、ひょこひょこと気楽な足取りで店内へ消えて行った。

「変なひとっすよね」

ぼそりと野宮が言う。オレ、和布刈《めかり》公園で海を眺めてぼうっとしてたんすけど、まるでオレがそこにいることが分かっていたみたいに、まっすぐ近づいてきたんす。で、光莉さんが待ってるから帰るぞって。

和布刈公園は夜景の綺麗《きれい》な所で、この辺りでは有名ではあるが、どうしてそこにいると思ったのだろう。不思議だね、と頷《うなず》いた光莉だったが、その一方で頭の中の邪な自分が踊り狂っていた。ミツ。ミツ。ミツって呼んだよ？　その呼び方は、親密すぎやしないですかぁ!?

それからイートインスペースの四人掛けテーブルに野宮と向かい合って座っていると、両手に大きなレジ袋を抱えたツギが「買ってきたぞー」と楽しそうに戻ってきた。

「めちゃくちゃ買った。いやー、ひとの金で手当たり次第買えるって最高」

どっかと野宮の横に座り、袋の中から次々と食べ物を取り出す。大盛りペペロンチーノにウインナー盛り合わせがふたつずつ。カルボナーラにカツ丼に、キムチ、レタスサンドに温泉卵。ふわとろプリンと特製どら焼きは三つずつあった。

「さあ、食え！」

好物を前にした子どものようにうきうきした口ぶりで言うツギに、光莉は思わず笑う。

「ツギさんもどうぞ。お腹空いてたんでしょう」

「あ、そう？　じゃあいただきます。お前、どれから食べたい？」

ツギは野宮に訊き、野宮が首を横に振ると、カルボナーラに手を伸ばした。ウインナー盛り合わせも一緒に開封し、パスタの上に数本トッピングする。その上に温泉卵も乗せた。

「贅沢《ぜいたく》食い。しあわせ」

へっへっと笑って、ツギは嬉《うれ》しそうに食事を始めた。ウインナーをソースに絡《から》ませて食べ、パスタを啜り、途中でそっと追加の温泉卵を潰《つぶ》す。鮮やかな黄身を纏ったパスタをゆっくり咀嚼《そしゃく》し、「うめえええ」としみじみ呟《つぶや》く。

「しあわせそうに食べるのねえ」

美味《おい》しそうに食べるツギを見ていた光莉が言うと、咀嚼の合間に頷く。

「旨《うま》いもんを旨いって言いながら食うのが一番しあわせだからな」

ぺろりとカルボナーラを食べ終え、次はペペロンチーノに手を伸ばす。ツギがあまりにも美味しそうに食べるせいだろうか、光莉は家で軽く食事をしてきたというのにお腹が空いてきた。三人分ということだろう、ふわとろプリンに手を伸ばす。

「野宮くんも、食べなよ」

野宮も食欲を刺激されているだろうに、目の前の弁当たちに依然手を伸ばそうとしなかった。旺盛《おうせい》に食事をするツギを見る目に欲望がちらちらと見えているのに、箸《はし》を持とうともしない。光莉が何度促しても、「大丈夫です」と頑《かたく》なに繰り返すばかりだった。

「お前が断食《だんじき》したって、じいさんの具合は変わらねえぞ」

終わらないやりとりに苛々《いらいら》したのか、パスタを啜るツギが突き放すように言った。その途端、野宮の目に涙が溢《あふ》れる。野宮の向かいの光莉が慌ててハンカチを差し出すと、野宮は手の甲で目元を拭《ぬぐ》って「すみません」と言った。

「みなさんにご迷惑かけて、すみません」

「いいっていいって。私がおせっかいなもんだから、心配しすぎてるだけだもん。野宮くんはきっと、ひとりでもどうにかできたよね」

「……分かんないす。オレ、情けないっすよね。どうしてこうなんだろ」

野宮が悔しそうに唇を噛んだ。

「私は野宮くんのことやさしい子だって思うよ。気付かなかったことは、仕方ないじゃない。次に生かそうよ」

「その次を、生かせなかったんですよ。オレは」

野宮が苦しそうに言い、光莉は言葉を探す。

「そもそもオレはやさしくなんかない。自分勝手なんです。高木のときは、自分の目の前にある大会のことしか考えていなかった。浦田さんのときは、ムカつく年寄りに言い返すことばかり考えてた。あとから絶対後悔するのに」

「誰しも聖人君子でいられないよ。私だって、自分本位な考え方はする。特に今回のことは、野宮くんのせいじゃない。野宮くんが仮に気付いて病院を勧めていたって、浦田さんが聞き入れなかった可能性だってあるの。だから、そんなに気にしちゃだめだよ」

泣きながら首を横に振る野宮に、光莉の言葉は何も響いていない。どう言えば彼に伝わるのだろう。光莉が心の中でため息をついたときだった。

「こうすると、旨く食えるぞ」

いつの間にかペペロンチーノを食べ終わっていたツギが、野宮の前にカツ丼を置いた。そしてその上に、キムチをばさりと乗せた。カツの茶色と黄色い卵、青いネギが絶妙のバランスを保っているその上に真っ赤な漬物が汁ごとかかり、野宮が「うああ」と声を上げた。

「なんてことするんすか!?　こんなの、食えないでしょ！」

「食える。旨いぞ」

ほれ、とツギが割り箸を野宮に差し出すが、野宮は受け取ろうとしない。少しだけ野宮を待っていたツギだったが、「食え！」と箸を押し付けた。

「早くしないと、弁当が冷めちまうだろ！」

ツギが語気を強め、野宮はその勢いに押されるように箸を受け取った。それからこわごわと、キムチと卵、玉ねぎとタレのかかった部分を摘《つま》み上げるが、顔を顰《しか》める。

「あ、大事なモン忘れてた。これこれ」

袋の中を掻き回し、ツギが取り出したのは小分けパックのマヨネーズだった。封を切ったかと思えばキムチ乗せカツ丼にかける。野宮がまたも「うああ」と情けない声をあげた。

「だから、こんなもん食えたもんじゃねえです、って……」

眉《まゆ》を寄せてカツ丼を見た野宮の顔つきが、少し変わる。カツ丼をじっと見つめる野宮が気になって、ひょいと覗《のぞ》きこんだ光莉は「あれ」と小さく呟いた。格子《こうし》状にかけられたマヨネーズが視覚を刺激したのだろうか。何だかとても、美味しそうに見えた。

野宮が黙って、口に運んだ。咀嚼して、今度は大きくひと口。その勢いは、どんどん増していった。

「な、旨いだろ?」

ツギが言うと、野宮が何度も頷く。

一旦食べ始めると、スイッチが入ってしまったらしい。野宮は普段以上の勢いでカツ丼を掻き込む。あっという間に、半分以上が消えた。しかしその途中で、野宮はぴたりと箸を止めた。ぽろぽろと涙を零《こぼ》しはじめる。

「ど、どうしたの、野宮くん」

「オレ……悩んでたはずなのに、メシが旨いってがっついてやんの……」

情けねえ。野宮が声を洩《も》らすと、ツギが「箸動かせ」と短く言う。

「旨いモンを旨いと感じるのは当たり前だろ」

いつの間にかレタスサンドに余ったウィンナーを挟んで食べていたツギは、呆《あき》れたように言う。

「親が死んだとしても、腹は減るぞ。旨さを感じられないときは、どっかおかしくなってるときだ。ていうかな、美味しく食わねえと食いモンに失礼だろう」

サンドイッチを平らげたツギは「これ、お前のノルマだからな」とペペロンチーノとウィンナー盛り合わせを野宮の前に置き「いまは無心で食え！」と強く言う。気圧《けお》された野宮が再び箸を動かしだす。

「辛《つら》いときほど食うんだぞ。栄養が足りてねえときは、変なことしか考えらんねえ」

野宮はカツ丼を食べ、そのままパスタに手を伸ばす。ツギがウィンナーをどさっと載せた。しばらく無言で食べていた野宮が、何か呟いた。光莉は耳を澄ませてみる。

「……旨い、です」

ツギが「だろう」と頷いた。いまはただ、メシと向き合え。

野宮は黙って食べる。光莉は野宮のその顔に生気のようなものがゆっくりと戻ってきている気がした。そして、ツギを窺った。このひとは、不思議なひとだ。

「弁当食べててとは言ったけど、まさかの量。何人前だよ」

くすくすと笑い声がして光莉が顔を向ければ、店側から志波が現れた。昼前から拘束されていたせいだろう、少しだけ疲れた顔をしている。

「遅れてごめん。浦田さんの娘さんがすごくお話好きなひとでさあ。それでちょっとお話ししてたら遅くなった」

光莉の横に腰かけた志波は、手を止めた野宮に「食べて食べて」と勧める。野宮が食べ終わるのを待って、柔和な笑みを零す。

「あのね。浦田さん、楽しみだったんだって」

え、と野宮が顔を上げる。

「浦田さんは、毎日このコンビニに通うのを楽しみにしてたんだって。娘さんには、電話で言っていたらしいよ。店員はにこやかだし、気難しい自分にもいつも笑いかけてくれる。同じような境遇のひととも知りあえたし、これからはもっと外に出て行こうと思うって。そしてね、浦田さんには高校三年生のお孫さんがいるんだ」

思い出したように、志波がくすくすと笑う。

「病院にも来てたんだけど、現役ラグビー部員で、めちゃくちゃ筋肉マン。そのお孫さんに野宮くんが似てるってずっと言ってたんだってさ」

「……オレに？」

「孫よりもいい体格をしている子が、どうしてだか部活をやめてぼんやり過ごしている。

そのことがとても気になっていたそうだよ」

　そういえば、と野宮が小さく呟く。

「最初のころ、部活をしているのか訊かれました。それで、元レスリング部だって答えたんです。いまはもう辞めちゃったんですけど、って。そしたらもったいないって。その体を活《い》かさなくてどうするって叱《しか》られました。それから顔合わせるたびに、筋肉がもったいないとか、金稼ぎよりもやることがあるだろうとか言われるようになって」

　それは全部、オレに対する嫌味かと思ってました、と野宮が俯《うつむ》く。

「あのひとはね、期待をかけていたみたいだよ。言い方がきつくて、分かんなかったよね。分かるのは、難しかったと思うよ。ぼくだって、そうさ」

　志波はやさしい口調で、「ひとの内面は、分かりにくいものだよねえ」と言う。

「顔つきとか言葉だけで判断してると、大きな勘違いをすることになる。じゃあどこで判断すべきかと言うと、ぼくは行動だと思ってるんだ。浦田さんは、本当にうちのコンビニに通うのが楽しみだったんだよ。だってそうだろ？　毎日誰よりも早くに来てた。野宮くんにしつこく言い続けていたのもきっと、浦田さんなりのエールだったんだよ」

　野宮の顔が、奇妙に歪められる。

「それとね、これはぼくからの提案なんだけど。浦田さんは生きていらして、回復すればお話もできる。本人に会って、一度話してみたらどうかな」

ね？　と志波が微笑みかけ、テーブルの上で組まれた野宮の手をそっと握った。

「後悔することがあったとしても、まだいくらだって取り返せる。大丈夫だよ」

野宮は少しだけ考えるように目を閉じたのち、小さな声で「行きたいです」と言葉を紡《つむ》いだ。

「オレ、浦田さんのところに行きたいです。話をちゃんとしたいし、謝りたい」

志波が微笑む。

「今度、一緒に行こうか。浦田さんもきっと喜ぶと思うよ」

初めて、野宮の顔に笑みのようなものが浮かんだ。少しだけ晴れやかな顔に、光莉はほっとする。

「解決か？　それならほら、どら焼き食え」

ツギがどら焼きを野宮に差し出す。野宮はそれにも笑い返し、それから志波に握られた手をぺっと振りはらった。

「店長がやると、これはれっきとしたセクハラっす」

志波が「あう」と情けない声を洩らす。それを見てげらげらと笑いだしたツギに、野宮は続けて言う。

「なんでも野郎さんは、オレの分のプリン食ったでしょう。オレ、プリン大好きなんで、買い直して来て下さい」

今度はツギが「あう」と声を上げた。

＊

テンダネス門司港こがね村店は、いつでも人材不足だ。というのも、志波のフェロモンに耐えられる人間が少なすぎるのだ。レスリング部に入部した――友人から、お前だけはレスリングを続けて欲しいと言われたという――野宮が辞めたあとのシフトのしわ寄せは、専《もっぱ》ら光莉と志波に来ていた。

「あー、しんどい。店長、早く誰か入れて下さいよ」

「面接に来るひとは多いけど、でも働けそうなひととなると、なかなか……」

スタッフルームには、連勤続きのふたりしかいない。テーブルにうつぶせてため息をついた光莉に、志波も重ねるように息を吐く。野宮の代わりとして早期退職をしたという五十代男性を採用したはいいが、どういうわけだか彼の妻が志波に一目ぼれをしてしまい、離婚沙汰《ざた》にまで発展してしまった。店を辞めてもらうことでどうにか危機は免れたけれど、その間のスタッフの疲弊は酷いものだった。どうして仕事の合間に、志波のストーカーと化した妻とそれに激昂《げっこう》する夫の諍《いさか》いをとめなければいけないのか。

「店長、馬のマスクかなにか被《かぶ》って仕事してくれませんか。その顔面、隠しましょうよ」

「中尾さん、そんなことすると漫画のタイトルが馬店長になるけど、いい？」

「あー、それは嫌かも……」

ふたりで何度目かのため息をついているとドアがノックされ、廣瀬が顔を覗かせる。

「店長、なんでも野郎が来て、店長を呼んでますよ。イートインスペースで待ってますけど、大丈夫ですか？」

いないって言います？　と廣瀬が言うが、志波は「すぐ行くって言って」と返した。

「あ、あの！」

やれやれ、と立ち上がる志波に、私も一緒に行っていいですか？　と光莉は訊く。

「いいけど……中尾さん、どうしてそんなに嬉しそうなの」

「だって、あれ以来会ってなかったし」

野宮が落ち着いたところで、せっかくの機会だしいろいろ訊くぞと思っていたのに、仕事の電話が入ってツギは去ってしまった。それからはどういうわけだかぷつりと来なくなって、どうしたのだろうと気になっていたのだ。

「私なりに彼のことを心配してたんですよ」

「へえ。中尾さんの顔に『ネタ』って書いてあるように見えるんだけどな」

「ぐ……。そんなこと、ないですよう」

バレてる、と思いながらも笑ってごまかしてみる。

「えっと、ほら、あのときのお礼も支払ってませんし」

「ああ、それはぼくがもう払ってるから大丈夫」

え、と声が出る。ということは、店外で会っていたのか。即座に想像を巡らせてしまう光莉に、志波が「潮時だろうねえ」と言う。

「中尾さんはいまじゃうちの最古参だもんな。四年か、わりと持った方かなあ」

「へ？」

「隠してたんだけどなあ」

あーあ、と志波がため息を吐《つ》いて、スタッフルームを出る。首を傾げながらついて行くと、弁当を掻《か》き込んでいるツギがいた。先日と同じキムチ乗せのカツ丼で、どうしてだか向かいには正平が座っていた。

ツギは相変わらずのツナギだが、山の中でも徘徊《はいかい》したかのように泥だらけになっている。ぼさぼさの髪には青葉が刺さっており、捲《まく》り上げられた袖《そで》から出た筋肉質な腕は擦《す》り傷だらけだった。

「おう。呼び出して悪いな」

「それはいいけど、何をしてたら、そんなことになるの」

「あ？　ああ、ここに来る途中で山仕事を手伝ってた。礼だとかで猪肉貰《もら》ったけど、いる?」

志波が「いらない」と言い、正平が「わし、好き」と笑う。

「そんなら半分やるよ。てか、正平さんの家で食わせてくれよ。焼肉がいいな」

「おう、いいぞ」

「え、正平さんって、ツギくんと知り合いですか」

正平はツギのことをよく知らなかったのではないのか。志波の背後にいた光莉が驚いて言うと、そこで光莉に気付いたツギが「あ、どうも」と頭を下げる。それから志波に「すまん。お前だけかと思ってた」と言う。正平もまた「おっと、すまん」と慌《あわ》てて口を噤む。

「いやいや、いいんだ。彼女にいつまでも隠しておくのもなと思って、だからここに連れて来たんだ」

志波が光莉を振り返る。

「あのね、光莉さん。このひと、ぼくの兄なんだ」

「え」

一瞬、『あに』という単語の意味を忘れた。

「ふたつ上の兄、二彦《にひこ》」

志波と、ツギを交互に見る。視界の端にいる正平があくどい笑みを浮かべているのが分かる。いやそんなことより、似ていない。全く、似ていない。天然フェロモン発生装置とこのむさくるしい男が、兄弟？

「え、ツギっていうのは……」

「それ、渾名《あだな》。ぼくたち、五人きょうだいでね。上から一彦《いちひこ》、二彦、三彦、四彦《よひこ》。で、ヒコヒコややこしいから、上からイチ、ツギ、ミツ、ヨンって」

適当でしょう、うちの親。少し恥ずかしそうに言う志波に、光莉は混乱する。情報量が、多すぎる。

「待ってください。えっと、五人兄弟？　店長みたいのがあと何人？　え、五人なら、五人目は五彦？」

「五人目は女の子で、名前は樹恵琉《じゅえる》」

「ごめんなさい、ちょっともう整理できそうにない」

よたよたと、ツギの前の椅子に腰かける。毛むくじゃらの奥の目が愉快そうに揺れていた。その目に、光莉は気付く。以前感じた違和感のようなものの正体。ツギは、目だけは志波によく似ているのだ。

「うっそ。まさかの共通点。目かあ……」

「驚いたろ、光莉ちゃん。わしもなあ、初めて知ったときは驚いた」

正平がげへへと笑い、枯葉のついたツギの頭をくしゃくしゃと掻きまわす。

「門司港で一番胡散臭《うさんくさ》い男と一番怪しい男が兄弟なんて、ちょっと嘘《うそ》みたいだよなあ」

「まっさきに気付いたくせに、よく言うな」

訊けば、正平は誰よりも早くふたりの関係に気付いたのだと言う。さすが門司港の情報屋。

「それにしても、どうして三人ともそのことを隠してたんですか」

自分の観察力のなさが情けなくて光莉が頬を膨らませると、「面倒くさいんだよ」とツギが言った。

「こいつと兄弟っていうだけで、どれだけ面倒があったか。髭剃《ひげそ》れば少しは似るかも、なんて剃刀《かみそり》持った女に追い回されたこともあったんだ」

光莉は「うわやば……」と思わず身震いした。でも、あり得る話ではある。行き過ぎた志波ファンなど、毎日のように見ているのだ。

「ぼくのせいだけにしないでほしいな。ぼくだって、弟ってことでいろいろあったよ。ヤンキーにケンカ売られたり、記憶にない借りを返されそうになったり」

とにかく、とふたりは声を揃《そろ》えて光莉に言う。

「赤の他人ってことにしておく方が、気楽なんだ。だから、できればこのことは広めてほしくない」

「わしも、その方がいいと思う。無駄な騒ぎを産むだけだからな」

「了解。洩らしません」

　確かに、こがね村ビルの住民たちにバレただけでも面倒そうだ。みっちゃんのお兄さんならお世話しなくちゃと張り切りだしそうな婦人が少なくとも三人くらいいる。

「あ、それよりミツ。これを預かって来たんだ」

　ツギが紙袋から取り出したのは、大きめのタッパーだった。蓋《ふた》を開けると、おはぎが綺麗に詰められていた。半つぶしの粒あんが艶々《つやつや》している。

「うわ、美味しそう」

　思わず光莉が言うと、ツギが「妹の得意料理」とどこか自慢げに言う。

「俺は今朝まで実家にいたんだけど、妹が大の三彦好きでな。ミツにこれ持って行けって預かったんだ。早く渡さないと俺が叱られるんで、仕方ないから呼んだ」

「ぼく、妹のおはぎが大好物でね。でもこんなにたくさん作らなくてもいいのにな」

　妹の樹恵琉――本当にそういう名前らしい――は十七歳になるという。年の離れた妹の手作りを前にした志波は、普段とは違う兄の顔をしていた。こんな表情を見せられたら、ファンクラブの面々は大興奮だろうなあと光莉は眺めながら思う。

「兄ちゃんは食べた？　せっかくだし、一緒に食べない？」

「形の悪いやつを死ぬほど食わされた。でもまあ、貰うかな」

「中尾さんと正平さんもどう？　ぼくひとりじゃ、食べきれない」

それから四人で、店で購入してきた紙皿と割り箸で、おはぎを食べた。上品な甘さのあんと、もっちりとしたもち米が美味しい。得意料理というのも充分頷ける、と光莉は遠慮なく食べた。

「そうか、あのマッチョくんはレスリング頑張ってるのか」

おはぎを死ぬほど食べ、カツ丼をがっつり食べた後だと言うのに、ツギは今日初めての食事のようなペースでおはぎを胃に収めていく。

「あの子の接客も、なかなかよかった。いい人材を失ったな」

「そうだよ。わしの門司港情報屋を引き継がせてもいいと思うくらい、いい体格しとったのに」

正平も、老体とは思えない勢いでおはぎを食べる。

「本当はここを辞めたくなかったみたいなんだけど、レスリングを真剣にやる以上、両立は難しいからねえ。仕方ないよ」

上品におはぎを口に運んでいた志波がふと箸を止め、嬉しそうに笑った。

「そうそう。彼、すごく嬉しいことを言っててさあ」

光莉が、志波の顔を見る。

「この店に来るひとはみんな、自分の一日を一所懸命生きてる。レスリングのなくなったオレなんてどうでもいい存在だと思っていたけど、みんなの一日の手助けをすることで、いてもいいのかなって思えていたって」

へえ、と光莉も目を細める。これまでレスリング一筋で、生まれて初めてのアルバイトがこの店だと言っていた。最初は慣れないことばかりで、必死で接客をしていた大きな体の男の子。気持ちいい接客だね、と客に褒められたときの輝く笑顔を、覚えている。

「昔、同じようなことを言っていた女の子がいたんだよね」

しみじみと志波が言い、「あの子か」と正平が懐《なつ》かしそうに言う。ツギはひときわ大きなおはぎをがぶりと嚙んで、駐車場の方角に視線をやった。

「あの子の言葉を聞いて、ぼくはこの仕事を精一杯頑張ろうって思ったんだ。誰かの人生の欠片《かけら》でも、手助けできたら、いいよね」

志波の声が、光莉にやさしく響く。このひとがそんな風に思って働いていたなんて、想像もしなかった。そして、すっかり仕事に慣れきって、そつなくこなすことしか考えていなかった自分を恥じた。わたしも、意識を変えなくちゃ。

「あの言葉でいまのぼくがあるんだよ。コンビニがあって、よかった」

静かに、自身に語るように志波が言う。その顔にはいつもの胡散臭さも臭いくらいの色香もなかった。うつくしい薔薇《ばら》の奥に潜む一滴の露のような儚《はかな》さで、これこそが彼の本質なのだろうと光莉は思った。彼を思うひとたちは皆、この露を求めているのかもしれない。

そして、彼は本当に、この仕事を好いているのだ、とも思った。

「えっと、私も、この仕事は好きですよ。でも、これ以上の連勤はごめんですから」

冗談めかして言ったのは、自分が露に触れていい人間ではないことを知っているからだ。これに触れられるひとは、彼にとっての特別な存在でないといけない。観察力はなかったけれど、それくらい悟れる人生経験は積んでいるのだ。

露を花びらの奥にしまいこんだ志波が「う」と胸元に手を当てて笑う。

「そんなこと言わないで。ぼくも面接頑張ってるんだから」

「ミツはマスクとか被ったほうがいいんじゃねえの。馬とか大仏とか」

「兄ちゃん、中尾さんと同じこと言わないで」

「じゃあいっそ着ぐるみでどうだ。わしの知り合いのイベント会社に訊いてやろうか」

「やめてよ、正平さんまで」

和気藹々《あいあい》とした会話を聞きながら、光莉は笑う。これからのパートがもっと楽しくなる予感がしていた。謎だらけの兄弟は、きっともっとたくさんの驚きと謎、ドラマを持っているはずだ。そして私は、それを知りたい。だって、創作意欲が刺激されまくりなんですもの！

ああ、私、こんなに充実していていいのかしら。おはぎをぱくりと食べ、光莉はくふくふと笑うのだった。

第二話

希望のコンビニコーヒー

桐山良郎《きりやまよしろう》の八割は、タマゴサンドとコーヒーでできている。正確には、こだわりタマゴのふんわりサンドと、プレミアムコーヒー。ふたつとも、コンビニチェーン『テンダネス』の人気商品だ。

勤めている希《のぞみ》が丘《おか》学習塾に出勤する前、良郎は決まってテンダネスで遅めの昼食を買う。買うものも同じならば、店も同じだ。大坂町通りの中ほどにある、『テンダネス門司港こがね村店』。良郎の住むアパート『海風荘』からは少し距離があるが、毎日利用している。

昼のラッシュが少し落ち着いた、午後一時半すぎ。自動ドアのゆるやかな開きに合わせて中に入ると、聞きなれたメロディが鳴った。一瞬で、ひんやりとした空気が良郎を包む。汗ばんでいた肌が息を吐いて弛緩《しかん》する。最近はやっているドラマか何かの主題歌が控えめに流れているのを聞きながら、良郎は真っ直《す》ぐにチルド棚に向かった。おにぎり、パスタなど様々な食べ物が並んでいるが、迷いなく手に取るのはタマゴサンドだ。

パンと卵の色合いのバランスが今日もやさしいことを確認して、良郎はふたパックを手にしてレジへ向かう。見慣れた三十代の女性店員――名札には『中尾』とある――が、すでにホットコーヒーのレギュラーサイズの紙コップを持って待っていた。サンドイッチを受取った中尾が、慣れた手つきでレジを操作する。良郎はその落ち着いた顔を見ながら、彼女はぼくのことをどう思っているのだろうとぼんやり考えた。昨日、たまたまテレビをつけたら『コンビニ店員はインパクトのある客にあだ名をつけている』といった話をしていた。いつも同じ服を着ているから『赤T』、タバコの番号しか喋《しゃべ》らないから『三十九番』というように。ならば、判でついたようにタマゴサンドとコーヒーを買い求めるぼくにもあだ名がついているかもしれない。例えば、『朝食セット』とか。それともシンプルに『メガネ』だろうか。

くだらないことを考えながら支払いを済ませ、紙コップとレジ袋に入ったタマゴサンドを受け取ると、いつもは「ありがとうございます」と言う中尾が「あの」と良郎に話しかけてきた。

「は、はい。何でしょう」

考えていることを知られたわけではないと分かっているけれど、何となく恥ずかしくなって声が裏返る。中尾はやわらかな笑みを浮かべたまま、一枚の紙を差し出してきた。

「コーヒー、来週からマシンが新しくなるんです。これ、告知のチラシです」

紙を受け取って、良郎は僅《わず》かに目を瞠《みは》った。中尾が嬉しそうに、「あ、やっぱりご存知ですね」と言う。

「幸香《さちか》珈琲《コーヒー》が全面監修って、すごいことなんでしょう？」

「そりゃあ、もう」

幸香珈琲といえば、コーヒー好きの間では知らない者はいない、博多の隠れた名店だ。かつてイタリアの名店カフェグレコで修業を重ねたというマスター自身が現地で豆の買いつけ、焙煎《ばいせん》までも行う拘《こだわ》りのコーヒーは、スパイシーでストロングな味わい。いまはフルーツのような酸味やフレッシュさが際立《きわだ》つコーヒーが台頭してきているが、昔ながらの深煎《ふかい》りコーヒーを提供する幸香珈琲の人気は依然高い。遠方からわざわざ一杯を楽しみに来る馴染《なじみ》の客も多い。

良郎も、コーヒーには一家言あると自負している。幸香珈琲の特製ブレンドコーヒーは数多《あまた》のコーヒーの中でも至高の一杯だ。昭和モダンな店内で、幸香珈琲特製ブレンドコーヒーとホットタマゴサンドを食べる時間は、何ものにも代えがたい。

「よく、あのマスターが頷《うなず》いたなあ」

チラシの中央には、よく見知ったマスターの、年老いてはいるものの厳《いか》めしい顔がある。彼は、『幸香珈琲』の名にプライドを持っている。これまでいくつもの会社から商品化の依頼が舞い込んだというが、彼は決して首を縦に振らなかった。

「簡単には信じられないよ。一体、どうしたんだろう」

「どうやらニセコが口説き落としたらしいですよ。あの、例の御意見番」

中尾が含みを持たせた口ぶりで言って、くふふと笑う。中尾は、普段の接客では年相応に落ち着いているのだが、時折若い娘のような仕草を見せる。その無邪気な笑みをちらりと見て、良郎はへえ、と声を洩《も》らす。

「すごく美味《おい》しいお店なんでしょう？　私も、楽しみにしてるんです」

「名店ですよ。でも、どうかなあ」

雑にチラシを突き返す。あら、と目を丸くした中尾に良郎は早口で言った。

「あそこのマスターは毎日煎り具合や抽出時間を微妙に変えてるんですよ。味の深みを分からない奴《やつ》らは苦すぎだ何だと言うけど、よく焼いた豆を濃く淹《い》れただけってわけじゃない。繊細なんですよ。機械でそれっぽいものを出されるんだとしたら、昔からのファンが泣きますよ。それに、幸香珈琲というブランドを金で売ったと言われかねない。どうして店の品位を落とすようなことをするんだろう。ファンとしては、残念だな」

中尾のつぶらな目が、瞬《まばた》きを繰り返した。戸惑った様子に良郎ははっとして、「す、すみません」と頭を掻《か》いた。

「ちょっと、好きすぎて、興奮してしまって」

「いえいえ。そんなにも、思い入れのあるお店なんですねえ」

中尾はひとの良さそうな顔をくしゃっと崩して「でも、きっと美味しいコーヒーになってると思うので、買ってくださいね」と明るい声で言った。そのしっかりした接客態度に、良郎は恥ずかしくなる。感情的になりすぎた。「すみません」と消え入りそうな声でもう一度言ってから、レジを離れカフェコーナーに移動した。

カップをセットして、出来上がりを待つ。コーヒーの出来上がりを知らせるメロディが鳴り、棚にあるプラスティック蓋を取ろうとすると、目当てのものがすっと差し出された。見れば、軽薄そうな顔をした男があまりにも近くから顔を覗《のぞ》き込んできていた。

「う、うひゃ」

思わずコーヒーを取り落しそうになる。

「こんにちは、桐山さん。ご出勤前ですね」

耳に甘く残る声で言い、白い歯を僅かに零《こぼ》す。右目じりの小さなホクロが笑いジワで見え隠れした。良郎はその笑顔に、少し上ずった声で「はあ、まあ」と答えた。

でたな、フェロモン族。

心の中で思う。この店の店長、志波は普段から可視できそうなくらいのフェロモンを垂れ流している。良郎はイケメン俳優や男性アイドルを直《じか》に見たことはないが、志波のような生き物に違いないと思う。彼らは全員、フェロモンを司《つかさど》る一族の末裔《まつえい》なのだろう。

「桐山さん？　どうかしました？」

また少し顔の距離が近くなり、心臓が大きく跳ねる。顔を無駄に寄せてくるな！　動揺を悟られたくなくて平然と返事をするつもりだったが、「なな何も」とどもってしまった。

「はい。蓋をどうぞ」

もう喋るまいと頷いて蓋を受取り、湯気をのぼらせるカップにもたもたと嵌《は》める。ほぼ毎日のように志波と顔を合わせているけれど、どうにも慣れない。そんな横で志波はゆったりとした仕草で、ダスターを手にカウンターを拭《ふ》いていた。

「じゃ、じゃあ、行ってきます」

「ええ。行ってらっしゃいませ」

ふんわりと笑む志波に見送られ、良郎はドアで仕切られたイートインスペースに向かった。他の店にもこういうスペースはあるが、ここはいつも手入れが行き届いていて居心地がいい。いまも、清掃業者と思しき女性が花柄のエプロンを着けて床をモップがけしていた。良郎の顔を見て「こんにちは」と微笑みかけてくる。大分に住む実家の母に少し似ていた。

掃除も終わりかけていたのだろう。女性はモップを手早く片づけてビルの奥へと続くドアから出て行った。室内に他の客の姿はなく、良郎はカウンター席の端に陣取ることにした。水滴一つないきれいなカウンターにコーヒー、高足のスツールに通勤用のバッグを置き、袋を持ってトースターに向かう。サンドイッチをひとパック開け、トースターに入れた。一〇〇〇Wで五十秒。パンの表面が薄い茶色に染まるまで焼いてから、それを手に確保していた席に戻った。

トーストしたサンドイッチにかぶりつく。表面がサクサク、中はふんわりとした香ばしいパンと、温かくなったタマゴフィリングを口いっぱいに頰張った。今日も、旨《うま》い。パンの仄《ほの》かな甘みと、小麦の香り。タマゴのまろやかさも、塩加減も、鼻に少しだけ抜けるカラシも、いいバランスだ。あっという間にひとパック分のふたきれを平らげ、コーヒーに手を伸ばしかけた良郎は、「そうなんだよなあ」と声に出して呟《つぶや》いた。

「このサンドイッチは、幸香珈琲と合わせたくなるんだよ」

テンダネスのこだわりタマゴのふんわりサンドは、幸香珈琲のホットタマゴサンドにどこか似ているのだ。トーストすると、特に似てくる。テンダネスのプレミアムコーヒーももちろんタマゴサンドに合う。しかし良郎は毎日思っていた。これが幸香珈琲の特製ブレンドコーヒーならば、もっと味わい深くなるのに、と。ニセコも、このタマゴサンドがあるからこそ、幸香珈琲に目を付けたのではないだろうか。

「まさかな」

苦く笑う。しかし、心のどこかではそうなのだと確信してもいた。ニセコのコーヒーセンスは、自分によく似ている。コーヒーのカップに口をつけて、良郎はこの味に驚いた日のことを思い出していた。

コンビニにコーヒーマシンが置かれるようになってもう何年も経《た》つが、テンダネスがコーヒーマシンを導入したのは、各社よりも三年ほど遅れていた。満を持して登場したコーヒーを飲んだとき、良郎は少しだけ嬉しくなった。丁寧に煎られた豆の香りとコクが、まさに自分好みだったのだ。コンビニはとうとう、こんなにも質のいいものを安価で提供できるようになったのかと感動すらした。それからは毎日のようにテンダネスのコーヒーを買うようになったのだが、ある日ふと立ち寄った店舗で飲んだコーヒーは、これまでのテンダネスのコーヒーと似ているようで、はっきりと違った。ひとつ上の質のものを飲んでいるかのような豊かさと澄んだ味。驚きのあまり、店員に訊《き》いた。テンダネスは、豆を変えたんですか？

店員――いま思えば中尾だった――はにっこりと笑んで、お客様は、当店を初めてご利用ですね、と答えた。味に気が付かれたんでしょう？　でも、豆は同じです。どこの店舗でも使っている、プレミアムコーヒーの専用豆です。

しかし、味が。食いつく良郎に、中尾は嬉しそうに目を細める。そして内緒話をするように囁《ささや》いた。実はうちの店だけ、ピッキングをしてるんです。

はあ、と声が漏れた。ピッキングと言えば、割れた豆や虫食いの豆、大きさが均等でない豆などを選別する作業だ。雑味や臭《にお》いが取り除かれるので、コーヒーの味は格段にあがる。しかし、コンビニコーヒーの一日の売り上げ数を考えると、果てしない労力を掛けねばならない。本当に、そんなことを？　しかし中尾は『美味しいでしょう？』と自慢げに言う。毎晩やってるんです。ふるいにかけて、大きさも選別しているんです。やるとやらないとでは、味が段違いなんですよね、って私がやってるんじゃないんですけど。当店の店長が。

そんな、気の遠くなるようなことをしている熱心な店長がいるというのか。良郎は初めて幸香珈琲のオリジナルブレンドコーヒーを飲んだときと同じくらい、感動した。なんて、コーヒーを愛しているひとがいるのだ……！　しかし、あれが店長の志波です、と中尾に教えられて、目を疑った。店の隅で、ピンクのオーラのようなものを放った男が、老女たちに囲まれていた。皆七十前後、いやそれを過ぎているひともいるようだが、彼女たちはまるで女子塾生たちのような表情で、男を取り囲んでいる。

『あれ、佳子《よしこ》さんリップ変えましたね？　可愛《かわい》い』

まるで薔薇《ばら》が開くように男がなまめかしく笑って言うと、佳子と思われるひとが『はひぃ』と声にならぬ悲鳴を上げた。すると周りの老女たちが『ぎゃあ』と声を高くする。どちらも年齢に似つかわしくないはしゃいだ声で、良郎は目の前の光景がただただ信じられない。ここはホストクラブか？　目を擦《こす》って二度見したけれど、やはりテンダネスの店内であるし、しかも男は中尾と同じテンダネスの制服を着ていた。

『ええと、あれは、映画の撮影か何かですか？』

『いえ、当店の日常です』

　中尾が平然と言い、良郎は混乱する。あんな、アイドルの営業みたいな状態が日常……？　しかもあの中央にいるのが、店長……？

『理解が追い付かないので話を元に戻しますね。どうしてそんなことをわざわざしてるんです？』

　あれはもう、見なかったことにしよう。無理やり思考を切り替えて訊くと、中尾が堪えきれないといった様子で噴き出した。

『あ、すみません。それはですね、アドバイザーの意見に従ったんです。テンダネスの堀之内会長は、ご意見番と呼んでいるようですね。ご意見番ニセコ、と』

　元は小さなスーパーだったテンダネスを九州全土に広がるコンビニチェーンにまで育て上げた堀之内達重《たつしげ》は、九州では知らない者はない有名人だ。矍鑠《かくしゃく》とした老人で、テンダネスのCMに頻繁に出ている。ひとにやさしい、あなたにやさしい、テンダネス。八十を過ぎた老人とは思えない声量で言う姿は、すぐにも思い描くことができるほど身近だ。

『そのご意見番のニセコが言ったんですって。せっかくいい豆を使ってるんだから、豆をピッキングするべきだ、と。うちの店は、実験的にそれをやっているんです』

カップに再び口をつける。本当に、途方もない手間をかけているのだろうか。いや、これを飲めば、疑いようがない。良郎が納得のため息を吐《つ》くと、中尾は少しだけ眉《まゆ》じりを下げる。

『でも、全店でこんな作業をしていると、採算があわないんです。一杯百五十円で提供することができなくなってしまう。今後は、豆の焙煎後のピッキングを強化する方向になるようですけど』

中尾の言葉通り、数ヶ月後にはどの店でもコーヒーの味がよくなった。しかし、志波はピッキング作業を止めていない。門司港こがね村店のコーヒーはいまでも、他店より頭ひとつ分、美味しいのだった。

コーヒーの味に感激して通うようになって、中尾や志波とたまに会話をするようになった。その中で中尾から、ニセコはテンダネスの社員ではなくただの客のひとりだと教えてもらった。

『堀之内会長は、お客様の声を直に知りたいと私書箱を設けているんです。間に誰も介さず、会長に直接届くんです。その私書箱に手紙を送り続けたのがニセコなんですけど、いろいろ逸話がありまして』

ご意見番とまで呼ばれるようになった大きなきっかけは、離乳食の扱いを提案したことだという。高校生になる息子がいるという中尾は腕を組み、『離乳食って大変なんですよ』としみじみと言う。

『赤ちゃんに食べさせられるものを作るのって、本当に大変。私の夫は昔から料理が得意でしたけど、それでも離乳食となると頭を抱えてしまうって言ってましたもん。そういうときは専らレトルトを使ってましたけど、家にストックがない場合もあるし……。あ、それでですね、ニセコは会長に、店で離乳食を販売して欲しいって書いたんだそうです』

赤ちゃんの食も、助けるべきです。その手紙は会長にきちんと届き、会長は応《こた》えた。テンダネスは全店で、粉ミルクからおむつ、レトルトの離乳食を置く赤ちゃんコーナーを作った。それだけではなく、子どもや老人向けに、やさしい味付けでやわらかな食感のお弁当も置くようになった。テンダネスがひとにやさしいコンビニを目指すようになったきっかけは、ひとりのユーザーの手紙だったのだ。これをきっかけに、会長はニセコからの手紙を心待ちにするようになった。

「ニセコ、かあ……」

カップを弄《もてあそ》びながら、良郎は呟く。

良郎がこの門司港こがね村店に通うことになったきっかけを作った人物。ニセコがどんなひとなのかは、分からない。知っているのは、何かの折に志波が「桐山さんと年が近いんじゃないでしょうか」と漏らした言葉から、同年代だということだけ。

ニセコは同じような年だっていうのに、コンビニチェーンひとつを動かす力を持っている。そして今度は、あの頑固な珈琲店のマスターを動かした。それはきっと、センスだけでなく行動力があるからこそだろう。一体、どんなひとなのだろう。会ってみたい。ニセコならば、いまの自分を的確に判断してくれそうな気がする。テンダネスを成長させたように、ぼくに何が足りないのか、何が必要なのか、アドバイスをくれそうな気がする。

なんて、そんな都合のいい話があるわけないか。

苦く笑って立ち上がり、もうひとつのサンドイッチのパックを手にトースターに向かう。さっきと同じようにトーストして、席に戻る。サンドイッチを少し温《ぬる》くなったコーヒーで飲み下しながら、視線を外に投げた。

昼下がりの刺すような日差しが、アスファルトを焼いている。地面からゆらゆらと熱気が上がり、その上を車が排ガスを吐きながら通り過ぎていく。道を歩くひとの姿はまばらだ。気休めにもならなそうな小さな日傘を差した女性が早足で去っていった。盆が過ぎれば暑さが和らぐ。そんなことを言うけれど、九月を目前としたいまも、真夏日は続いている。熱中症で何人倒れたというニュースは連日報道されている。今年は異常気象。異例の猛暑。例年以上。そんな言葉をしょっちゅう聞くが、良郎の目の前の景色は去年と何ら変わらなかった。窓の外の景色も、手にしたコーヒーも、サンドイッチの色も。自分だってそうだ。これから電車に乗って職場まで行き、夕方からの講義の準備をして、中学生たちに何十回目かも分からない小論文の必勝法について語る。夜は定食屋で適当に済ませるか、スーパーで投げ売りされている割引惣菜《そうざい》を買って帰る。去年の今日も、変わらない自分がいた。来年の今日も、同じ景色をみているのだろうか。そんなのは嫌だけど、でもどうしていいか、分からない。

ランニングシャツ姿の少年が、テンダネスの中に駆けこんでいくのが視界に入った。スポーツキャップの下の顔は、真っ赤に上気していた。次いで、駐車場に軽トラックが滑り込んでくる。たまに見かけるが、廃品回収業者だろう。荷台には洗濯機や一斗缶が積まれていた。運転席から、髭《ひげ》もじゃの男が降りてくる。袖《そで》を二の腕までまくり上げたライトグリーンのツナギの背に、白字で『なんでも野郎』とロゴが入っている。見かけるたびに思うが、変な社名だ。眩《まぶ》しそうに空を仰いだ男は、軽やかな足取りでテンダネス内に消えていった。それからすぐにテンダネス側のドアが開き、先程の少年がイートインスペースに入ってきた。良郎の反対側のカウンター席に座り、レジ袋を探る。取り出したのは、ペットボトルの炭酸飲料と今日発売の週刊少年漫画誌だった。去年アニメ化された漫画の主人公が剣を掲げている表紙を、嬉しそうに撫《な》でる。この少年もきっとファンなのだろうと、良郎は様子を窺《うかが》う。少年はしばらく表紙を眺めたのち、ページを捲《めく》った。こめかみに汗が流れているのも構わずに読み始めた少年はあっという間に漫画の世界に入り込み、いい表情を浮かべていた。

思わず、通勤バッグの奥に忍ばせているスケッチブックに手が伸びた。と、ふわりとカレーの香りがして顔を向ければ、さきほどの髭もじゃ男が入ってくるところだった。ぐるりと室内を見回し、うむ、と独り頷くと良郎の隣に座った。背後にはテーブル席がいくつも空いているのに、どうしてわざわざ隣に座るのだ。非難を込めた視線を送ってみるも、男は気にもせずに、手にしていたレジ袋に手を突っ込んだ。うきうきした仕草で取り出したのは、赤牛ごろごろブラックカレーと福神漬けのミニパック。ふたつめの袋からミネラルウォーターの、一リットルのペットボトルを取り出した。福神漬けのパックの半分を、湯気を上らせる黒いカレールーの端に載せる。福神漬けの赤とルーの黒を満足そうに眺めてから、男はゆっくりと味わうように食べ始めた。よほど空腹だったのか、カレーが好きなのか。時折目を閉じては、しみじみと頷く。福神漬けだけを食べたり、ルーに混ぜたり。微妙な変化を加え、そのいちいちに感心しながら男はカレーを食べる。それがあまりに美味しそうだから、良郎は思わず見つめてしまっていた。

良郎はほぼ毎日、タマゴサンドを食べている。それで満足しているものの、男を見ているとたまにはカレーもいいのかもしれないと思った。いつもはこれっぽっちも興味を抱けなかった黒々としたルーも、鮮やかすぎる福神漬けも、やけに食欲をそそった。

　男は終始旨そうにカレーを食べたあと、喉《のど》を鳴らして水を飲んだ。それからふたたび袋に手を入れると、出てきたのは、良郎と同じこだわりタマゴのふんわりサンド。ビニールを剝《は》いでサンドイッチを取り出した男はおもむろに、分解するごとく、パンを二枚に剝がした。何を、と思う間もなく、男は剝《む》き出しになったタマゴフィリングの上に、残っていた福神漬けを振りかけた。パステルイエローの上にビビッドな福神漬けが載り、その鮮やかなコントラストに良郎は「ぐえ」と声を上げた。何てことをするんだ。

　男が初めて存在に気付いたように、良郎の方を見る。顔を歪《ゆが》めた良郎と自身の手元を交互に見た男は、にっと口角を持ち上げて笑った。よく焼けた肌と伸びた髭の下の顔は、存外若いようだ。無邪気な笑顔のまま、男は「アレルギー」といきなり言う。

「食物アレルギー、無い？」

「へ？　な、ないけど」

「それなら、それこっちに向けて」

　男が差しているのは、良郎が手にしたままだった食べかけのサンドイッチだった。つい差し出してしまうと、男は「開いて開いて」と早口で言う。急かされるようにサンドイッチを二枚にすると、男はその上にも福神漬けを振りかけた。「うああ」とうめき声をあげる良郎に「食って」と言う。

「それ、食って。うまいから」

男は手慣れた仕草でサンドイッチを元に戻し、ぱくりと齧《かじ》った。こりこりと音をたてて咀嚼《そしゃく》する。目じりに皺《しわ》を寄せて味わう顔を見て、良郎は手元の分解されたサンドイッチを元に戻した。少し躊躇《ためら》った後にかぶりつき、おそるおそる嚙《か》みしめる。

「な、うまいだろ」

髭にタマゴをつけて言う男に、良郎はゆっくりと頷いた。ふふふ、と笑みが湧《わ》いてくる。結構、旨い。甘酸っぱさと食感がいい。こんな食べ方、考えもしなかった。しかしどこかで食べたような気もして、思い出したのは実家の母親がいつも拘《こだわ》って作っていたタルタルソースだった。沢庵だか何だかを刻んで混ぜ込んでいた、あれに似ている。

「わさび漬けもまあうまいんだけど、俺は色味の良さで福神漬けだと思うんだよなあ」

男はサンドイッチを食べ終わり、水の残りを喉を鳴らして飲んだ。一リットルを苦もなく飲み干し、満足そうに息を吐く。男はゴミを手早く片づけて、「じゃ、お先」とあっさりと出て行った。しかしすぐにひょいと顔を戻す。

「分かる」

男を目で追うだけだった良郎は、男の言っている意味が分からなくて首を傾《かし》げた。すると男は「タマゴサンドはトースト。分かる！」と大きな声で言って、今度こそ去って行った。強い日の光に『なんでも野郎』が照らされ、軽トラックの車内に消える。車は緩やかに、車道の流れに紛れた。

やたら勢いがある謎《なぞ》の男を、良郎は半ば呆然《ぼうぜん》と見送った。それから思い出したように手元に残ったサンドイッチの残りを齧り、小さく笑った。なるほどこれは、なかなか面白い。

「カレーにも、合うのかも」

室内に残ったカレーの香りが、タマゴフィリングに合うような気がする。今度、男と同じ組み合わせで買ってみようかと思う。どこか満ち足りた食事を終えた後、腕時計を見たら電車の時間が近くなっていて、良郎は慌《あわ》てて席を立った。

＊

夢を仕事にできたひとというのは、世の中にどれくらいいるのだろう。中学生たちに将来の夢というアンケートを時折とることがあるが、彼らの何人がその夢を叶《かな》えることができるのだろう。

仕事が終わり、終電間際《まぎわ》の電車は、ひとが少ない。座席に深く腰掛けた良郎は、向かいの窓ガラスに映る自分をぼんやりと眺めていた。疲れの滲《にじ》んだ顔は覇気がなく、肌に脂《あぶら》が滲んでいる。三十三歳というのはもうおじさんの年齢なのだなあと思う。この年になるころには、夢を叶えて大躍進をしている予定だった。しかし、幼い頭で何度も描いた理想の自分はどこにもいない。

車窓の自分が、幼い子どもの姿に戻る。自分は、特徴のない子どもだった。運動も勉強も、何なら容姿も人並みで、大人しい性格もあってか学生時代は目立つことなど一度もなかった。だから自分に自信が持てなくて、「ぼくなんか」が口癖でもあった。でも、ひとつだけ誇れるものがあった。きっと叶えるのだと信じた夢があった。

漫画家になりたい。

小学校四年生の時にはっきりと決めた夢だった。ぼくはいつか、みんなが夢中になるような漫画をたくさん描くんだ。絵は賞を取ったこともあったし、物心つく前から時間さえあれば紙に向かっていた自分にはぴったりな、これしかない目標だと思った。それはリレーの選手になるより勉強で学年一位を取るよりも意味があって、自分を自分たらしめてくれた。

しかし夢は一向に叶わないまま、平凡な高校を出て誰も驚かない大学に進み、それから塾講師になった。塾講師になった理由は特にない。ひとに勧められて、そして採用されたから、それだけだ。ただ、塾講師はいつか辞めるつもりだった。仕事をしながらも夢を追い続け、叶えた暁にはすっぱり辞めるのだ。そんな風に思っていた。

そんな中途半端な心構えが、いけなかったのだろう。

『桐山先生って、なんでこの仕事してんの』

数十分前、投げつけられた言葉が蘇《よみがえ》る。

講義が終わり、いつものように帰宅する塾生たちを見送っていたときだった。家族の迎えの車や送迎バスにそれぞれ乗り込んでいく背中に声をかけていると、数人の女子塾生たちが寄ってきて良郎を囲んだ。彼女たちは目くばせを送り合いながらにやにやと笑い、その中のひとりが意を決したように言ったのだ。

『授業も全然楽しくないし、っていうか先生は楽しくしようとか思ってないよね。給料の分だけやってますって感じ』

何を言われているのか、分かるけれど分からなかった。浮かべていた笑みが凍りついた。そんな良郎に、彼女は吐き捨てるように続けた。先生みたいな生き方って、絶対いや。

周囲にいた他の女子たちがどっと笑う。心底楽しそうな、けれどどこかいやらしい笑顔を見ながら、頭のてっぺんからつま先へ、冷たいものが流れ落ちていく感覚があった。良郎は頭を掻いて、どうにか声を出して笑った。そうか、ごめんね。もう少し気を付けてみるよ。彼女たちは鼻白んだような顔をして、帰って行った。その背中を笑顔で見送ったけれど、足は震えていた。

自分なりに塾講師の仕事も精一杯やっていたつもりだった。けれど、しょせん腰かけで、子ども相手の仕事だと馬鹿《ばか》にしていたのだ。それを、見透かされてしまった。

良郎はポケットの中からスマホを取り出す。画面は、今日発表だった漫画大賞の二次選考通過者のリストだ。そこに、良郎のペンネームはない。最終選考にも届かなくなって、もうどれくらいだろう。

今回のことは全部、いい加減現実を見ろという暗示なのだろう。夢を捨てる頃合——いや遅すぎたくらいだから、警告かもしれない。良郎はスマホをしまって、小さく息を吐く。叶いもしない夢を追って、現実を疎《おろそ》かにしてきたおっさん。何も手元に残らなかった、情けない男。認めたくはないけれど、それがいまの自分だ。なんて、惨《みじ》めなんだろう。

バッグの中のスケッチブックをいますぐ破りたい衝動に駆られるも、やめてくれと叫ぶ自分もいる。バッグに手を突っ込んだまま、微塵《みじん》も動けなかった。

門司港駅に着くと、同じく仕事帰りなのか疲れた顔をしたスーツ姿の女性や、制服姿の学生たちがホームに降り立つ。彼らから少し遅れて下車した良郎はのろのろとホームを歩き、改札前でふと振り返った。真正面にある電車の顔を眺める。赤と黒の扁平《へんぺい》な顔が良郎を見つめていた。

門司港駅は、北九州市門司区から鹿児島市まで、九州を縦に走る鹿児島本線の始発駅だ。起点であるから、線路はこの駅から始まっている。良郎は鉄道には明るくないが、電車の顔を至近距離で眺められるのは珍しいのではないかと思う。　実際、改札を出てすぐに見ることができるこの光景を写真に収めている観光客は多い。

就職を機にこの地に越してきた当初、良郎もこの景色に驚き、見惚《みと》れた。線路の始まりに立つと、自身の可能性もここからどこまでも続いていくような気がして嬉しかった。けれどいまは、ここが終着点であるようにしか思えない。門司港駅が始発駅で終着駅でもあるように、可能性は伸びているのではなく、この地で終息しているのだ。同じような日々を繰り返しているのも、そういうことなのだ。

電車の発車時刻になったようだ。ベルが鳴り、ゆるゆると顔が遠ざかっていく。頭をひとつ振って、良郎は駅を出た。

夏の温い夜風が頬を撫でる。潮の香りがした。昼間は多くの観光客で溢《あふ》れかえっているが、さすがに人影も少ない。駅前のコンビニに入った良郎は、缶ビールを一本買い、自宅とは逆の海側へと足を向けた。

門司港駅の駅舎は大正時代に作られた、ネオルネッサンス形式と呼ばれる変わったデザインの建物である。国の重要文化財にも指定されたレトロな風合いをしていて、駅周辺は駅舎と同じような歴史的価値のある古い建造物が幾つも点在している。駅舎も含め、それらの建物は普段ライトアップされているのだが、遅い時間であるのでどこも息を潜めるように佇《たたず》んでいた。缶ビールを開け、ちびちびと飲みながら海へと向かう。夜の海を眺めるカップル数組とすれ違った。

　飲みなれないビールに顔を顰《しか》め、夜空を仰ぐ。星々が煌《きら》めき、波の音がやわらかく聞こえる。ふと立ち止まり、海の向こうに視線を投げる。海峡の向こう、下関の街の灯りが見えた。ここに来てすぐのころ、門司港と下関を往復する連絡船に乗ったことがある。船はふたつの地の間にある巌流島《がんりゅうじま》にも寄った。宮本武蔵と佐々木小次郎の戦いの話は、良郎にとって埃《ほこり》の被《かぶ》った昔話というイメージだったけれど、その地に降り立つと不思議と気分が高揚した。武蔵と小次郎がいざ刃を合わそうとするその瞬間を捉えた像を前に、立ち尽くした。いつか僕も、こんな風に像になるような素晴らしい瞬間を描ける漫画家になろう。読者の子どもたちの肌が粟立《あわだ》ち、息を呑《の》むような熱いシーンだ。大人になったときでもふっと思い出し、あれはよかったなあと語れるような、そんなシーンをいつか、きっと。

　へっへっ、と嫌な笑い声がして、それは自分の無意識の声だった。缶を思いきり傾けて、喉にビールを流し込むことでそれを消そうとしたものの、飲みなれない炭酸にむせ返ってしまう。両膝《ひざ》に手をあて前かがみで咳《せ》き込んでいると、「桐山さんじゃないですか？」と声がした。口元を拭《ぬぐ》って振り返れば、そこには数人の老女に囲まれた志波が立っていた。いつものテンダネスの制服ではなくシンプルなシャツとジーンズに身を包んでいる。対して老女たちは、みな品の良い服装だ。ホスト、パトロンという言葉がぐるぐると頭を駆け巡る。志波は、夜はホストクラブで働いているのだろうか。

「桐山さん、こんなところで、何をされてるんです？」

「い、いやそれはこちらの台詞ですよ」

老女たちは朗らかに、「みっちゃんのお友達？」と良郎に尋ねてくる。いつも思うのだが、この老女たちは一体どこから湧いてきているのだろう。志波の傍にはいつもひとりふたりいる気がする。オプションでついているのか。

「お店のお客様ですよ」

志波が答えると、着物を着た女性が「あら」と思い出したように声を上げた。

「タマゴサンドの子だわね」

なんで知ってるんですか。驚いて言葉にならず、口をパクパクさせる良郎を見て、他の老女たちが「ほんとだわ」と口々に言う。皆、良郎の顔を知っているようだった。しかし良郎は全く心当たりがない。必死で記憶を探る良郎に、志波が微笑んで言った。

「イートインスペースの管理をして下さっている方たちです」

ああ、と声が出る。よく見れば実家の母に似ていると思った女性の顔もあった。

「業者の方たちですか。いつも利用させていただいてます」

頭を下げると、「あらあら、違うわよ」と母親似が顔の前で手を振る。

「わたしたちは、こがね村ビルの住民なの。あそこはこがね村ビルの住民専用の談話室なんだけど、それを一般にも開放しているだけなのよ」

へえ、と良郎は眉を上げる。あのビルの上階部分が高齢者専用のマンションになっているというのは知っていた。なるほど、上の階の住人たちが常に店にいるというわけか。

「みっちゃんのために始めたけど、これが意外と生活に張りがでるのよねえ」

うふふ、と笑いあう彼女たちに、志波が「本当に助かっているんですよ」と甘い声で言う。

「いつも綺麗《きれい》にして下さるので、お客様からも大変好評ですし」

「そう言ってくれるだけでいいのよ。それに、こうしてお礼にってお食事にも誘ってくれるんですもの」

彼女たちは、志波の誘いで河豚《ふぐ》を食べに行った帰りだという。ホストやパトロンとは違うようだが、どうにも変な関係だなあと良郎はぼんやり考えた。

「あ、そうそう。あなたもたまには他のものも食べないとだめよ？　あれじゃあ栄養が足りないわよ」

ひとりが思い出したように言うと、みんなが深く頷く。せめてサラダをつけるとか。野菜ジュースでもいいわよ。まるで母親のように口々に言い、良郎は気恥ずかしくなる。ひとりの食事のときは手早く済ませてその時間を別のことに——漫画に使いたいだけなのだが、ここで言っても仕方がない。「じゃあ、ぼくはもう行きますね」とその場を離れようとした。明日からはもうあのコンビニに行くのは止《や》めよう。旨いコーヒーが飲めなくなるのは残念だけど、行き辛《づら》い。背中を向けると、志波が「食事の優先順位が低いのは、芸術家にありがちらしいです」と言った。思わず足を止めて振り返る。どこか申し訳なさそうに、でも恥ずかしそうに、志波が言った。

「ぼく、桐山さんの絵のファンなんです。実はたまに、後ろからこっそり拝見させていただいていました」

甘い告白のような口調だったが、アルコールのせいでほてっていた体が、一気に冷えた。隙間《すきま》風のような息が喉の奥から漏れる。志波は少しだけ熱っぽく言う。

「味があるっていうんでしょうか。温かみがあって、やさしくて、素敵だなと思います。夢中になれるものがあるって、いいですよね」

何の感情なのだろう。怒りとも恥ずかしさともつかないマグマのようなものが喉を突き上げて来る。女子塾生たちの笑い声が、どこからか響いてきた気がした。笑い声はわんわんと大きくなり、良郎を包む。声の向こうで、志波が笑っている。

「うるさい！」

目の前のものを振り払うように手をばたつかせて、良郎は叫んだ。

「うるさい、うるさい！　よく知りもせんくせに、そんなこと言うな！」

自分でも驚くくらい、大きな声が出た。老女たちが目を見開き、近くを歩いていたカップルがちらちらと良郎を見た。全身を震わせて、良郎はもう一度口を開く。

「真面目《まじめ》に生きちょるんじゃ。自分なりに抱えてるもんだってあるんじゃ！　われどうみたいな強いもんにはいっこん分からんやろうけど、これでも必死なんちゃ！」

感情が乗ると、涙が出てくる。幼いころからどうにかしたくて、しかし直らなかった癖が出て、良郎はぐっと唇を噛んだ。それから踵《きびす》を返して駆け出した。堪えていた涙が溢れて、情けないと思う。いい年して、何をしてるんだろう。

息が切れ、運動不足の足が悲鳴を上げるまで走り、立ち止まったときにはアパートの近くだった。肩で呼吸しながら、どっと溢れた汗と涙を拭う。体に反して気持ちだけはやけに冷静になっていて、良郎は疲弊した体を引きずるようにして部屋に戻った。

キッチンで水を飲む。三杯目の途中で、息を吐く。コップを手にしたまま、自室に向かった。学生時代から使っている黒のデスクに座り、視線を落とす。デスクには昨晩遅くまで描いた原稿があり、主人公の少年剣士が勇ましく剣を振るっていた。

「ぼくはいつだって、馬鹿にされる」

指先でそっと、少年剣士の顔を撫でた。

絵が好きなだけだった自分に『漫画家』という職業を教えてくれたのは、小学三年の時に転校してきた茂木《もぎ》だった。東京から越してきた彼はすでに『将来漫画家になる』と公言していて、そしてプロ並みの画材を持っていた。Gペンや丸ペン、スクリーントーンにケント紙。彼はそれらをきちんと使いこなしていて、そしてとても上手《うま》くジャンプのヒーローたちが描けた。初めて見る本物の画材に、洗練された絵。茂木によって、良郎の夢は明確化された。茂木に出会わなくてもいつか抱いた夢だったかもしれないけれど、でも茂木がいたからこそ、夢に打ち込めたのだと良郎は思う。同じ夢を追う茂木の存在は、いつでも大きかった。

高校生になるころには、ふたりとも出版社に投稿するようになっていたが、賞に近いところにいくのはいつだって茂木だった。小学生のころから繊細で緻密《ちみつ》だった絵は凄《すご》みを増し、キャラクターの造形も輝いている。早くに担当が付き、学生のうちにデビューできるだろうと言われていた。良郎はそんな友人が誇らしいばかりだった。

茂木はいつから、良郎のことが重荷になっていたのか。ペン入れを手伝わせてもらえなくなり、原稿を見せてもらえなくなった。そして、相談をされなくなったことに気付いたときには、茂木はもう別のコミュニティにいた。博多に住んでいる漫画家のアシスタントになっていたのだ。時には学校を休んででも漫画家の元に向かう茂木は。茂木の変化に戸惑う良郎に神妙に頭を下げてきた。

『実力差というか、置かれている状況が違い過ぎる奴《やつ》に相談しても、いい答えは得られない。それに君もいい加減辛いだろ？　いつも背伸びして、おれの話を聞いてくれてたよね』

茂木が東京から大分の田舎町に越してきて、何年も経っている。しかし乱れることのないうつくしい標準語で、言葉を探しながら言う。そこには隠しきれない憐《あわれ》みがあった。

良郎は、茂木のような絵は描けない。どれだけ練習してもうまくならず、いつも酷評された。それでも二度ほど最終選考まで届いたけれど、そこから大きな成長もできないでいる。自分には茂木ほどの才能はない。茂木のようなセンスのある美麗な絵は、華のある作品は、生まれ変わらなければきっと描けない。それならば自分は、自分なりの絵を描くしかない。描けないものを描こうと苦しむより、描けるものを伸ばしていこう。そう思って頑張っていたつもりだった。そして茂木も良郎のそういう気持ちを分かってくれていると、思っていた。なのに。

『桐山くんには多分他に……何か別の才能があるんだよ、うん。だからさ、その、おれと一緒にいることで間違った道を走らせるのって、間違いだと思うんだ。おれも、もっと深いところまで分かり合えるひとたちといたいし』

『……面白いって、言ってくれたじゃないか』

震える声で言う。良郎の漫画を、茂木はいつだって褒めてくれていた。それがどんなに嬉しかったことか。茂木のようにすぐに漫画家になれはしないのは分かっている。でも、アシスタントとしての補助くらいさせてくれてもいいはずだ。必死に言葉を重ねたけれど、茂木は首を横に振った。

『桐山くんは下手くそなのに、個性が強すぎるんだよ。それに、素人同然の人間におれの原稿は触らせられない。質が下がる』

きっぱりした拒絶に愕然《がくぜん》とする良郎に、茂木は続けた。君みたいに甘えた考えでは商業で闘えないよ。おれは本気で漫画家になろうとしてるんだ。遊びじゃないんだよ。

『ぼくは、遊びのつもりはない。ぼくは本気で』

いつだって本気で漫画家を目指していた。そう言おうとした良郎だったが、言葉は喉の奥で固まって出てくることはなかった。茂木が笑いだしたのだ。喉の奥から勝手に染み出てくるような笑い声だった。

『止めてくれよ。勘違いも甚だしいよ。自分の実力が小学生の落書きレヴェルだってわかってる？　最終選考に進めたことだって、奇跡だったんだよ』

良郎の前でひとしきり笑った茂木は、飽きたように口を噤《つぐ》んだ。そして、『まあお互い、自分に適したフィールドで生きようよ』と言い置いて、去っていった。あれから、茂木とは一度も会話をしないまま縁が切れた。茂木が通っていた博多の漫画家はすぐに人気作家となり、いまでは連載漫画は常に巻頭、アニメ化までされて子どもたちに大人気だ。茂木は二十代前半頃まで、アシスタントをしていたのではないだろうか。背景やモブに茂木のペンタッチが見られたけれど、あるときから全く見かけなくなった。茂木のペンネームを見かけることもない。茂木はいま、どのフィールドにいるのだろう。

デスクの上のペンを手に取るが、手は動かない。次の公募に出すつもりで必死に描き進めていたけれど、昨晩まであった熱意のようなものが見当たらない。

馬鹿にされ、いい結果につながることはなくとも、漫画を描くことだけはどうしても辞められなかった。自分なりに頑張ってきた。けれどもう辞めるべきだ。自分の人生を、改めて考えなければいけないのだ。そうでないと、いまよりももっと惨めな日が待っているような気がする。

少年剣士が良郎を見ている。その顔に、「ごめんな」と声をかける。もしかしたら、ぼくはもう描かない方がいいのかもしれない。色んなことが、過去の傷までが重なって辛いんだ。もう、これで終わりかもしれない。

少年剣士は何も言わない。どこか哀《かな》しそうにも見える顔に小さく頭を下げて、良郎はデスクから離れた。そしてその晩は風呂にも入らずに布団にもぐりこんだのだった。

＊

良郎は実家に帰ることにした。塾を辞め、アパートを引き払い、実家のある大分に戻ることにしたのだった。

荷物を全部実家に送り、がらんどうになった部屋の真ん中にひとり立った時、泣き出しそうになった。自分はここで何年も、何をしていたんだろう。

　ここに来ることは、もう二度とないだろう。小さなバッグを持ってアパートを後にした良郎は思いつくままに歩き始めた。実家のある大分まで電車を乗り継いで帰る予定だが、どうにも別れがたいような感情を覚えてしまって、真っ直ぐに門司港駅に向かえなかった。

　赤レンガの鮮やかな旧門司税関前までふらふらと来て、ぼんやりと海を眺める。夏の日差しを受けた海面はキラキラとうつくしく、良郎は目を細める。心が晴れやかになりそうな景色だというのに、気持ちはどんどん塞《ふさ》いでいく。実家に帰ったって、さっとこと大して変わらないつまらない生活を送るのだろう。夢も職も手放して、ぼくはこれからどうしたらいいんだろう……。

「おお、いた！」

　ふいに背中に野太い声がかかり、良郎が振り返れば赤い三輪車に乗った老人がこちらを見ていた。門司港駅の周辺によく出没する一風変わった服装のひとだ。確か塾生たちが赤じいと呼んでいた……と思っていると「先生」と呼ばれた。

「先生、あんた最近姿を見ないってみっちゃんが心配してたぞ」

　みっちゃんって、誰だ。というか、どうして赤じいがぼくのことを知っているのだ。驚いてただ見返していると、「行ってやんなよ」と赤じいが言う。

「先生に失礼なこと言ってしまったって、色男がしょぼくれてたぞ」

そこでやっと、『みっちゃん』が志波であることに気が付いた。そう言えば、老女たちがそう呼んでいたような気がする。

あれ以来、門司港こがね村店には――他のテンダネスにすら行っていなかった。赤じいはそれを言っているのだろう。よけいなお世話です、と赤じいに返事をしかけ、口を噤む。どうせ、これからここを離れるのだ。適当にあしらってしまえばいい。とりあえずぺこりと頭を下げると、赤じいは満足したように笑った。ただでさえ厳めしい顔に凄みが増して、少しどきりとした。

「よかった。じゃあちゃんと、行ってやってくれよな」

何度か頷いた良郎だったが、それから逃げるように門司港駅に向かった。迷わずに改札を抜ける。車両が動き出しても、振り返ることはしなかった。

門司港を去って、一ヶ月が瞬《またた》く間に過ぎた。良郎は実家で自身が予想した通りつまらない生活を送っていた。年老いた両親は最初こそ息子の帰郷を喜んでくれたけれど、すぐに「早く勤め先を見つけろ」だの「こうなったのも独身だから」だのと小言を零すようになった。ハローワークにも通っているが、いい職に巡り合わないのだから仕方がない。

家に居辛くて外に出てみるも、徒歩圏内には何もない。山と田んぼ、数軒の農家しかないところで、どうやって時間を潰《つぶ》せばいいのか。その点、門司港周辺は大都会という訳ではないが、便利な町だったと思う。博多まで電車で一時間足らずで行けたし、生活するのに何の不便もなかった。テンダネスのコーヒーを飲もうとすれば、部屋を出て五分で買い求められた。当たり前になりすぎてなんとも思わなかったけれど、贅沢《ぜいたく》でしあわせなことだったんだなあと思う。何しろいまでは、ここから最寄のコンビニまで車で二十五分だ。

自室のベッドに寝そべり、天井を眺める。どこでどうしていたらこんな未来にならなかったか、ということばかりを考える。茂木に会わなかったら？　漫画家という大それた夢を持たなかったら？　でも、どう思いを巡らせてもぼくは漫画に惹《ひ》かれていただろう。

「ばかだよなあ」

ひとり呟いたその時、「ちょっと、良郎！」と母の里美《さとみ》の声がした。

「ちょっと手伝って！　納屋《なや》にある応接セット捨てるけん」

窓の外を見れば、空がオレンジ色に染まり始めていた。なにもこんな時間から納屋の掃除をしなくてもいいのに。しかしそんなことを言えば、里美の機嫌はすぐに悪くなってしまう。ため息をひとつ吐いて、良郎は外に出た。

「母さん、手伝うって、何を……」

頭を掻きながら納屋に入ると、「みつけた！」と大きな声がした。驚いて見れば、それはいつだったかテンダネスでカレーを食べていた髭もじゃ男に他ならなかった。

「やった、絶対この辺りだと思ったんだ」

男は言いながら駆け寄って来て、「あんたを探してたんだよ」と背中をばんばんと叩《たた》く。

「痛い痛い。あの、何ですか、一体」

男が自分のことを覚えていたのにも驚くが、どうも探していたらしいことが分からない。合皮が破れたソファの前にいた里美が「どういうことね？」と訊いてくる。男は「探してたんだよー」と明るく言った。

「俺さ、かくれんぼと宝探しがめちゃくちゃ得意なんだよ。だからもう絶対、見つけられると思ってた」

何が嬉《うれ》しいのか、男は喉の奥まで見えそうなくらい大口で笑い、そのあとに「あ、それより先にこれ車に積もうか。おばちゃん、そっち持って」と里美に指示を飛ばす。切り替えが早すぎる、と良郎はじんじん痛む背中をさすりながら思う。

「か、母さん。そのひと、知ってるの？」

「たまに来る何でも屋のお兄ちゃん。このあたりは年寄りが多いけん、力仕事してくれる若い男のひとが来ると助かるんよねえ。あんたは非力でちっとも役に立たんけど」

嫌味を言って、里美は「あんたこそ何でシバちゃんを知ってるん。お友達なん？」と訊いてきた。良郎が応える前に、男が平然と頷《うなず》く。

「タマゴサンドを一緒に食った」

それだけで友達か、と突っ込みそうになった良郎だったが、それよりも里美が呼んだ名前の方が気になった。

「シバ？」

知っている名前だ。もしかして、と訊く前に「あいつ、弟」と男が答えた。

「店長、あれは俺の弟」

「似てない」

喉で留める前に、思考が口から零《こぼ》れた。全然似てない。あの色気を捏《こ》ねて作ったような男と、目の前のむさくるしい髭もじゃ男が兄弟だなんて、信じられない。しかしそんな反応には慣れているのだろう。男は頷いて、「両親同じだよ」と言う。

「ちゃんと、兄弟。あ、俺のことはツギって呼んで」

良郎が返答する前に、男――ツギは里美とソファを運び出していく。納屋の外から「良郎も運んでよ」と里美の声がしたので、良郎は慌ててオットマンスツールを抱えた。

大きなソファを全部ツギの軽トラックに乗せたあと、里美が「そういや、これどうする？」と納屋の端に積んだ段ボールを指差して良郎に訊いた。

「古紙回収もしてくれるらしいけど、持って行ってもらう?」

良郎は言葉に詰まる。ふたつほどの段ボールの中身は、これまで良郎が描きためた原稿だった。里美の手入れしている畑の隅で燃やしてしまおうと思っていて、しかし踏み切れなかった。せめて目につかないところに置いておこうと納屋に運び込んでいたのだ。

「あんた、自分で処分できないんでしょうよ」

「う……うん。そう、だけど」

大きな段ボールを見ながら、里美が言う。

「その年になっても好きなことなんやから、それを仕事にできたらよかったとけどねえ。うまくいかんもんよ。でも、人生ちゃそんなもんよ。好きなことでごはんが食べられるのは、一握りのひとやけんなあ」

しんみりした声に、良郎は俯《うつむ》いた。寝食を惜しんでまで漫画に熱中していた息子の姿を、このひとはよく知っている。

「諦《あきら》めるのも、大事よ」

やさしい母の声に、良郎は頷こうとした。

「諦めなくていいじゃん」

声がして振り返ると、髭もじゃ顔があった。ペットボトルのスポーツ飲料をぐいぐい飲みながら、「続けたらダメなの?」と訊いてくる。

「絵だろ？　いままでも仕事しながら描けてたんなら、できるじゃん」

「ぼくは、才能が」

「続けられることが才能だっていうじゃん」

ツギはあっけらかんと言う。

「成功したひとはみんな言ってる。どんなことも、続けられなきゃどうしようもないって。その年まで報われなくても続けられたってだけで、才能って呼んでいいんじゃないの？」

良郎は唇を噛む。それから絞り出すように「ぼくは本当に、才能がないんだ」と言う。

「下手なんだ。本当に。漫画家なんて、なれない」

「そうなの？　少なくとも、俺の弟はいい絵だって言ってたよ。好きだって。あいつってどういうわけだか胡散臭く見えるから、信じてもらいにくいんだけども」

「あらー、それはシバちゃんと同じねえ。最初は、怪しい兄ちゃんが来たってみんな警戒してたもんね」

里美が言い、ツギは「はは、そうだな」と笑う。

「たしかに、胡散臭いのは血筋かもしんねえ」

「血筋って言うんなら、弟さんもいいひとなんやろうねえ。いまじゃ、シバちゃんが来るのをみんな心待ちにしとるもの」

ツギは少し嬉しそうに「そうか」と言った後、良郎に顔を向けた。

「とにかくさ、弟が言ったのは、本心だったんだ。でも、あんたにそれはちゃんと伝わらなかった。謝ろうとしたけど、引っ越していなくなったみたいだ。弟は、もしかしたら自分のせいであんたがいなくなったんじゃないかとすごく悩んでてさ。で、俺にあんたを探す依頼をしたってわけだ」

見つかってよかった、とツギは歯を零して笑う。それから、良郎の手を取った。

「いまからドライブ行こう。門司港まで」

気楽な誘いだが、ここからだと高速を使っても三時間近くかかる。

「ちょ、ちょっと待って。そんな急に言われても困る。もう暗くなるし」

「いいじゃん、明日またこっちに来るから、向こうで一泊しようぜ。それでいいだろ」

ツギは背後にある自身の軽トラックを振り返る。荷台は既にいっぱいなのだが、里美曰《いわ》く他にもツギの来訪を待っている家があるらしい。

「宿は、弟の部屋でいいだろ。ここだけの話だけど、あいつ実はこがね村ビルの四階に住んでるんだ。家賃を安くしてもらってるんだけど、めちゃくちゃ広くて綺麗なんだ。てことでおばちゃん、息子借りていい？」

ツギが訊くと、里美は「いいわよお」とあっさりと了承する。

「辛気臭そうな顔で家に居られて、こっちも嫌になってたところやもん。あ、門司港に行くならさ、河豚最中買ってきてよ。あたしあれ好きなんよ」

予想外の展開に慌てるも、ツギはしっかと手を摑《つか》んで離さない。良郎は、一時間後には高速を走る軽トラックの助手席に座っていて、門司港に突き進んでいた。

「どうしてぼくを見つけられたの」

流れる景色を眺めながら訊くと、ツギは得意げに笑った。

「だから、言っただろ。俺は探し物が得意なんだ」

「そんなの、信じられないよ。ぼくは向こうで、誰にも行き先を言わなかったんだ」

学習塾のオーナーなら実家を知っているが、志波たちは良郎の勤務先も知らなかったはずだ。一体どうやって調べたのかと訝《いぶか》しんでいると、ツギは良郎をちらりと見る。

「赤じい。部屋を引き払って門司港を出て行ったようだって教えてくれた。あの人に訊けば、大抵のことは分かる」

強面《こわもて》の髭面を思い出して、良郎は「うえ」と声を洩《も》らす。コミカルな格好をしてうろうろしているけれど、実は門司港を束ねる組織の構成員か何かで、諜報《ちょうほう》活動でもしているのだろうか。

「でもさすがの赤じいも、実家まで知るわけがない。そしたら大分出身だろうって、弟が。方言で分かったらしい」

あの晩、感情のままに怒鳴ったときに方言が出ていたのか。気付かなかった。

「俺はこの仕事で九州圏内ならだいたいどこでも行くんだ。だから最近は大分県内を回って、あんたを探してた。大分ってヒント以外は、当てずっぽう。実際に見つけられてるんだから、大したもんだろ」

野性の勘ってやつだな、と言い足して大口を開けて笑う。その男じみた仕草を見ていると、本当にあの志波の兄弟なのかと疑わしい。いや、志波の兄弟だからこそそんな特殊能力があるのか。

「そういやさ、俺にも見せてよ。どうせ、そのバッグの中に入ってるんだろ」

良郎は膝の上に着替えを入れたバッグを抱えており、その中にはツギの言う通りスケッチブックが一冊入っていた。バッグを開け、取り出す。色あせた古いスケッチブックの表紙をそっと撫でた。

門司港を去ったときは結局、旧門司税関しか立ち寄らなかった。せっかくだから思い出のある場所を辿《たど》って決別してまわろうと、一番思い入れの深い一冊を摑んできた。

「これ、ぼくが門司港に越してきてすぐに買ったスケッチブックで」

商店街の中の、古い文房具店で買った。店番をしていたのは気難しそうな男性で、しかし会計が済んだあとに「このあたりは絵になる風景が多いから、たくさん描きな」と言ってくれた。

「山奥で育ったから、海が近いってだけで嬉しかったなあ」

新しい環境になれば、自分も変われるかもしれない。わくわくしたのをいまも覚えている。ページを捲れば、門司港の風景が広がる。めかり潮風公園の巨大たこ形滑り台で遊ぶ子どもたちに、和布刈公園の夜景。三宜楼《さんきろう》を背に眠る猫に海響館のペンギン。信号で止まった合間にスケッチブックを覗《のぞ》きこんだツギが「へえ」と声を明るくした。

「ね、下手だろ」

「いや、いいじゃないか。愛嬌《あいきょう》がある」

言い方に飾り気がないせいか、彼の気質か。良郎はすんなりと言葉を受け入れられた。

「ありがとう。でも、プロにはなれないんだ。ぼくの絵は、商業誌で闘える何かを持ってない」

図らずも茂木の言葉を思い出して、哀しくなる。あの時の茂木の言葉は乱暴だったけれど、間違いではなかったのだ。

「よく分かんねえな」とツギが首を傾げる。

「仕事にするとかメシを食うとか、ええと、商業誌で闘えない？　それって、そんな大事なことなのか」

心底不思議そうな声に、「そりゃあそうだろ」と良郎は声を大きくする。

「それが普通じゃないか？　ぼくは昔から、漫画家になって子どもたちを夢中にしたいって夢があって、だから」

「だから、その夢とさっきのことはイコールなのかって話」

良郎の動きが止まる。ツギはぼさぼさの頭を掻《か》きながら「メシとか仕事とか、夢のあとについてくるオマケみたいなもんじゃねえのかねえ？」と言う。その口調はとても軽く、独りごちているようでもあって、良郎は何も言えない。

「さ、才能、が」

喘《あえ》ぐように言うと、「だから俺は良郎の絵は『いい』と思うって言ってるじゃん。弟も」と返ってくる。

「万人に受けたい、ってそりゃ簡単じゃねえだろうよ。でも、少なくともお前はいまふたりの人間に『いい』って言われてる。そういう粒みたいなのはいらねえの？」

そんなの理想論だ、と思う。でも、言い返せない。

言葉が出てこなくて、スケッチブックのページをぺらぺらと捲る。かつて、夢中で描いた絵たちを見つめる。その途中で急に、ツギが「ああ！」と大きな声を上げた。急いで車を路肩に停める。何事かと見れば、キラキラした目をして「さっきのページ、もう一回！」と言う。意味が分からないながら、広げていたページを探す。

「えっと、ここ？」

見せたのは、宮本武蔵と佐々木小次郎の戦いのシーン。巌流島にある銅像を見て、矢も楯もたまらずに描いたものだ。像を緻密にデッサンする技術はないので、自分なりの絵で描いた。その絵を、ツギは嬉しそうに見つめる。

「いい、すごくいい。あんたの味っていうの？　それがある。俺さ、このふたりが大好きなんだよ」

「へえ。武蔵と、小次郎が」

運転を再開したツギは、「俺のオヤジが好きでさ」と言う。

「調子がいいときは、必ずやるの。巌流島の戦い」

「やるって、どういう？」

「本人曰く、ガキの頃に観た紙芝居屋の真似《まね》事みたい。丸めた紙でテーブル叩いて、『そこへようやく現れたのが武蔵が乗る一艘《そう》の小舟！　やあやあ武蔵、臆したか。待ちわびていた小次郎が物干し竿《ざお》の鞘《さや》をばっと抜き放ち、砂浜に放ったぁ！　そこで武蔵、小次郎敗れたりと叫んだっ』ってなもんでさ」

まるで本物の芝居のように声を張って語ってみせて、ツギは「俺もなかなかうまいだろ」と笑う。

「もう何十回と聴いたからなあ。で、憧《あこが》れてたんだ」

ツギは良郎の膝の上で開かれたスケッチブックを指して「いいよ、それ」と真面目に言う。

「やさしくて温かみがあって、俺は本当にいいと思う。良郎は、漫画で子どもたちを夢中にしたいんだろ？　紙芝居でもいいんじゃないの」

「はは、紙芝居って」

昭和の遺物のようなものがこの時代に必要とされるわけがない。笑った良郎だったが、どきりともした。子どもたちを夢中にできる絵の仕事は、他にもあるのだろうか。

「まあ、紙芝居ってのは別にしてもさ」

ツギの声にはっとする。

「なんかあるかもよ」

あるのだろうか。わからない。

開け放たれた車窓から潮風が流れ込んできて、外に目を向ける。

「ああ、もう、門司港だね」

テンダネス門司港こがね村店の駐車場に、軽トラックが滑り込む。エンジンを切ると同時に、店内から志波が飛び出て来た。助手席に座る良郎を見て、花が咲くように微笑む。恋い焦《こ》がれた女性に向けるのが正解のような笑顔に、良郎は一瞬たじろいだ。忘れかけていた『フェロモン族』という名前が鮮やかに蘇った。兄の方にはここまでのフェロモンはなさそうだが、一族に血は関係ないのか。

「兄ちゃん！　ありがとう」

「すげえだろ、俺」

「まさかここまで連れて来てくれるとは思ってなかった！」

志波はもたもたと助手席から降りた良郎に、深く頭を下げた。

「すみませんでした。先日は失礼なことを言ってしまって」

「そ、そんな。あのときぼくも感情的になってしまって……すみませんでした」

頭を下げる良郎の手にスケッチブックがあるのを見て、志波がほっと息を吐いた。

「ああ、よかった。ぼくのせいで筆を折らせてしまったんじゃないかと、それも心配で」

「そんなこと」

良郎と弟を置いて、ツギはさっさと店内に入っていた。いつの間に買い物を済ませたのか、イートインスペースの方から顔を出し、「おい、良郎。なんか食おうぜ、腹減った」と声をかけてくる。

「兄ちゃん、ぼくのは？」

「ねえよ。お前は自分で買え」

「酷《ひど》い」

兄弟の会話を聞き、良郎は笑う。タイプが全く違うのに、本当に兄弟であるらしい。

「良郎、早くしろよ。コーヒーが冷めるぞ」

「ああ、幸香珈琲！　買ってくれたの？」

コンビニ側の出入り口には、『幸香珈琲全面監修コーヒー、デビュー！』と幟《のぼり》が立っている。テンダネス——コンビニ自体から遠ざかっていたから、未《いま》だに飲んでいなかったのだ。

「すぐ行く！」

慌てて駆けていくと、懐《なつ》かしいイートインスペースの四人掛けテーブルに、ホットコーヒーとタマゴサンドがふたつずつ並べられていた。福神漬けまである。

「はは。分かってる組み合わせだ」

すぐにでもタマゴサンドをトーストしたいところだが、まずはコーヒーの味を確かめねばなるまい。ツギの正面に座った良郎は、紙カップに手を伸ばした。エンボス加工された高級感のあるカップには、幸香珈琲のロゴが刻印されてある。それを指でなぞり、プラスティックの蓋《ふた》を取る。ふわりと広がった香りを嗅《か》いで、良郎は首を傾《かし》げた。

「え？」

「飲んでみてくださいよ」

振り返れば、志波が少し離れたところから見ている。含みのある笑顔からカップへ視線を戻し、良郎はそっと口をつけた。一瞬の間の後、ぶるりと身を震わせる。濃厚なワインに似た香りが鼻を抜け、フルーツのような酸味が口の中で弾《はじ》けた。やわらかな苦みがさっと広がった後には、フレッシュなコーヒーチェリーの甘みが僅《わず》かに残る。

「こ、これ……スペシャルティコーヒーじゃないか」

澄んだ味わいは、間違いない。あの、深煎《ふかい》り至上主義の幸香珈琲のマスターが、本当にこれを？　これまでの幸香珈琲の味と、全く違っているじゃないか。

一口飲んでは首を傾げ、もう一口飲んでは唸《うな》る。自分の知っている幸香珈琲と、いま舌に乗っているコーヒーの味が、うまく重ならない。

「幸香珈琲の看板を金で売ったと、一部ではものすごく不評です」

良郎の様子を見ていたらしい志波がふいに言い、見れば眉じりを下げていた。

「熱狂的なファンの方たちが抗議のために店舗に押しかけたこともあったとか」

そこまで？　と驚いたものの、あり得るかとも思う。自分だって、話を聞いた当初はそう思ってしまった。それに、幸香珈琲のあのストロングな味わいを楽しみにして飲んだファンなら、この切れ味の良い酸味に裏切られたと感じてしまうかもしれない。

「思い込みだけで、味わってねえんだよ。これすげえんだぜ。この味でも、サンドイッチにあうようにしてんだ」

いつの間にやっていたのか、ツギがトーストしたサンドイッチを突きつけてきた。その自信ありげな顔を見ながら受け取り、こわごわと齧《かじ》る。ゆっくりと咀嚼《そしやく》して、コーヒーを一口すする。しばらく無言だった良郎だったが、やわらかく微笑んだ。

「ああ、なんだろう」

こんなにも味わいが変わっているのに、このコーヒーは芯《しん》が変わっていない。だから、パンの香ばしさもタマゴフィリングの甘さも一切損なっていない。コーヒーの存在が薄まってもいない。

「なんだろう、美味《おい》しい」

新しい味わいだった。どうして、こんなことができるのか。

「元々、スペシャルティコーヒーでとオーダーしたのはテンダネスの上層部なんです」

志波が言う。幸香珈琲のマスターは、それに対して有難いと仰《おつしや》ったそうです。この年になってまだ、好きなもので挑戦させてもらえるなんて有難い。話を受けたからには、ひとりでも多くのひとに愛される味を探求しましょう、と。

良郎は手元のカップを覗きこむ。マスターはもう腰も曲がった老人だ。線も細く、前に店に行ったときには通院先が増えたと肩を竦《すく》めていた。そんな老人が、こんな冒険をするのか、できたのか。

「テンダネスの一日の平均来店数は八百を優に超しています。その中でコーヒーを購入されるのは約百五十人くらいでしょうか。総店舗数で考えると、膨大な人数です。そのすべてを満足させられる味なんて果たしてあるのだろうか、とぼくなんかは思ってしまいます。しかし結果、このコーヒーはいま大人気です。一部に批判はあれど、売り上げは上々です」

良郎はサンドイッチを齧り、コーヒーを飲む。感動、そう表現するしかない感情が胸の奥で暴れていた。老人でさえ新しいチャレンジをし、それができることを喜んでいる。そして、結果をだした。

「すごいですよ。今度は店で最高のスペシャルティコーヒーを出すと仰って、月下豆の買付旅行中ですって。なんだか、素敵ですよね」

良郎の手元に、空のカップがある。それを眺めながら、情けないと思う自分がいる。ぼくは果たしてそこまでできていただろうか。いま味わったものの持つ凄さの片りんでも、自分の作品に表せていただろうか。それすらできないままで、何もかも中途半端でいたくせに、一人前に傷ついていいやしなかったか。

バッグの中からスケッチブックを取り出す。古いスケッチブックをしばらく眺めて、良郎は「店長さん」と声をかけた。いつ仕事を上がったのか志波は制服を脱ぎ、ツギが里美から貰《もら》った沢庵の漬物を美味しそうに齧っていた。片手にはビールの缶もある。素早い。

「あの、店長さん。ツギも。ぼくの絵、本当に『いい』かな？」

「もちろん」

志波が頷く。背後からこそこそ眺めていたくせに偉そうに言えませんが、ぼくはそういう趣味の悪い嘘《うそ》は絶対につきません。いい絵だなあといつも思っていましたよ。

「あ、ミツ。あれ見た？　あれすげえいいんだ。良郎、見せてやって」

言われるままに、スケッチブックを開く。武蔵と小次郎を見た瞬間、志波は兄と同じように喜んだ。

「うわあ。父ちゃんが見たっていう紙芝居って、きっとこんな感じだったんじゃないかな」

「俺もそう思う」

自分の絵を見るふたりの顔が、輝いている。良郎は思わず知らず、笑んでいた。こんな顔を見たいがために、絵を描いていたんだと思い出す。誰かの感情を揺さぶるものを描きたかった。それは、少年漫画に拘《こだわ》らなくてもいいのかもしれない。

「絵を描くの、続けようかな」

小さな呟《つぶや》きを、兄弟は聞き逃さなかった。全く似ていないのに、同じ目をして「いいと思う」とふたりして答えた。

「さて、どこかに飲みにでも行かない？　桐山さん、この間のお詫《わ》びも兼ねて、ぼくが奢《おご》りますよ」

「俺、河豚がいい」

「桐山さんの分だけね。兄ちゃんは自腹切れ」

奇妙な兄弟と、夜が深まる門司の街に出て行く。程よく冷えた潮風が、やさしく通り過ぎていく。見慣れた、けれどうつくしく輝く街並みに溶け込みながら、良郎は久しぶりに大きな声で笑う。

ふと背後を振り返れば煌々《こうこう》と光を放つテンダネスがある。あのコーヒーはきっと、自分の勇気になる。どこにいても、テンダネスにさえ行けば勇気を貰える。少しだけ嬉しくなって、風にはためく幟に小さく会釈《えしやく》をした。

第三話

メランコリックないちごパフェ

庭先で、美智代《みちよ》の悲鳴にも似た甲高い声がした。やだー、もう。お父さんたら、全然分かってないんだから。これじゃ、育たないじゃないの。美智代の声がどんどんヒートアップしていくので、梓《あずさ》はため息と共に開いていた本を閉じて、掃き出し窓から顔を出した。

「どうしたの、お母さん」

「ああ、梓。聞いてよお。昨日ね、お父さんがやりたいって言うから寄せ植えを頼んでたんだけど、適当に植えてるの！」

ガーデニング用のピンクのジャージを着た美智代は、幅広の麦わら帽子の下で丸い顔をますます膨らませた。見てよ、とスコップの先で指す方には、美智代が大事に手入れをしている畑がある。花、ハーブ、野菜ときちんと分けられた中の、ハーブの位置だ。ハーブ用の畑には様々なハーブが植わっているらしいが、梓は全然見分けがつかない。だから、見てよと言われても何がいけないのか分からない。

「適当って？　土を被《かぶ》せてないとか？」

　根が剝《む》き出しになったようなものはないけれど、他に理由が思いつかなくて訊《き》くと、美智代は苛立《いらだ》ったように「相性に決まってるでしょ！」と声を荒らげる。

「ハーブにも相性があるって梓にも教えたことがあったでしょう？　ほら、レモンバームとローズマリーのこの位置を見てよ！　お父さんったら俺に任せとけなんて言っておいて、何よこれ」

　信じられない、と美智代は言うが、梓にはやはり何がどう問題なのか分からない。重ねて訊こうとして、やめる。美智代の怒りが増幅してしまうだけだ。美智代は趣味のガーデニングを蔑《ないがし》ろにされると、すぐに怒りのスイッチが入ってしまうのだ。怒りの飛び火は梓にも当然降りかかってくるし、二次延焼の被害をこうむったことは何度もある。お父さんって雑でダメだよね、というような内容を合いの手にして、自室に逃げた。

　ベッドに倒れ込み、枕元に転がしていたスマホを拾う。寝っころがったまま、『ハーブ　相性』で検索を掛けてみた。

「ふうん、生育環境の好みねえ」

　乾燥を好むものに湿気を好むもの、日向《ひなた》なのか日陰なのかも生育に左右するらしい。好みが違うものを一緒に育てれば枯れたり、発育不良に繫《つな》がる――ふんふん、なるほどね、となんとなしにスクロールしていた梓の手が止まる。

それは、危険なハーブ、というタイトルの特集だった。

『ミントは生育が旺盛《おうせい》すぎて寄せ植えは大変難しいハーブです。うまく調整をしてあげないと他のハーブを枯らし、鉢の中にミントしか残らないということもあります。また地植えをしてしまうと、地下茎をびっしりと地面に張り巡らせて繁殖の範囲をどんどん広げていきます』

ふうん、と呟《つぶや》きながら別のサイトに飛ぶと、庭にミントを地植えしてしまったがゆえに隣家の庭までミントに侵食されてしまったというご近所トラブルがドラマチックに書かれていた。どうやらミントは虫除《よ》けや殺菌作用、抗炎症作用だのといったすごい効能がある一方で、取扱いの難しい植物であるらしい、となんとなく知る。ミントといえばケーキやアイスクリームの上にちんまり乗っているあれだよね、と梓は脳裏で思い描く。嚙《か》むと主張の強いさわやかな味がして、口の中をきっぱりとリセットしてくる葉っぱ。うちの歯磨き粉も、ドライミント味だったはずだ。たしかにあの存在感なら、生命力も強そうだと納得《なっとく》する。それからネット画面を閉じて、待ち受け画面に戻した。待ち受けの画像は、チューリップ畑の前でポーズをとる梓と、寄り添うようにして立っているもうひとりの女の子のツーショットだ。自分の隣にある、きれいな顔を眺める。

「何だか、美月《みづき》みたい」

「うわ。ミントやば」

村井《むらい》美月は、正しい女の子だ。美月の言うことに間違いはなく、ときには教師だって言い負かす。成績はいつもトップクラスで、バレー部のエース。毎学期、常に何かの役職についていて、クラスを纏《まと》める中心人物。文化祭に音楽発表会など、美月の言う通りにしたら何もかもがうまくいったものだから、誰もが一目置いている。梓の属している三年三組において、美月は絶大な影響力を持っている。美月はミントみたいだ、と思う。

梓は次に、別のクラスメイトを思い出す。田口那由多《たぐちなゆた》。美月がミントなのだとしたら、那由多は何だろう。ミントに駆逐されてしまうのか、それともミントに取り込まれて仲間になるのか。いや、どちらも違う気がする。彼女の意志の強そうな太い眉《まゆ》と黒い瞳《ひとみ》は、きっとミントに影響されはしない。

「うん、大丈夫」

あのひと、強いもん。そう呟くと、すぐにお腹の奥がぐるりとうねった。最近ずっと続いている、突発性の痛みだ。お腹を押さえて、カブトムシの幼虫のように丸まる。美月の顔、那由多の顔、その次にひとの良さそうな男性の顔が思い出された。頭を振って、違う違うと言う。なかなか引かない痛みに堪えながら、梓は少しだけ泣きそうになった。わたしは、狡《ずる》い。

教室に入る前、梓は深呼吸をする。それからぐっと口角を持ち上げて、「い」と小さく声に出す。口角は、そのままキープ。梓の毎日の小さな儀式だ。

戸を開けるとすでに登校してきているクラスメイトたちが梓を見る。一瞬足が竦《すく》んで、でもその顔たちに笑みが浮かんでいることにほっとする。

「おはよ！」

「おはよう、梓」

教室の窓際《まどぎわ》一番前で、女子生徒たちが数名で輪を作っていた。その中心にいるのは、美月だ。大人びたうりざね顔に、切れ長の瞳。艶《つや》やかな黒髪は後ろでひとつに纏められている。すらりと背が高く、宝塚の男役のような清潔さを持った美月は、まわりの女子生徒と比べて少し浮いて見える。梓は昨日見たネット記事を思い出した。やっぱり美月ってミントみたいだ。

「おはよ、美月。ねえ、昨日の『仮想世界』のコンサートはどうだった？」

梓が訊くと、美月の顔がぱっと明るくなる。

「めっちゃくちゃよかった！　セトリが神がかってたよ」

仮想世界は、いま人気の異色バンドだ。メンバー全員が薄汚れたウサギの着ぐるみを着てハードロックを演奏するというもので、中高生に絶大な影響力がある。美月もその例に洩《も》れず、仮想世界の大ファンだった。

「えー、美月、いいなあ！　よくチケットとれたね」

他の子の声に、美月が「いいでしょ」と少し自慢げに言う。

「加奈子《かなこ》がね、奇跡的にチケットが二枚とれたからって誘ってくれたんだ。もう、時間巻き戻して昨日に戻りたい。ね、加奈子」

美月が隣にいた加奈子の肩に手を置きながら言うと、加奈子は嬉《うれ》しそうに頷《うなず》いた。

「もう、最高だったね。最後のあたり、あたし興奮しすぎて美月に抱きついてたもん」

「そうそう。しかも加奈子ってば、めっちゃ泣いちゃってたよね」

「えー、だって感動しまくりだったんだもん」

加奈子は美月に相槌《あいづち》を打ちながら、ちらりと梓を見てきた。梓は含みのある視線に気付かないふりをして、「よかったじゃーん」と無難に返す。浮かべた笑みの裏で、加奈子も大変だなと思った。加奈子が仮想世界のファンだなんて聞いたことがなくて、だからきっと加奈子は美月のためにチケットをとったのだ。

「今度は梓と一緒に行きたいなあ。梓も、仮想世界の大ファンだもんね」

美月が言い、加奈子の顔がさっと曇る。梓は笑顔を崩さないまま「うん」と頷いた。

「絶対、行こうね。美月と行くの、めちゃくちゃ楽しみにしてる」

梓に向けられる加奈子の視線が、嫌な色に変わっていく。それも気付かなかったことにして、梓は窓際一番後ろの自分の席に向かった。加奈子は美月に執着していて、いつも美月の傍にいる。そして、美月の幼馴染《おさななじみ》である梓を嫌っている。

加奈子はわたしのいる位置を狙《ねら》ってるんだろうな、と梓は思う。美月の特別な存在でいるということはこのクラスで、いやこの学年での安泰を意味する。ひとの顔色を窺《うかが》っていつも気を張っている加奈子からすれば、わたしの位置は羨《うらや》ましくて仕方がないに違いない。チケットでも何でも使って、わたしと入れ替わろうとしているのだろう。でも、それって簡単じゃないと思うよ。

梓と美月は、生まれたときからの幼馴染だ。母親同士が、高校時代からの親友なのだ。過去の写真を見返せば、梓の隣には美月が必ずいる。美月は梓より九ヶ月先に生まれていたので、梓が生まれたその日から共に写った写真が残っているほどだ。だから文字通り、生まれたときからの縁だ。

体が小さくて、成長がひとよりゆっくりだった梓は、他の子どもたちに後れを取ることが多かった。鬼ごっこに入れてもらえない、おままごとで相手にされない。そんなことでいつもめそめそ泣いていた。反して美月は、幼いころからリーダーシップを取る子だった。そのせいだろう、梓が物心ついたころには美月は梓の先に立ち、世話を焼くというかたちができ上がっていた。美智代も、『美月の隣にいなさい。そして、美月の言うことをよくきくのよ』と口癖のように言っていたから、美月が指図してくることをおかしいとも思わなかった。梓にとって美月は、絶対だった。

通学バッグの中から引っ張り出したペンケースや教科書を引き出しに仕舞いながら、

梓は思う。母たちはいまでも仲が良く、互いを生涯の親友と言って憚《はばか》らない。そして自分の娘たちに、友情を引き継いでもらうことを期待している。母たちが次世代に繋がっていく友情について夢見がちに語るとき、美月は呆《あき》れたように笑って梓に言う。私たちとお母さんたちの友情は別物なのに、一緒にされても困るよね。私は梓のことを、親抜きで大事にしてるつもりだよ。だって、私は梓と相性ばっちりだもんね。

それに対して頷き返すけれど、梓は母たちの言う方が正しいと思う。わたしたちは親の友情の端を摑《つか》んでいるだけだ。幼馴染じゃなかったら、美月とわたしはいまのような仲になっていなかっただろう。美月は相性がいいというけれど、本当は、好みも性格も休日の過ごし方も全く違う。仮想世界だって、本当はあまり好きじゃない。無表情のウサギの群れは気持ち悪いし、曲だってうるさいとしか思えない。でも、美月は絶対だから、そんなこと言えない。好きにならなければいけない。

じゃあ、わたしはずっと美月の後ろで美月の言うとおりにして生きていくの？　それで、いいの？

教室内の空気が変わり、梓は顔を上げる。前の扉から、那由多が入って来るところだった。コシの強そうな黒髪を短く刈り、体操ジャージを着た姿はぱっと見、男子のように見える。那由多は誰とも会話することなく、教室の真ん中にある自分の席に着いた。

「また制服着てなーい」

加奈子の声がして、梓は視線を動かす。美月を囲んだ数名が、眉をひそめていた。

「先生、なんで注意しないんだろ。校則違反だよ」

遠慮のない大きな声は、もう何度も聞いた内容だ。那由多は制服ではなく、体操服を着て登校してくる。それを見た美月の取り巻きの誰かが「制服」と言い、そのあとで美月がたしなめるところまで、なぞるように繰り返している。今日もまた、美月の「こらこら」という声が控えめにする。

「違反じゃないんだってば。学校指定の体操ジャージだから、一応問題ないよ」

校則では、学校指定の体操ジャージでの登校は許可されており、特別行事の日に限っては制服着用が義務付けられている、ということを、梓は最近になるまで知らなかった。知るきっかけはもちろん、那由多だった。

那由多は、三月ごろから様子がおかしい。腰まであった髪を短く刈ったかと思えば、ブレザーではなく体操服で通学するようになった。遅刻や早退、欠席も多い。元々社交的な性格ではなかったが、輪をかけてひとを拒絶するようになった。どうしたの、何かあったの、と訊いても何でもないと言い張る。美月たちも最初こそ気にかけていたけれど、頑《かたく》なに理由を教えてくれないことに苛立ちはじめ、二ヶ月が経《た》ったいまでは那由多を批判する側になっている。その理由は、クラスの輪を乱し周囲に気を使わせているのに、何の説明もないから。

先生は何も言わないし、ちゃんとした理由があるんだろうな。梓は斜め前にいる那由多の背中を眺める。加奈子の声が聞こえているだろうに、那由多は何の反応も見せず淡々としている。その強さは、どこから来ているんだろう。梓は、那由多に訊《す》いてみたいと思う。髪のことも、制服のこともどうでもいい。ただ、こんな状況で真っ直ぐ前を向いていられる強さの理由だけ、教えてほしい。

加奈子が「ていうか、こっち無視かよ」と苦々しげに言う。

「おはようもないしさ。最悪」

加奈子の言葉に、梓はむっとする。自分が挨拶《あいさつ》をされる側だと疑わないでいることこそ、おかしいと思わないのだろうか。挨拶して欲しければ、まず自分から声をかければいい。

「ホントだよね。何様なんだろ」

「こっち向いてくださーい」

美月の周りの他の子たちも続き、別のグループはそれを止めるどころかにやにやしてその様子を眺めている。男子が小声で「女子、やべ」と呟くのが聞こえた。

「みんな、気にしないようにしよ。したくないものは強制できないじゃない」

美月がため息をついて言い、加奈子が「美月はやさしすぎるんだよ」と唇を尖《とが》らせる。

「だから田口さんが調子に乗るんだよ」

「でもいまのこの感じって、私たちが集団で責めてるみたいに勘違いされちゃうみたい。そんなんじゃないのに、嫌じゃない。ね？」

美月が笑みを作り、加奈子たちは呟きの発信源の男子を睨《にら》む。それを見ながら梓はやはり、むっとしていた。無意識に、こぶしを作る。

美月も、自分が挨拶をされる側だと思っている。それが、正しいと思っている。

「梓、ぼうっとしてどうしたの？」

ふいに声がして、梓は我に返った。見れば、いつの間に輪を抜けて来たのか美月が横に立っていた。

「さっき、田口さんの方見てたよね。どうかしたの？」

「え、な、なんとなく見てただけだよ」

美月に見られていたとは思ってもいなくて、慌《あわ》てる。美月は「興味持ってる素振り、見せちゃだめだよ」と言った。

「あのひとがこっちの輪に入りたいって考えたときに、梓が狙い目だと思われるんだよ。梓をとっかかりにして入り込もうとする。そうなると、梓が絶対嫌な思いするからね」

驚いて、でもそれを表に出さないようにして、梓は「輪に入れる気、ないんだ？」とやさしく訊いた。それに対して美月は「当たり前じゃない」と呆れたように言う。

「そういう甘いとこが、梓がつけこまれる部分なんだよ。あのね、こっちは何度も手を差し伸べてあげたけど、それを断り続けてきたのはあのひとなんだよ？　断るたびに私たちを傷つけてたの。それをきちんと理解してもらわないと」

美月の大きな声は、那由多にも届いているはずだ。焦《あせ》りを隠せない梓に美月は、「まあ、梓はいざというときはきっちり言える子だけどね」と笑いかける。その言葉に、梓は自分の表情が固まったのが分かった。お腹がぐるりとうねり、手を添える。痛い、痛い。

「梓なら大丈夫だと分かってるけど、やっぱり心配でさ。ね？」

「あ……うん」

「とにかく、あまりあのひとを気にしないこと！　梓はひとがいいから利用されやすいんだから。分かった？」

美月の言うことをきいて、生きていくの？　本当にこれが正しいと思っているの？　お腹がぐるぐる痛む。しかし梓はのろりと頷いた。頷きながら、思う。これで本当にいいの？　ああ、お腹が痛い。

＊

火曜日夕方の梓の密かな楽しみが、コンビニに行くことだった。塾が休みで、美智代のパートの上がり時間が遅い日。急いで着替えて、財布を持って自転車に飛び乗る。向かうのは、テンダネス門司港こがね村店だ。

徒歩三分の距離にあるコンビニを通過し、やはり十分漕《こ》いだ先にあるコンビニも通り過ぎる。二十分かかる距離だけれど、どうしてもそこでないといけない理由があった。コンビニに行くことを、誰にも知られてはならない。

丸顔でぽっちゃりの美智代に似た梓は、やはり少しぽっちゃりした見た目をしている。色白なこともあって、小さなころは男子から白大福とからかわれていた。その度美月が庇《かば》ってくれて、『梓は太ってなんかないよ』と慰めてくれたものだ。でも数ヶ月前の美智代の言葉によって、状況が変わってしまった。

『美月と並ぶと、梓って太って見えるわねえ。ねえ美月、梓が間食しないように気を付けてあげて』

美月は『任せて』と言った。たしかに梓って甘い物好きだもんね。食べ過ぎてるのかもしれない。それから美月は、梓が口にするものを厳しく制限するようになった。家では美智代が目を光らせているし、美月とは同じ塾に通っているから買い食いもできない。どちらの目も届かないこの日だけが、梓が愛してやまないコンビニスイーツを思うまま食べられるのだった。しかもテンダネス門司港こがね村店には、店の横にイートインスペースが設けられている。清潔で居心地のいい場所だ。そこで食べ終えれば、買い食いの証拠を持って帰らなくてもいい。梓にとっては最高の店だ。

見慣れた看板が見えてきて、梓のペダルを漕ぐ脚に力が入る。ああ、あるかなあ。春いちごのケーキパフェ！

駐輪場に自転車を停め、店内に入る。入店合図のメロディが鳴り、レジカウンターの中にいた男性が「いらっしゃいませ」と控えめに声をかけてくる。梓は迷わずにスイーツ棚に向かった。

「でへへ、あったぁ」

目当てのものを見つけて、思わず声に出す。ずっと楽しみにしていた『春いちごのケーキパフェ』が整然と並んでいた。その横には、チェックしていた『いちご生どら焼き』まである。迷わずふたつとも手に取って、ドリンクコーナーに向かった。お気に入りのミルクセーキのペットボトルを取ってレジに向かう。

レジでは、近寄ると背筋が痒《かゆ》くなる男性——店長が胡散臭《うさんくさ》い笑みを浮かべて立っていた。いまでこそ慣れたけれど、最初は店長がレジに立っていると避けたほどに変なオーラがむんむん立ち上っている。美月だと、怪しい男がいるような店は利用しないい方がいいって言うかもしれないいな。レジを済ませながら梓はぼんやりと思う。ていうか、こんなところを見つかっただけで叱《しか》られてしまう。美智代にも報告されて、お小遣いをカットされてしまうことだろう。そんなことにならないように、ここまで気を付けているわけだけれど。

袋を持って、ドアで繋がっているイートインスペースへ向かう。小学生の男の子がひとり、四人掛けの席の隅っこに座ってポータブルゲーム機で遊んでいた。テーブルには食べかけの焼きそばがある。梓は男の子から離れたカウンター席に座り、袋の中から待望のスイーツたちを並べた。少しだけ悩んで、どら焼きを手にする。あまおうが一粒まるごと入っているどら焼きは、ずっしりと重たい。皮の隙間《すきま》からピンク色の生クリームと艶やかな粒あんが見えて、そのコントラストに嬉しくなる。袋を開けて、思いきり齧《かじ》りついた。

ふわふわの皮と生クリーム、ほっくりと炊《た》かれた粒あんが混じりあって甘みが深い。その奥にあまおうのフレッシュな酸味が感じられて、梓はぎゅっと目を閉じた。

ああ、美味《おい》しい。しあわせ。

梓の、週に一回だけの密《ひそ》かな楽しみだ。これは、何ものにも代えがたい。夢中でどら焼きを胃に収め、ミルクセーキを飲む。ジュース類も禁止されているので、とても美味しく感じられる。ふう、と甘い息を吐いて、メインのケーキパフェに手を伸ばした。プラスティックの蓋《ふた》を開け、しばし眺める。ダイス状にカットされたスポンジケーキに、いちごソースが滲《し》みこんでいる。生クリームといちごソースに沈むスポンジの上には大きなあまおうが三つ鎮座し、粉砂糖が雪のように降りかかっている。飾りには、刻みピスタチオ。その可愛《かわい》らしくも食欲を刺激する姿を梓はうっとりと眺め、それからスマホを取り出してケーキパフェを撮る。どうしても甘い物が食べたくなったときに、眺めるのだ。ミルクセーキを飲みながら様々な角度で撮り、それから食べ始めた。甘酸っぱいいちごがやさしく甘い。うっとりとしていると、店舗側の方からひとが入って来る気配がした。何気なく視線をやった梓は、「あ」と声を上げた。入って来たのは、体操服姿のままの那由多だった。那由多が梓に気付き、「ああ」と言う。

「ど、どうも」

「うん」

これが他のクラスメイトの子なら、梓の横の席に座っただろう。しかし那由多は室内を見回し、梓と反対側のカウンター席に腰を下ろした。梓のことなどすっかり忘れたように無糖のアイスコーヒーの缶を開け、ぐいぐいと飲む。やけに大人びた様子を、梓はつい見てしまう。ふ、と息を吐き、缶を置いた那由多が梓の視線に気付いた。

「なに？」

「や、あ、あの。すごいね。わたし、コーヒーって飲めないの」

なにを言っていいのか分からなくて、梓は思いつくままに言った。牛乳と砂糖で甘くしないと、わたし飲めなくて。コーヒーゼリーとか、モカアイスは好きなんだけど。那由多は不思議そうに梓を見て、それから目を細めて笑った。

「甘い物、好きそうだもんね」

那由多の視線がケーキパフェとミルクセーキに向けられたことに、梓ははっとする。

「あ、あの！　誰にも言わないで！」

大きな声が出て、ゲームをしていた男の子が梓を見た。那由多も、きょとんとした顔をする。

「言わないで欲しいんだ。あの、わたしがここで、甘い物食べてること」

甘い物禁止されてて。梓が躊躇《ためら》いがちに言うと、那由多は「どうして」と言う。短くも強い口調に、梓は無理かと思う。しかし那由多は、「医者に止められてるとか？」と続けた。

「まさか。そんなんじゃないよ。その……太ってるから。お母さんから、間食はだめって」

言っていて恥ずかしくなる。俯《うつむ》くと、「なあんだ」と気の抜けた声がした。顔を上げると、那由多が微笑んでいた。

「そんなことなら誰にも言わないし、好きなだけ食べたらいいよ。でも、桧垣《ひがき》さんは太ってないと思うけど」

梓の体を見て、那由多は言う。輪郭が丸めだから、そう思われるのかな。裏表のなさそうな言い方に、梓は少し嬉しくなる。自分の体重が標準圏内であることは、自分自身がよく知っていた。美月みたいなモデル体形の子と比べられると太って見えるけれど、太りすぎなどでは決してない。

「あ、ありがとう」

「お礼を言うようなことじゃないでしょ。あ、心配しなくても村井さんにも言わないから。まあ、話すこともないしね」

　那由多の付け足した言葉に、梓のお腹がぎゅっと痛くなる。

「あの……美月が、その、あの」

　ごめんと言うのか。美月たちの言葉を一度も止めたことがないわたしが。せりあがってきた言葉が喉《のど》の奥で詰まる。それでももたもたと言葉を紡《つむ》ごうとする梓に、那由多の表情がつまらなそうなものに戻った。残っていた缶コーヒーを飲む。

「別に。そのことはどうでもいいから」

　突き放すような言い方に、びくりとする。那由多は缶を飲み干すと、立ち上がった。ゴミ箱に缶を放る。梓がそれを目で追っていると、くるりと振り返った。

「あたしは、何を言われても平気。ひとの顔色を気にするより、もっと大事なことがあるんだ。あとで、あのときあんなくだらないことのために大事なものを蔑ろにしたんだって後悔したくない」

　きっぱりと言って、那由多は出て行った。少しして、自転車に乗って去っていく背中が見える。それを見送りながら、梓は那由多の言葉を反芻《はんすう》していた。わたしは、ひとの顔色を窺っているのだろうか。そんなことないと思う一方で、そうかもしれないとも思う。那由多の言葉を聞いたときに、真っ先に思い出したのは、美月のことだった。わたしは美月の顔色や機嫌をみようとしてはいないか。いや、している。しているからこそ、あんなことを。

『桐山《きりやま》先生って、なんでこの仕事してんの』

去年の、夏休みのことだ。梓は塾講師の男性にそう言った。

あんなこと、どうして言ってしまったんだろう。いや、そういう場面だったのだ。美月が毛嫌いしていた塾講師は、大人しい男性だった。美月は彼を、『覇気がなくて仕事に対するやる気がない』と言った。親が安くないお金をかけて、私たちは講師を信頼してわざわざ通っているわけなのよ。それがあんなやっつけ仕事みたいな授業されるのっておかしいと思う。私はあのひとの授業態度を許さない。美月はどこからか桐山が絵を描くのが趣味という情報を仕入れてからは『授業以外のことに夢中なんておかしい』と言い捨てた。

学校だけでなく、塾内でも中心にいる美月の言葉を批判する友だちは、誰もいなかった。だからあの日、先生にみんなで直談判《じかだんぱん》して授業態度を見直してもらおうよ、と美月が言ったとき止める者はなく、集団で桐山を囲むことになった。梓も、その集団の中に当たり前にいた。

しかし、『先生どんな顔するかなあ』なんてふざけていた子たちも、ひとの良さそうな顔で『どうかしたの』と言う桐山の前に来るとしり込みをし始めた。美月の言葉に同調したものの、心の底から桐山の授業を憂《うれ》えている者など誰もいなかったのだ。ただ、盛り上がる話に乗っかっただけ。

梓は、桐山の授業が好きだった。他の講師のように冗談を飛ばしたりノリがよかったりはしないけれど、ゆっくりで丁寧な教え方は梓の性分に合っていた。でも、美月にそんなことは言えなかった。美月に刃向うことなんてこれまで考えたこともなかったのだ。

桐山を前にして、みんなが互いの様子を窺う。このままうやむやになってしまえばいいのにと思っていると、加奈子が梓の耳元に口を寄せてきた。

『たまには梓が言いなよ。いっつも美月の陰で甘えてるなんて、狡いよ』

驚いて見れば、加奈子はにやにやと笑っている。別に美月に甘えてるわけじゃない。そう言いかけて、しかし加奈子以外の友人たちも同じようなことを思っているのかもしれないと口を閉じた。美月の幼馴染で、美月に大事にされているからこそ誰も表だってわたしを非難しないけれど、不満を持っていたっておかしくはない。美月だって、そうかもしれない。梓は狡いな、そう思っていないとどうして言い切れるだろう。

美月も、わたしのことが不満かもしれない。そう思うと急に怖くなって、気付いたら口を開いていた。

『授業も全然楽しくないし、っていうか先生は楽しくしようとか思ってないよね。給料の分だけやってますって感じ』

いつもは美月の添え物のように立っているだけの梓が口火を切ったことに、集団が一瞬ざわめいた。それからスイッチが入ったかのように、それぞれの言葉で桐山を責め始める。肩で息を吐いた梓の背中をぽんと叩《たた》いたのは、美月だった。

『やるじゃん、梓。私の言いたいことを全部言ってくれるなんて、さすが幼馴染！』

梓は嬉しそうに言う美月にぎこちなく笑い返しながら、当たり前だと思った。だってわたしは、いつも美月の言っていたことをそのまま舌に乗せたのだ。

桐山は一瞬ショックを受けたような顔をしたけれど、でも笑った。

『これからはもっと気を付けるよ』

いつものように穏やかに対応をして、そして『ほら、気を付けてお帰り』と見送りまで。そのことに皆はつまらなそうな顔をしたけれど、梓は心底ほっとした。よかった。これは、大したことじゃなかったんだ。自分が口にした言葉が軽くなったような気がしていた。

でも、桐山は塾を辞めた。家の事情だと他の塾講師たちは言っていたけれど、そんなはずはないと梓は思う。桐山はきっと、批判されたことで辞めたのだ。そして、そのきっかけを作ったのは他でもないこのわたしだ。わたしが、桐山の人生を変えてしまった。美月にそう悔やんだら、美月は「これでよかったんだよ」と言った。あのとき私たちは正しいことをしたし、梓は正しいことを言った。その結果だもん、罪悪感を覚えることなんてないよ。

でも、何度も自問してしまう。どうして、加奈子の言葉に意地になってしまったのだろう。どうして、桐山のところに行くと言う美月を止めなかったのだろう。わたしは、桐山先生のことわりといい先生だと思うよ、そう言えば何かが変わったかもしれないのに。

がたんと音がして、我に返る。振り返れば、男の子が食事を終えて帰るところだった。手早くゴミを片づけて、男の子は出て行く。のろのろと自分のテーブルを見れば、温くなったケーキパフェがある。あんなに食べたかったのに、もう心が持ち上がらない。ビニール袋に残りを捨てて、ゴミ箱に押し込んだ。

翌週火曜日の夕方も、梓はテンダネスで那由多に会った。今度は那由多の方が先にいて、無糖の炭酸水を飲んでいた。梓よりも先に、那由多が「こんにちは」と言う。
「あ、こんにち、は」
那由多は、先週の金曜日から今日までずっと学校を休んでいた。担任は風邪だと言っていたけれど、炭酸水のペットボトルを飲んでいる那由多に病の気配はない。服装も、Tシャツにハーフパンツという身軽なものだ。

イートインスペースは、ふたりきりだった。梓はカウンター席の端に座っている那由多の反対側に腰かける。先週と同じ位置だ。買ってきたスイーツを袋から取り出しながら少し考えて、「学校、休んでるね」と言うと、那由多は「忙しくて」と肩を竦めた。

「学校になんか、行ってる暇ないんだ」

小さくげっぷをした那由多の横顔を見る。少しだけ、疲れているように見えた。どうして、と訊こうとしてやめる。代わりに、「一緒にいちごエクレア食べない?」と訊いた。那由多が「はあ?」と気の抜けた声を出す。

「テンダネスのプチエクレア、四個入りなの。半分こ、しない?」

ほら、と見せた少し大きめの箱には、薄桃色のチョコレートがかかったエクレアがきれいに並んでいる。えへへ、と笑いかけると那由多は少しだけ沈黙し、「一個だけ、でいい」ともぐもぐと言った。

「私、あんまり甘い物得意じゃないんだ」

「あ、そうなのかなとは思ってた。いっつも、無糖だもんね。でも、このエクレアはそんなに甘ったるくないから食べてみて」

箱を開け、手招きすると那由多が隣の席に来た。なぜだか嬉しくなって、梓はエクレアの箱を勧めながら笑う。那由多は「ありがとと」と小さく言って、エクレアを摘《つま》み上げた。ひと口齧って「やっぱ甘い……けど、美味しい」と顔つきをやさしくする。

「疲れているときは、甘い物がいいんだって。那由多さん、何だか疲れて見えたから」

那由多が僅《わず》かに目を見開いて、「そう？」と訊く。梓は自分もエクレアを齧りながら、「目がショボショボしてる。うちのお母さんも、疲れると目の周りに出るんだ」と返した。

「ふうん、気付かなかった」

那由多が呟く。その口ぶりや表情は、どこか気が抜けてやわらかい。そういえば、最近の那由多はいつもきつい顔つきをしていたなと梓は思う。その理由はもちろんクラス内のギスギスした雰囲気もあるのだろうけど、他のことが大きいのではないだろうか。しかし、どうかしたのと訊いてもきっと那由多は教えてはくれないだろう。だから、梓は那由多にエクレアをもうひとつ勧めた。

「美味しいでしょ？　もういっこ食べてよ」

「ええー、もういいよ。桧垣さんの分がなくなるよ」

「大丈夫。わたし、牛乳プリンも買ってるから」

「本当に、甘い物が好きなんだね。じゃあ……お言葉に甘えて」

ふたつ目のエクレアに手を伸ばした那由多は「こんなに美味しいとは、思わなかった」とどこか照れたように言い、梓はそれに笑ってしまった。

エクレアをふたつ胃に収め、炭酸水を飲み干した那由多は「さて、息抜き終了」とスツールから立ち上がった。

「桧垣さん、ごちそうさま。たまにはこういうのも、いいね」

「ううん、気にしないで」

ペットボトルをゴミ箱に放る那由多の背中に、梓は躊躇った後に「ここに来るの、息抜きなの？」と訊いた。那由多が振り返ると、「言いたくないなら、言わなくていいんだけど」と慌てて付け足す。那由多は梓の目を見て、頷《うなず》いた。

「そう、息抜き。外の空気を吸って一息つかないと糸が切れちゃう、ってママが言うもんだから」

「ええと……そんなに根を詰めないといけない状態なの？」

那由多の顔つきが厳しくなる。ややあって、頷いた。

「でも、これは、私がやりたくてやってることだから。いいの」

宣言にも似た熱量で言われ、梓はそれ以上何も訊けなくなった。不用意に踏み込んではいけない気がした。

「頑張って」

自分が言えることはそれしかないのだ、と梓は思った。

「息抜きしないといけないくらい、大変なんでしょ？　あまり、無理しないようにね。それで、あの、さ。火曜日のこの時間はわたしここに来るから。そのときはお菓子食べるの付き合ってよ」

　自分が息抜きの手伝いになれるとは思っていないけれど、言う。那由多は不思議なものを見るように梓を眺めたのち、はにかむように笑った。その笑顔に梓はどきりとする。

「ありがとう。じゃあまた火曜日に」

　ひらりと手を振って、那由多は帰って行った。梓はさっき、自身に向けられた笑顔を思い出して、小さく笑った。

　それから翌週、翌々週と、火曜日になると梓はテンダネスで那由多に会って、一緒にお菓子を食べた。春限定だったいちごシリーズは店頭から消え、初夏の日向夏パフェや茂木びわゼリーが並ぶようになった。那由多は学校に殆《ほとん》ど来なくなっていて、顔にはいつも疲れが滲《にじ》んでいた。でも梓の顔を見ると僅かだけれど笑い、一緒にスイーツを食べた。

「桧垣さんって、本当に甘い物好きなんだね」

「うん、大好き」

　この日は、ふたりで『ふんわりシュークリーム』を齧っていた。イートインスペースには、ふたりのほかに作業服姿の髭面《ひげづら》の男がいた。がつがつと弁当をかき込んでいる。

それを背にしてシュークリームを頰張る梓に「他のお菓子屋さんとかには、行かないの？　カフェとか」と那由多が訊いてきた。観光地でもある門司港には様々なスイーツの店がある。しかし梓は首を横に振った。眉じりを下げて笑う。

「お母さんから、高校生になるまでひとりで出入りしたらダメって言われてるんだ」

美月と一緒のときならいい、とも言われているけれど、間食を止められているいまは行けるわけがない。フルーツパフェにパンケーキ、食べたいものは山とあるけれど、諦《あきら》めるしかないのだ。

「コンビニスイーツは美味しいから気にしてないんだけどね。それに、わたしテンダネスのスイーツ大好きだし」

テンダネスのスイーツは通年のものも季節のものもどれも美味しい。特に季節限定の旬《しゅん》の果物シリーズは名作揃いだ、と梓は思っている。気軽に行けるコンビニでこのレベルのものが食べられるのだ。充分すぎるくらいで、何の不満があるだろう。

「それにね……」

梓は俯いて言葉を切る。少しだけ躊躇った後に、告白するように言った。

「実はわたしさ、大人になったら……テンダネスで働きたいんだ」

那由多の、「コンビニで働きたいの？」という不思議そうな声がする。

「ううん、ちょっと違う。テンダネスの『商品開発』っていうのかな。そこのスイーツ部門みたいなところで働きたいんだ。最高のお菓子を作りたい」

パティシエになるのが、梓の幼稚園のころからの夢だった。お菓子の家みたいな店を作るのだと文集に書いたこともあるし、両親も美月もその夢は知っている。でも梓はいま、自分の店を持たなくてもいいと思っている。

「いいじゃん」

あっけらかんとした声がして、梓がおずおずと隣を見ると、クリームを口の端につけた那由多は感心するように頷《うなず》いていた。

「すごくいいと思う。九州中のテンダネスが桧垣さんのお店になるってことだよね」

梓は「そうなの！」と顔を輝かせた。まさかこんなにもあっさりと意図を理解してもらえるなんて思わなかった。思わず前のめりになってしまう。

「ひとつのお店で頑張るのもいいけどさ、コンビニもいいよね。わたし毎週こうしてコンビニスイーツを食べるのがすっごく楽しみなの。そういう、わたしみたいなひとが心待ちにしてくれるようなスイーツを作りたいの」

くっきりと姿を現し始めた夢をひとに語ったのは初めてで、それが『いい』と言われたことが、梓は嬉しくてならない。そんな様子に、那由多は微笑む。

「桧垣さんは夢があって、いいね」

その笑みがどこか寂しげで、梓は「那由多さんは、ないの？」と訊いた。那由多は困ったように眉じりを下げ、「いまは、考えられない」と言う。

「目の前のことに精いっぱいで、先のことなんて全然考えられないんだよね」

頬《ほお》を掻《か》き、頼りなく喋《しゃべ》る顔はいつもの那由多と違った。ずっと訊かないようにしてきたけれど、いまこそ那由多の事情を尋ねる機会ではないのだろうかと梓は思った。

「あの、那由多さんがいま必死にやってることって……何なの？」

そろそろと訊くと、那由多の表情が曇った。

「あ、ごめんなさい。言いたくないなら、いいの」

やっぱりだめだったかと慌てて梓が言うと、那由多は首を横に振った。

「ううん。桧垣さんになら、言ってもいい。いや、ちょっと違うかな。私も、本当は誰かに聞いてほしい、んだと思う」

弱く言って、那由多はため息をついた。

「実はわりと、しんどくて。自分で決めたことなのに、私ってほんとだめだ。あのね、実は――」

「何やってんの」

冷ややかな声がして、梓と那由多はびくりと震える。出入口のドアに、美月が立っていた。つかつかと近寄って来た美月は、梓の手にしていた食べかけのシュークリームを乱暴に払い落とした。それから、梓の頬を打つ。大きな音が響いた。

「私に内緒でこそこそして、最低」

梓はただただ呆然《ぼうぜん》とする。梓から那由多の方に顔を向けた美月が、「田口さん」と静かに名を呼んだ。

「学校をずっとサボってるくせに、梓とのんびりお菓子を食べてるってどういう神経してんの。あのね、あなたがどれだけ勝手なことをしても構わないけど、他人を巻き込むことは止めてくれない？　迷惑なの」

梓は殴られた頬を押さえて、怒る美月の横顔を見る。どうして、ここに美月がいるんだろう。しかし、何か感じて流した視線の先に答えを見つけて、唇を噛んだ。駐車場の隅に加奈子が立っていた。

「……加奈子が、言ったの？」

呟くと、美月がちらりと梓を見た。

「そう、加奈子が教えてくれたの。梓は実はこっそりと田口さんと会っているって。私たちの悪口を言って盛り上がっているって」

美月たちの話なんて、したことがない。わたしたちはただ一緒にお菓子を食べただけだ。

「一緒にお菓子を食べてただけだけど、それがいけない？」

那由多がはっきりと言ったが、美月は鼻で笑う。

「当たり前でしょ。田口さんは学校に通う義務を放棄してるんだよ。学校に来たら来たで、クラスの雰囲気を乱して知らん顔。そんなひとがこんなところでのんびりしてていいわけないじゃない。義務を放棄して、権利だけ主張するっておかしいでしょう」

美月は止まらない。早口で続ける。

「それに、田口さんは梓にとって悪影響なんだよね。梓は親や私の目を盗んでお菓子を食べるような卑怯《ひきょう》な子じゃないのに、こんなことしてるのがその証拠。悪口だって、きっと田口さんが一方的に梓に聞かせてたんでしょ。悪いけど、もう梓に関わらないで」

言い切った美月は、「もう行くよ」と梓の手首を摑み、引っ張った。

「今回だけは目をつぶってあげる。美智代おばさんにも間食のことは黙っててあげるから。ほら行くよ」

摑まれた手首に、頬が痛い。遠目にも、加奈子がにやにや笑っているのが分かる。とても嫌な顔だ。美月の顔が怖くて、美月の向こうにいる那由多は哀《かな》しそうな顔をしていた。頭の中でわんわんと美月の声が響いて、うるさい。梓は、美月の手を振り払った。

「わたしは好きで、那由多さんと一緒にいたの。美月の言うことには、従えない」

美月の顔が一瞬で強張った。唇が戦慄《わなな》く。

「何、それ。私の言うことがきけないの？」

「美月、那由多さんに謝って。悪影響だとか言ったこと、謝って。わたしが好きで彼女を誘ったの」

　梓は、自分の声が震えているのが分かった。美月に言い返したのは、初めてのことだ。しかも、美月に謝ってと迫るなど、想像すらしなかった事態だ。美月も、梓の態度が信じられなかったのか、梓の正体を見極めるかのように強く見つめてきた。その視線から目を逸《そ》らさないようにして、梓は重ねて言う。

「謝って、美月」

「喧嘩《けんか》は外でやれ」

　低い声がして、それはさっきまで美味しそうに弁当を食べていた男だった。床に落ちたシュークリームを拾いながら、「そういうことは外でやれ。他の客もいるんだ」と顎《あご》で示す。見れば、コンビニ側の出入口に赤じいが立っていた。梓たちの視線を受けて、「喧嘩はいかんぞ。仲良く仲良く、ラブアンドピース」とおどけた顔で言う。

「ほら、外に行け」

　シュークリームをゴミ箱に捨てた男が、蠅でも払うような仕草をする。真っ先に動いたのは美月だった。

「私、もうあんたの面倒なんてみない。許さないから」

　言い捨てて、飛び出すように出て行った。そのまま加奈子の脇《わき》を通り抜け駆けて行ってしまい、加奈子が慌てて追うのを梓はぼんやりと眺めた。

「あ、あの。ごめんなさい」

那由多が男に謝る声がして、顔を向ける。男は「公共の場だからな、気を付けなよ」とあっけらかんと言った。

「ほら赤じい、いい加減入って来いよ。ていうか、あんたが止めろよな」

男が砕けた口調で言うと、赤じいは「わしだと、女の子に泣かれちまうわい」と飄々《ひょうひょう》と言って中に入って来た。どこから見ていたのか、梓に「大丈夫かい」と訊《き》いてくる。

「ほっぺた、勢いよくやられとったなあ。二発目はさすがに止めるつもりだったんだぞ?」

げへへ、とドスのきいた笑い声に、梓はようやく我に返った。那由多が「平気?」と顔を覗《のぞ》きこんでくる。

「あ、ごめん……。那由多さん、ごめんね。美月が」

「桧垣さんが謝ることないよ。でも、大丈夫なの? あんなこと、村井さんに言って」

那由多が心配そうに言い、美月の消えた方を顧みる。

「私のことなんて庇《かば》わなくてよかったのに」

時間が経つにつれ、梓の全身はぶるぶると震えだしていた。心臓が普段の倍のスピードで動いている気がする。大変なことをしてしまった。多分、わたしは明日から学校でも塾でも居場所がなくなる。美月の攻撃対象になってしまったのだ。

「ありがとう」

震えている梓の手を、那由多が取った。少しがさがさした両手が、梓の手を包む。

「さっき、嬉しかった。ありがとう、庇ってくれたんだよね」

いつだって、どれだけ陰口を言われても真っ直《す》ぐ前を向いていた那由多の目じりに、涙が滲《にじ》んでいた。それを見て、良かったんだと梓は思う。わたしはきっと、後悔しないで済む道を選べたのだ。

「でも、ごめんね。私、まだ学校行けないんだ。だから、桧垣さんひとりになっちゃうかもしれない」

「ううん、いいよ。大丈夫」

わたしが自分の意思でやったことだ。那由多に笑って見せようとしたけれど、うまくいかなくて口角が歪《ゆが》んで持ち上がっただけだった。

「那由多さんだって頑張れてたんだから、わたしもできると思う」

那由多の目から、涙がころんと転がった。それと同時に、携帯電話の呼び出し音が鳴る。

「あ、わ、私だ」

那由多が涙を拭《ぬぐ》って、ポケットの中からスマホを取り出す。画面を見た那由多の顔色がさっと変わった。すぐさま通話ボタンを押す。

「もしもし、ママ？　……うん……そう、わかった。すぐ、戻る」

短く通話を終えた那由多は「ごめん」と頭を下げた。

「私、すぐに家に戻らないといけないんだ。こんなときに、ごめん」

「気にしないで。でも、どうしたの」

スマホをポケットに押し込んで、代わりに自転車のカギを引っ張り出した那由多は、きゅっと唇を噛みしめた。それから絞り出すように「危篤《きとく》」と言った。

「わたしのパパ……癌《がん》の末期なの。最後は家がいいって、だからずっとママとふたりで自宅で看護してたんだ」

梓には縁の遠い言葉すぎて、簡単に理解できない。キトク、ガン、マッキ、カンゴ。本やドラマの中で見聞きしたことがある哀しい言葉たちのはずだけれど、それが那由多の父に当て嵌《は》まるというのか。

「とにかく、行くね。ごめん」

那由多はすぐに自転車に飛び乗り、出て行った。梓は、那由多から聞いた言葉とこれまでの彼女の行動を繋《つな》ぎ合わせる。彼女が背負っていたものは、とても重たかったのではないか、そのためにたくさんの涙があったのではないか。想像して、胸が痛む。

「火曜日が楽しみだって言ってたぞ」

男の声がして、見れば梓の後ろに髭の男と赤じいが立っていた。男の髭で半分覆《おお》われた顔はどことなくやさしく、赤じいの目は少し赤い。

「俺たち、あの子の息抜き友達なんだ。俺たちみたいなオッサンとコーヒー飲んで楽しいかって訊いたら、甘いのは火曜日に友達と充分満喫してるからって言ってた」

「那由多さんの事情……知ってるんですか？」

梓が訊くと、「まあな」と男が言う。

「病人を抱えてるひと特有の雰囲気がある。顔つきも、疲れが隠せなくなってきてたから、病状は思わしくないのかもしれない、とも」

「わしは知ってたけど、言いふらすもんじゃねえからな」

男ふたりは、重たい溜息《ためいき》をついた。梓は、那由多の消えた方角をただ見つめる。

「わたし……全然気づかなかった」

「そりゃああんたぐらいの年だと、そうだろ。そんなもんだよ」

梓の目に、涙が盛り上がる。

「わたし、最低だ」

知らなかったから、言ってくれなかったから。それが一体何だ。彼女の行動がちょっと異常だからというだけで責めるひとたちを止めることなく、傍観していた。わたしも那由多さんを苦しめていた側の人間だ。

叩かれた頬も、いつもの腹痛も大した痛みじゃない。梓は自分が情けなくて、腹が立つ。潰《つぶ》れそうな胸の痛みをぐっと堪《こら》えた。

学校に行くと、あからさまな無視が始まった。それに加え、那由多がされていたように遠巻きに悪口をぶつけられた。前日まで一緒に行動していた子たちが手のひらを返したように、嘲《あざけ》るような笑みを向けてくる。「前からムカついてたんだよね」と加奈子が大声で言い、美月はそれを止めずに見ている。あまりの変化にショックを受けたけれど、覚悟もできていた。那由多はずっと、これを経験していたのだ。しかも、余命僅かな父親を看護するという辛《つら》さを抱えながら。わたしがどうして、弱音を吐けるだろう。孤立した教室で、梓は俯くことなく前を向いた。那由多のことを思うと心はだんだんと凪《な》いでくる。そして、梓はずっと悩まされていた腹痛がなくなっていることに気付いた。きっともう、痛むことはない。わたしは、大丈夫だ。

那由多の状況が分からないまま、夏休みに突入した。学校には行かなくていいけれど、塾で美月たちに会うので状況は変わらない。美智代は美月から『梓から一方的に友達を辞めると言われた』と聞かされたらしく、機嫌が悪い。美月、泣いてたよ。ずっと梓のこと大事にしてきたのに裏切られたって。しかも、美月の目を盗んで間食してたんだってね。あんたどうしてそんな酷《ひど》いことができるの。美智代にはどう説明したらいいのか分からないから何も言えなくて、だから家でも居心地が悪い。それでも梓は毎日をきちんと過ごしていた。

火曜日だけでなく他の曜日もテンダネスに顔を出してみたけれど、那由多には会えない。髭の男──ツギと名乗った──や赤じいには何度か会い、挨拶を交わすまでの仲になった。しかしふたりとも、那由多の近況は知らないようだった。那由多はどうしてるんだろう。大丈夫だろうか。

那由多の状況が分かったのは、八月の登校日のことだった。

「田口は、ご家庭の事情で転校した」

夏休みの隙間にある浮島のような教室はふわふわしていて、そこかしこではしゃいだ声がしていた。しかし、担任の布川の言葉で重さを取り戻したように静まりかえった。

「病気のお父さんの看護をずっと頑張っていて、そのお父さんが先日お亡《な》くなりになってな。お母さんのご実家のある長崎へ、引っ越して行ったんだ」

布川は小学生の娘がいる父親だ。特別感じることがあるのか、目のふちを赤くして続ける。

「後悔したくないから全力でお父さんの病気と向き合いたいということで、お母さんとふたりでずっと頑張っていた。俺はクラスのみんなにそのことを言って理解してもらおうと彼女に言ったんだが、同情されると弱くなってしまうから、と」

髪を切ったのは看護の邪魔だったから。頑なに体操服を着ていたのは、いつでも体を動かせるように。布川はこれまで黙っていたことを静かに語り、その途中で何度も自身の顔を拭った。生徒たちは黙って俯く。梓の前方の席の加奈子だけが、離れた席の美月を窺うようにそわそわしている。

梓は教室の中にいる自分を遠くに感じながら、泣き出しそうになるのをぐっと堪えていた。もう会えないだろう那由多に向かって思う。ごめんね。辛さを増やすばかりで助けてあげられなくてごめん。会って、直接謝りたいよ。それすらできないことが、寂しいよ。

「知ってたの?」

放課後、帰ろうとした梓を呼び止めたのは美月たちだった。集団で梓を囲む顔は厳しく、息苦しさを覚える。ああ、桐山先生にも謝りたいな、と梓は頭の隅で思った。

「何の用?」

「だからさあ、田口さんのこと知ってたのって訊いてるの。知ってたんなら、それを教えてくれてもよかったんじゃない?」

美月ではなく、加奈子が不満げに言う。あたしたちが悪者になってるっぽいんだけど、どうも納得いかないんだよね。田口さんのことは可哀相《かわいそう》だと思うけど、そんなの事情を言われなきゃ分かんないし、言わずに察しろっていうのも乱暴じゃん?

梓は加奈子を無視して、加奈子の横に立つ美月に顔を向けた。美月は何も言わずに睨みつけてきて、その視線を受け止める。

「美月、ずっと仲良くしてくれてありがとう。美月のお蔭《かげ》で楽しいことといっぱいあった。でも、こういうことをする美月は嫌だった。美月が許せなくても、そのひとにとっては譲れないものだったりするの。理解とやさしさを持ってほ……」

最後まで口にする前に、梓は美月に頬をぶたれた。大きな音がして、加奈子がにやりと片方の口角を持ち上げるのが見えた。梓はそれでも、美月を見た。

「そうやって、気に食わないことがあるとすぐに怒るクセも直したほうがいいよ。もっと大きな怒りとか暴力でやり返される日が来ると思う」

もう一度手を振ろうとした美月が、すんでのところで止めた。顔を歪めて、ゆっくりと手を降ろすのを、梓は見つめる。

「じゃあね、美月」

美月と加奈子の間を抜けて梓が去ろうとすると、加奈子に肩を摑《つか》まれた。

「待ちなよ。まだ話終わってないんだけど」

「わたしを悪者にすることであんたたちの罪悪感がきれいさっぱり消えるって言うのなら、好きにしなよ」

加奈子の手を払い、今度こそ、その場を離れた。歩きながら、「大丈夫、大丈夫」と小さく自分に言い聞かせる。心臓は鼓動を早め、足はみっともなく震えている。気を緩めるとその場にへたりこんでしまいそうだった。本当は、泣き出しそうなほど怖かった。でも、那由多を思い出しながら、乗り切った。言いたいことも、ちゃんと言えた。

「やれば、できるじゃん」

自分に言って、笑う。那由多もこんな風にひとつひとつ乗り越えたのだろうか。そうであるならば、わたしだってきっと、頑張れる。

校舎を出て、空を仰ぐ。綿あめみたいな入道雲が、ソーダ色の空にふわふわと浮いていた。空を舞う鳥が、まるで綿あめを啄《ついば》んでいるようだ。

「テンダネスのソーダパフェ、食べたいなあ」

晴れ晴れとした気分で、梓は言った。

*

テンダネスのスイーツ棚がすっかり秋めいたものに変わり始めた。梓の、火曜日の夕方にテンダネスでスイーツをひとり楽しむ習慣は継続中だ。

夏休みに美月たちと決別してから、いろんなことをして、いろんなことが起きた。まず、志望校を変えた。母たちは、親友と出会った女子校に娘たちが入学することを熱望していて、梓もその意見に従っていた。けれど、その女子校よりも偏差値の高い進学校を狙《ねら》ってみたいと両親に言った。美智代は強く反対し、「美月と早く仲直りしなさいよ」とごねたけれど、父は梓の意見に賛成してくれた。親が子どもの人生を狭めることをしてはいけないと美智代を諫《いさ》めてもくれ、いまは新しい志望校のために必死に勉強している。美月たちとは、平行線どころかますます距離ができていた。梓が早々に謝って来ると思っていたらしく、しかし梓は何を言われても平然と学校に通い続けた。美月は日を重ねるにつれて苛々《いらいら》し、梓が志望校を変えたことを知ったときには夏休みの登校日と同じように梓を詰《なじ》りに来た。私から逃げるつもり、と食ってかかってくる美月に、梓は首を横に振った。わたしは誰かの選んだ道じゃなくて自分で選んだ道を歩きたいだけだよ。そのとき初めて美月は涙をみせ、そしてその後は梓をいない者として振る舞うようになった。

孤立した学校生活だったけれど、最近梓に話しかけてくる子も現れだした。

「桧垣さんを見てたら、声をかけずに遠巻きに見てる自分が恥ずかしくなって」

そう言われると、嬉《うれ》しくなる。

テンダネス門司港こがね村店の駐輪場に滑り込んだ梓は、自転車を降りるといつものようにスイーツ棚に向かった。さつまいものスイーツが並んでいるのを見て、顔を綻《ほころ》ばせる。少し悩んで焼いもタルトとさつまいもシュークリームを手に取り、毎度のミルクセーキも取る。レジで会計をしていると、いつもは最低限のやり取りしかしない店長が「あの」と声をかけてきた。

「いつも、ご利用ありがとうございます」

「はあ、はい」

「いきなりこういうこと言うのはおかしいと思われるだろうけど、このお菓子、食べるのを少し待ってもらえませんか」

やけに甘ったるい声で言われて、梓は背中の辺りがぞわぞわする。クラスの男子たちは子どもっぽくてぎゃあぎゃあ騒いでサルみたいだと常々思っているのだが、あの男子たちも大人になればこんな風に変な色気を出したりするのだろうか。いや、絶対ない。

「何でですか」

とりあえず訊くと、店長は眉根《まゆね》を少し寄せて言葉を探すような仕草を見せた。そんな些細《ささい》なことでもなまめかしさがあって、梓はぼんやりと「これが柳眉《りゅうび》を顰《ひそ》めるというやつか」と思った。辞書で調べても、いまいち理解できなかったのだ。

「ええとね、髭もじゃのおじさん分かるかな？　赤じゃなくて、ライトグリーンのツナギを着てるひと」

「ああ、ツギさんでしょう。あのひとが何か？」

「一緒にスイーツを食べたいから待ってて、って伝言を。もう、着くと思うんだけど」

珍しいなと思ったけれど、梓は頷いた。たまには誰かと一緒に食べるのもいい。会計を済ませて、イートインスペースに向かった。カウンター席に座り、外に視線を投げる。街路樹が紅葉しているのが見えた。観光パンフレットを配りに行く途中なのか、いつもの赤い三輪車に乗った赤じいが通りかかり、梓に気付くとひらひらと手を振ってきたので、手を振り返した。

十分ほど経《た》ったころ、軽トラックが駐車場に入ってきた。『なんでも野郎』という、ツギのツナギの背中にも入っているロゴが見える。ツギと目が合い、ツギが手を振ってくる。

「え？」

手を振り返した梓は、目を疑った。スツールから降り、外に飛び出す。

「うそ、うそ！」

叫びながら駆け寄る。助手席から転がりでるようにして降りてきたのは、那由多だった。

「桧垣さん、久しぶり！」

すっきりと笑う那由多を、梓は飛びつくようにして抱きしめた。

「どうして？　どうして那由多さんがここにいるの。長崎に引っ越したでしょう」

「なんでも野郎さんに依頼したんだ」

那由多は、別れたころより少し太ったようだ。健康そうな頬を紅潮させて、ツギを仰ぎ見る。

「長崎で仕事してるところを見つけて、声をかけたの。私、桧垣さんのことがすごく心残りだったんだ。ちゃんと話したかった。だからここまで連れて来てってお願いしたの」

「大変だったんだぞ」

ツギは肩を竦《すく》めて言う。

「俺みたいな見た目が変な男が、女子中学生を連れ回してるわけだろう。身元証明とかしたし、あと業務中の連絡は欠かせない。というわけで」

ツギはスマホを取り出し、梓と那由多が抱き合っている様子をカシャカシャと撮った。

「無事会わせました、と」

どうやら那由多の母にメールを送っているらしい。

「ごめんね、ツギさん。でも、どうしても会いたくて」

「別に構わねえよ。それが仕事だ」

ツギは何てことのないように言う。梓は、ふたりの様子を見ているだけで何故だか泣きそうになった。明るい顔に、憂いのない声。那由多の本当の姿を見た気がした。

「ねえ、桧垣さん」

那由多が梓に向き直り、笑いかける。

「ずっとお礼が言いたかった。私ね、火曜日に桧垣さんに会えるのがすごく楽しみだった。会って一緒にお菓子食べて、その後はいつも、頑張ろうって思えた。実際、頑張れたの」

話す那由多の目に、涙が溢《あふ》れだす。

「桧垣さんが私の事情を訊かないでいてくれて、でも一緒にいてくれた。甘い物を一緒に食べてくれた。それだけで、とても助かってた。だから、後悔せずにパパを見送れたの。ありがとう……」

ぽろぽろと涙をこぼす那由多を、梓はもう一度抱きしめた。

「わたしも、ありがとう。那由多さんといて、強さを貰《もら》えたんだ。わたし、頑張ってるよ。あれからずっと、頑張ってる」

腕の中で、那由多が何度も頷く。気付けば梓も泣いていて、ふたりでしばらく、抱き合っていた。

それから、カウンター席でかつてのように並んでスイーツを食べた。那由多は、梓のせいですっかり甘い物が好きになってしまったらしい。焼きいもタルトを口いっぱいに頬張って「美味しい」と笑う。屈託のない笑顔に、梓も笑ってしまう。

「長崎の学校に、まだ馴染《なじ》めてないいんだ。やだな、寂しいなって思ったときにはテンダネスに行くようにしてるの。テンダネスでスイーツを買って食べたら、桧垣さんと一緒に食べているような気がして」

おかしいでしょ、と那由多が照れたように頰を搔く。おかしくないよ、と梓は言う。

「わたしもだよ。那由多さんだったらこんなときなんて言ってくれるかなあとか考えて、食べてた」

「じゃあ私たち、同じだね」

那由多と梓は声を重ねて笑う。離れてしまったけれど、ふたりとも同じスイーツを食べながら相手のことを考えていたのだ。

「前に、桧垣さんがテンダネスの商品開発がしたいって言ってたでしょ？　私、いいじゃんって軽く言ったけど、いまは絶対、なって欲しいって思うんだ」

那由多が言う。そしたら私、辛いことがあったらテンダネスに行くよ。桧垣さんの作ってくれたお菓子を食べたら、いつでも元気になれると思う。テンダネスがある限り、私はどこでだって桧垣さんに会えるんだよ。

心のこもった言葉を、梓は胸の奥の宝箱にそっとしまう。きっと、これから何度だって思い出す言葉になるだろう。そんな気がする。

「絶対に、なるよ。頑張る誰かの背中を押せるスイーツを、絶対に作る」

「じゃあ和菓子にもっと注力して欲しいかなあ」

低い声がして、ふたりで振り返ればツギが笑っていた。

「俺、和菓子好きなんだ。もっとこう、おはぎとか団子とか、そういうの増やして欲しい」

「なるほど、和菓子ね」

「あ、私のママも和菓子が好きだよ」

「そっか。じゃあ、頑張る！」

梓と那由多は、ふたりで甘いお菓子を齧《かじ》る。幸せな甘さに、笑みが勝手に湧《わ》く。テンダネスがある限り、ここに来る限り、どれだけ離れていてもきっと繋がっていられる。そう信じられる。

「ねえ桧垣さん。今度は、長崎に来てよ。私の家に泊って」

「行きたい！　じゃあツギさんに頼もうっと」

「待て待て。俺は毎度保護者の真似《まね》事はしねえぞ」

梓は、久しぶりに大きな声をあげて笑った。

第四話

偏屈じじいのやわらか玉子雑炊

朝起きると、妻はいない。

リビングにいくと、ダイニングテーブルにラップの掛けられた玉子焼きと塩サバが置かれている。キッチンの鍋《なべ》には、味噌《みそ》汁。それらを温め直してから、大塚多喜二《おおつかたきじ》はひとりで朝食をとる。開け放たれたベランダの掃き出し窓から、干された洗濯物の洗剤の香りが流れ込んでくる。ちらりと外を見れば、今日も快晴のようだ。そういえば、天気予報ではしばらく秋日和《びより》が続くと言っていたなと思い出す。お出かけにはうってつけです。娘よりも若い女性天気予報士が笑顔で言っていたが、何の予定もない自分にはどうでもいいことだ。

手早く食事を終え、食器をキッチンの桶《おけ》に漬ける。テレビをつけ、その音を聞きながら新聞を読む。なんとなく観《み》はじめた朝の連続ドラマが始まったときだけ、テレビに目を向ける。主人公の父がひょうきん者で、やけに物わかりのいい性格をしており、周囲の人間に愛されている。そのことが、多喜二は気に食わない。父親は、娘が好き放題のことをして生きていることを諭すどころか迷惑をかけられることを喜んでいる節がある。父として、男としてのプライドはないのか。子どもの教育を失敗していることを親として恥じるべきではないのか。いまも、娘がきゃんきゃんと怒鳴っている横でくだらないジョークを飛ばしている。そんな風だから、舐《な》められてしまうのだ。

「あぁくそ。観ていると苛々《いらいら》してしまってダメだな。なあ、純子《じゅんこ》」

思わず声を上げ、それから口を噤《つぐ》む。妻の純子は、スーパーのパートに出ていていないのだ。総菜部門だとかで、朝が早い。帰って来るのは昼過ぎで、しかしそのあとはすぐに婦人会の活動といって忙しそうに出て行くので、まともに顔を合わせるのは夕方になる。

テレビの音だけが響く広いリビングで、多喜二は小さくため息を吐《つ》いた。どうしてこんな、虚《むな》しい日々を過ごしているのだろう。

大学を卒業後ずっと勤めた自動車部品工場を六十で定年になり、それから引き続き五年間、再雇用で働いた。男は決して、妻子に生活苦を味わわせてはならない。その信念のもとに働いてきた。休日返上も当たり前にこなしたし、取引先との接待はどれだけあっても付き合った。家のことは純子に全部——一人娘の七緒《ななお》の子育ても任せることになったけれど、それは夫婦の役割分担なのだから仕方ない。男は外で金を稼ぎ、女は家を守る。そういうものだ。若い部下たちに「いつの時代の感覚ですか」と笑われたこともあったが、自分がそうすることで純子は専業主婦として何十年も過ごせたし、七緒も希望した大学まで進学できた。それなりの貯蓄もでき、こうして終《つい》の棲家《すみか》として高齢者専用のマンションに移り住むこともできた。それも、『シニアが移り住みたい田舎町ナンバーワン』と謳《うた》われた、北九州市にだ。

北九州市は海や山が近い、自然豊かな都市だ。それでいてインフラはきちんと整備されており、物価も安い。新幹線の停まる駅もあり、博多にも近いので不便な田舎というイメージは全くない。退職後は穏やかかつ利便のよい場所で静かに暮らしたいという多喜二の理想通りの街だった。特に、門司区にある門司港周辺はとにかくいい。古き良き時代の建造物が並ぶ街並みの向こうに澄んだ海があり、魚が旨《うま》い。生まれ育った名古屋とは全く雰囲気が違うが、この土地でならきっとやっていける。純子とふたり、倹《つま》しく平穏に生きていけるはずだ。そう決めたとき、第二の人生が夢あふれたものになると信じて疑わなかった。

なのに、どうしてこんなことになったのか。多喜二は新聞の文字を追いながら考える。

そもそもは、ここに越してきてすぐに純子が豹変《ひょうへん》したことだろう。出しゃばったことをせず、静かに堅実に家を守っていた純子といまの純子は、別人のように違う。相談もなくパートを決めたことも、マンション内の婦人会の活動に熱を入れるのも、これまでの純子からは想像もできなかったことだ。昔は、ＰＴＡの懇親会であっても参加すらしなかった。もちろんそれは、多喜二がいい顔をしなかったせいもある。家を守るべき女が家族を差し置いて酒の席に出るなど、ありえない。しかしここに来てからの純子は、パートの慰労会にも、婦人会の飲み会にも積極的に参加する。これまでは最優先していた多喜二に留守居をさせて。

『家事を全部終えて、食事の支度までして出かけているのに、どんな文句があるのよ』

そう言い捨てたのは、三年前に結婚した七緒だった。いまは大阪に住んでいるが、子どものいない身軽さからか、月に一度はやって来る。そして、純子に対して不満を抱く多喜二に対して辛辣《しんらつ》な物言いをした。お父さんはこれまでお母さんを束縛しすぎだったんだよ。お母さんの人格を尊重して、自由にさせてあげて。

束縛したつもりも、人格を否定した覚えもない。自分が、社会に出て働く男として当然のことをしたように、純子だって家庭を守る女として当たり前のことをしてほしい。それの何がいけないのだ。しかしそう言うと、七緒は『熟年離婚』という言葉を口にした。お父さんみたいな家庭を顧みない男が、捨てられるんだよ。何を馬鹿《ばか》なことをと一笑に付したが、しかし純子は笑わなかった。ただ、申し訳なさそうに『わたしにも好きなことをさせて』と言った。

全く、バカにしている。俺が、純子をずっと抑圧していたようではないか。家族旅行は毎年連れて行ったし、好きな服だって美容室だって制限しなかった。あいつは、きちんと自由だったはずだ。なのにどうして、俺が悪者のように言われなくてはならない。

七緒の陰で純子が体を小さくしているのを見て、多喜二は捲《まく》し立てようとしていた言葉を飲み込んだ。そしてその代わりに『好きにすればいい』と言った。俺にも第二の人生があるように、お前にだってあるはずだ。俺だって、それくらい分かってるつもりだ。だけど、本当に分かっていたとは言えない。毎朝、こんなにも不満が胸に渦巻いている。このやり場のない感情を一体どうすればいいのか。

「コーヒーでも、飲みに行くか」

誰もいない部屋に一人でいると、どんどん憂鬱《ゆううつ》になってくる。多喜二は財布だけを持って外に出た。

街並みの良さで選んだこともあって、門司港は散歩にはうってつけなところだ。洒落《しゃれ》たカフェも、多く点在している。しかし男ひとりでふらりと入るにはどうにも居心地が悪い。

マンションの裏に小さな喫茶店を見つけてからは、もっぱらそこを利用している。老マスターがひとりでやっており、いつもジャズが控えめに流れている。内装はどこか古臭く、最近よく耳にするようになったSNS映えというのか、目を惹《ひ》くような派手さがないせいか客が多くないのがいい。ただ、少しだけ馴染《なじ》みづらさもある。マスターは釣りが趣味らしく、壁には魚拓や釣り船の上での写真が所狭しと飾られている。そしていつも、常連客とどこでどんなものを釣ったかという話で盛り上がっている。釣り経験のない多喜二は、その会話に全く入っていけない。今日も、数人で豆アジがどれだけ大量に釣れたかという話題になっていた。窓際《まどぎわ》の席に落ち着きブレンドコーヒーを頼み、家でも読んだ新聞に再び目を通す。

趣味って、どうやったら作れるんだ？

新聞の、シニアダンスサークルを特集した記事を読みながら多喜二は考える。これまでは仕事のことしか考えてこなかった。それで充分一日は回ったし、不足を感じたこともなかった。しかしいま、時間を潰《つぶ》す何かが欲しい。あんな風に笑いあえるようなものであれば、なお。

コーヒーが運ばれてきて、ゆっくりと飲む。店の外に何となく目をやると、ベビーカーを押して歩く若い母親の姿があった。七緒に子どもができたら孫の世話を……、ぼんやりと想像して、すぐに打ち消す。七緒は、子どもは産まないと決めているらしい。どんな事情があるのかは分からない。ただ、夫とそう話し合って決めたのだと言った。

『あたしにはあたしの人生があるの。お父さんを喜ばせるために子どもを産むことは、しないから』

会社の部下にも、子どものいない人生を選択したという者がいた。ディンクスっていって意識的に子どもを持たない夫婦もいるんですよ、と教えられた。もちろんそれぞれの人生がある。それを否定する気はない。しかし、娘の口から聞かされると寂しくなるのは何故だろう。うまい言葉を探して、子どもというのはいいものだぞ、とだけ言ったら七緒は怒った。

『お父さんはあたしを育てたといつも言ってたけど、何ひとつしてくれなかったじゃない。お金を出せばそれでいいの？　入学式に運動会、あたしの人生のイベントにきちんといてくれた？　そんなひとが子どもはいいもんだって言ったって、全然響かない』

いつだって可愛《かわい》いと思っていたし、俺なりに一所懸命だったんだけどな。苦いものが口の中に広がって顔を顰《しか》めると、窓の向こうの自転車に乗った少年と目が合った。半袖《はんそで》半ズボンから、細い手足が伸びている。ハンドルにレジ袋を下げた少年は驚いたような顔をして、速度を上げて去っていった。多喜二に睨《にら》まれたのだと思ったのだろう。多喜二は焦《あせ》って立ち上がったけれど、少年はあっという間に姿が見えなくなった。

「これは、悪いことをした」

頭を搔《か》き、座る。それから、少年の顔に見覚えがあるような気がして窓の向こうを眺めた。

この土地に、知り合いはいない。ましてや子どもの知り合いなどいるはずもない。しかし、どうにも見覚えがある。さて、どこだったろう。

どっと大きな笑い声がして、そちらに顔を向ければマスターたちが腹を抱えて笑っていた。多喜二の視線に気付いたマスターが、「いや、これは失礼」と笑みを残したままで言う。客の男が「失敬失敬」と軽い口調で頭を下げる仕草をした。カップに残ったコーヒーをひと息に飲み干して、多喜二は立ち上がった。

「ここに代金を置きます。ごちそうさま」

この店に来るのはもう止めよう。苛立ちにも似た感情を抱いて、多喜二は店を出た。

＊

純子と口論になった。

マンション内の婦人会のメンバーと、二泊も外泊すると言い出したのだ。

「志波くんを含めて、みんなで鹿児島に旅行しようって会長の能瀬《のせ》さんが。志波くんも、清掃のお礼を兼ねてみんなで乗れるマイクロバスの手配をしてくれるって言うからすごく安く行けるの」

こがね村ビル婦人会という有志で構成された会は、実質はただの志波ファンクラブだ。たかがコンビニの雇われ店長に心酔した者ばかりで、婦人会会長の能瀬は志波の雇用主でありこのビルのオーナーの奥方だ。会の主な活動はコンビニの営業を陰ながら助けることで、主にイートインスペースや駐車場の清掃を持ち回りで行っている。もちろん奉仕なので、賃金は発生していない。一円にもならないことを、純子は嬉々《きき》としてやっていた。それに対して不満を唱えたこともあったが『わたしがマンション内で孤立する方がいいの？』と問われて黙った。

「交友関係は大事にするべきだろうが、何も二泊も家を空けなくてもいいだろう。しかも、若い男をはべらせての旅行なんて、趣味が悪い」

「はべらす、なんて人聞きの悪い言い方よしてよ。でも、そうね。アイドルと一緒に行くツアーって前にテレビで観たでしょう？　あんな感じであることは、否定しない」

階下のコンビニ店長の顔を思い出して、多喜二は舌打ちをする。なよなよした、薄気味悪い雰囲気の男だ。

「ああいう男は、平気で女を食い物にするぞ。俺は何百何千という人間を見てきたし、使ってきた。だから分かるんだ。あれはろくでもない男に違いな……」

「やめて。あなたのその話はもう何回も聞いたわ。それに、健吾《けんご》さんにも同じことを言ったけど、あのひとはいいひとじゃないの」

健吾は、七緒の夫だ。カメラマンなどという浮ついた仕事をしていて、日本全国を飛び回っている。結婚の挨拶《あいさつ》に来たときなど、七緒よりも長い髪をしていた。いまでも結婚生活は続いているし、七緒は楽しそうにしているが、多喜二は納得していない。男が安定した職に就いていないからこそ、子どもを作ることを諦《あきら》めているのではないのか。

子なしを選択したとわざわざ宣言するのは、その証左ではないのか。

「きちんとした会社で社会人として勤めなくてどうする。カメラマンだのコンビニの雇われ店長だの、そんなのは世間のまっとうなレールに乗れない男なだけだ。俺は加賀美プレスの工場長として」

「ねえ、もうやめてよ。大きな会社に就職すればすごいの？　出世したから偉いの？　それはあなたのプライドなだけだし、退職したいまでは意味のないことだわ。そんなものはもう捨ててよ」

純子が真っ直《す》ぐに見つめてきて、多喜二は言葉に詰まった。ほうれい線がくっきりと溝を作り、頰にはシミがふたつ。肌はどこか弛《ゆる》み、目じりには縮緬《ちりめん》じわが存在を主張していた。そんな中で、黒い瞳《ひとみ》が変わらない輝きを持って揺れている。どこかちぐはぐな印象を抱えながら多喜二は思う。俺の女房は、こんな顔をしていただろうか。もっと若く潑剌《はつらつ》としていたはずではないか。

黙り込んだ多喜二をどう解釈したのか、純子は「ごめんなさい」と頭を下げた。

「話が逸《そ》れたけど、わたしはただ、お友達と一緒に旅行に行ってみたいだけなのよ。志波くんはおまけみたいなもので、いないならいないでいいの。頻繁にはないことだし、今回は黙って行かせて」

多喜二はまた、「好きにすればいい」としか言えなかった。

旅行当日の朝、純子は気まずそうにしながらも、しっかりと旅行支度を整えて出かけて行った。コンビニの駐車場にマイクロバスが停まり、会のメンバーがそれに乗りこんでいくのを、多喜二は部屋のベランダから見下ろしていた。志波を囲んで笑いあう婦人方はよそいきの顔をしていて、服装も華やかだ。全く、このマンションの男どもは腑抜《ふぬ》けている。自分の妻が息子ほどの年齢の男にのぼせていることを、恥ずかしいと思わないのか。なんて、自分も同じか。

視線に気が付いたのか、バスに乗り込もうとしていた志波が仰ぐようにして多喜二を見上げてきた。ばちりと目が合う。

「奥様は責任もってお預かりしますので、ご心配いりませんよ！」

爽《さわ》やかに言って、志波はにっこりと笑んだ。その余裕綽《しゃく》々《しゃく》の顔に、多喜二はかっとなる。ふざけた物言いをしやがって。

「何も心配などしてませんよ」

引き攣《つ》りそうになる顔の口角を必死に持ち上げて、多喜二は言った。ここで怒鳴り返しでもすれば、こっちの負けだ。多喜二は笑顔を張り付けたまま、室内に戻った。整頓《せいとん》されたリビングのソファに身を沈め、目を閉じる。階下でのざわめきが聞こえなくなるまでそうしていて、静かになってから立ちあがった。

向かったのは、一階にあるコンビニ——テンダネスだ。男性店員がレジカウンターの中で接客をしており、女性店員が菓子の棚の前で補充作業をしていた。多喜二は店内をざっくりと見て回る。

多喜二はコンビニを利用したことがほとんどない。なんでも定価で売られているのが気に入らないし、弁当類は添加物まみれだという記事を昔、雑誌で読んだのを覚えているからだ。出先で缶コーヒーを買うとか、トイレを利用させてもらうかわりにのど飴《あめ》を買うとか、その程度でしか使ったことがない。純子や七緒にも、スーパーやディスカウントストアを利用する方が節約になるのだから、なるべく使うなと言ってきた。コンビニというのはズボラな人間が使うものだ。きちんと生活している者には、不用の店だ。

缶コーヒーを一本だけ買い、純子たちが日に三回清掃に入っているイートインスペースに向かう。旅行に参加していないメンバーがいるのか、それともコンビニの店員たちで対応しているのか、いつも通り整っている。三ヶ所ほどに置かれた花瓶にはコスモスが活《い》けられていた。

「ふん」

多喜二は鼻を鳴らして、カウンター席に座った。コーヒーをちびちびと飲みながら、これから三日間をどう過ごそうか考える。そうだ、かつての同僚たちに連絡を取って会いに行こうか。名古屋までだと新幹線で数時間だ。今晩、東桜の炉端焼き屋で一杯やらないか。そう言えば何人かは来てくれるかもしれない。腰を浮かしかけ、しかしすぐに座り直す。名古屋には先月、恩師の葬儀で行ったばかりだ。その時ですら、入院中だとか隠居しただとかで来なかった者がいた。来たとしても、恩師の思い出話をするわけでもなく延々と自身の病気や介護の話をする場違いな者もいた。みんなどこか消極的になってしまって、以前の姿を知っているだけに歯がゆい思いがした。そんな奴《やつ》らに急に連絡をしても、誰が時間を空けてくれるだろう。ひとりも来ないということだってある。

「つまらん生き方をしてきたのかな」

小さく声に出して言い、その通りなのだろうと思う。自分なりに誠実にやってきたつもりだけれど、きっとそれではいけなかったのだ。だけど、今更どうすればいい。妻は離れ、娘は責め、心を解する友もいない。

人の気配がして、振り返る。コンビニ側の扉から、少年が入って来るところだった。日焼けした顔を見て、多喜二は「あ」と声を出す。先日、喫茶店の窓から見た少年だった。ああそうか。見覚えがあったのはこのイートインスペースの中にいる姿をよく見かけていたからだ。夕方の散歩に出かけるとき、この少年はいつもここにいる。

ちらりと視線を寄越した少年と目が合うが、少年は多喜二のことを覚えていないらしい。室内をぐるりと見回して、四人掛けの席に座った。レジ袋からカレー弁当と炭酸ジュースのペットボトルを取り出して、食事を始めた。

土曜日の朝から、コンビニ弁当で食事とは。

多喜二は小さく首を振る。親は一体何をしているのだ。見たところ、小学校中学年程度だろう。まだ幼い子どもに、こんな粗末な朝食をとらせて平気なのだろうか。だいたい、顔を覚えるほどここで見かけているということは、この子の主な食事がコンビニ弁当だからだろう。育ちざかりの子どもには、もっと栄養があって愛情のこもった食事をさせるべきだ。

そんな多喜二の考えは、もちろん少年には届かない。手早く食事を終えた少年はゴミを纏《まと》めてゴミ箱に放ると、今度はバッグの中からポータブルゲーム機を取り出した。イヤホンを耳に差し、ゲームを始める。面白そうでもない顔をちらちらと眺めながら、多喜二は唇を嚙《か》む。全く、嘆かわしい。秋晴れの休日の朝に、コンビニ弁当にゲームだなんて、どうかしている。

騒がしい笑い声と共に、自転車に乗った少年たちが駐車場に滑り込んできた。駐輪場に自転車を停め、コンビニに入っていく。彼らはすぐに、イートインスペースの方へとやって来た。

「あ、ヒカルじゃん」

大きな体軀の少年が、ゲームに興じていた少年に気付いて言う。

「ホントだ、ヒカルだ」

三人の少年たちは、ヒカルを囲むようにして座る。よかった、友達が来たじゃないかとほっとしたのも束《つか》の間、ひとりの少年がヒカルの頭を叩《たた》いた。

「こんなところで何やってんだよ、おめー」

「暇があったら、練習しろよ、練習！」

口々に言う少年たちに、ヒカルはむっとした顔をして「どっか行けよ」と言う。

「たかが運動会だろ。練習練習って馬鹿じゃん」

「クラス優勝は目標だろ。練習するのは馬鹿じゃないだろ」

話を聞いていると、どうやら再来週の日曜日は彼らの通う小学校の運動会らしかった。クラス全員が放課後に居残りして練習している中、ヒカルは一度も参加していないようだ。いかんなあ、と多喜二がヒカルに呆《あき》れていると、ひとりの少年が「仕方ねえんだよな、ヒカルは」と小馬鹿にした口ぶりで言った。

「お前の父ちゃん、どうせ今年も仕事でいないんだろ。いっつも職員室で先生と昼ごはん食べてるもんな」

「え、なになに。どういうことだよ」

「ヒカルんち、離婚して母ちゃんいないんだ。父ちゃんは仕事とかでいつも学校行事に来なくてさ。授業参観にも一度も来たことがないってオレの母ちゃんが言ってた」

「え、まじで？　じゃあ親子競技の二人三脚どうすんの。うちのクラス、全競技で一位を狙《ねら》ってんだぞ。オレのパパ、新しくジャージ買って張り切ってるのに！」

「多分、適当に先生とペア組むんじゃない？　養護室の野田先生とか」

「やっべ。野田先生っておばちゃんじゃん。走れんの？」

「勝ちたいけど、それは見たい！　野田先生ってどの家の母ちゃんよりも太ってんだもん」

げらげらと、少年たちが声をあげて笑った。やべえ、ウケる。写真撮ろうぜ。

こそこそと様子を窺《うかが》う多喜二からは、ヒカルが怒りで顔を真っ赤にしているのがよく見えた。ゲーム機を持つ手がぶるぶる震えている。ゲーム機をテーブルに叩きつけたヒカルが「うるせえ！」と叫んだ。

「お前たちには関係ないだろ！　馬鹿みたいに笑うんじゃねえよ！」

「何だよ。これくらいのことで怒んなよぉ」

ヒカルの隣に座っていた少年がヒカルの肩を抱こうとし、ヒカルが乱暴に払う。ばちんと音がして、少年が顔つきを変えた。

「何すんだよ、ヒカルのくせに」

「やあ、すまないね。うちのヒカルが」

多喜二は立ち上がり、声を張った。一触即発の雰囲気だった子どもたちが、急に入ってきた大人の声に狼狽《うろた》える。子どもたちの視線を受けて、多喜二は微笑んでみせた。

「運動会は、今回は俺が行くことになってるんだよ。君たちの御両親より年は取っているけど、なあに、二人三脚なんてものはコツさえ分かれば勝てるもんさ」

ヒカルの目が大きく見開かれる。それを視界の端に確認しながら、多喜二は続ける。

「運動会、晴れるといいな。俺も、とても楽しみにしているんだよ」

「はあ、そう、ですか」

少年たちは目くばせをして、それからヒカルに「ちゃんと練習しとけよ！」と言い捨てるようにして出て行った。自転車に乗り、去っていく背中を多喜二は手を振って見送った。

「あの、えっと……」

小さな声がして、振り返るとヒカルが怪訝《けげん》そうな顔で立っていた。

「ああ、すまん。つい、出しゃばってしまった」

黙って見ているつもりだったのに、思わず立ち上がってしまった。頭を掻いて、「聞いていて、勝手に悔しくなってしまった」と言う。

「だからって、変な嘘《うそ》を吐いてしまったよな。悪かった」

子どもの言い争いにムキになるなんて、どうかしている。肩を落とすと、「ありがとう」とヒカルが言った。驚いて見ると、ヒカルは少しだけ笑っていた。

「びっくりしたけど、あいつらがビビった顔したの、面白かった。ありがとう」

ヒカルはテーブルの上のゲーム機をバッグに仕舞い、「じいちゃんは具合が悪くなって来られなくなったって言うから、大丈夫だよ」と言って出て行こうとする。多喜二はその背中に、慌《あわ》てて声をかけた。

「ま、待て。本当に出てはだめか？　その、運動会」

ヒカルが振り返る。真ん丸になった目に、多喜二はもう一度「出てはだめか？」と訊《き》く。

「俺は退職して暇だし、じいちゃんのフリで、な」

「同情とか別にしなくていいよ。オレ、慣れてるし」

じゃあね。ひらりと片手をあげて、ヒカルは去っていった。駐車場を出て行く自転車に、多喜二は「ばかだな」と呟く。断られるに決まっているじゃないか。初対面の大人の戯言《ざれごと》をどうして本気にするだろう。喧嘩《けんか》を諌《いさ》めるだけでよかったはずだ。

ただ、同情で声をかけたわけじゃないとも思う。運動会に親が来ないことで、子どもがこんなにも辛《つら》い思いをするのかと驚いたのだ。多喜二は、七緒にも言われた通り運動会にまともに出た覚えがない。どころか、運動会ではなく取引先との接待ゴルフを選んだ記憶はある。もちろん純子は毎年早朝から弁当を拵《こしら》え、祖父母も連れて運動会に行っていた。誰も来なくて職員と弁当を食べる、なんて経験はさせていない。でも、ヒカルの顔と幼いころの七緒の顔が重なって見えた。七緒は、父親が来ないことでヒカルのような泣き出しそうな顔をしたことがあるかもしれない……。

多喜二は飲み終えた缶をゴミ箱に放って、部屋に戻った。

翌日の昼過ぎ、事態は変わった。缶コーヒーを買いに一階に下りると、エレベーターの前にヒカルが立っていたのだ。

「よかった、会えた」

ヒカルが笑い、「どうした」と多喜二は訊く。

「なんとなく見覚えがあったから、このマンションのひとかなと思ってさ。ここにいたら会えるかなって張ってた」

ヒカルは少し自慢げに言い、それから「あのさ」と視線を逸らした。

「運動会、出てもらえるかな」

多喜二はほう、と呟《つぶや》く。

「どうして、考えを変えたんだ？」

「あいつら、今朝オレんちまで来て『一緒に練習しよう』って言うんだ。昨日のこと疑ってるんだ。相手にしないようにしてたんだけど、でもムカついて……」

心配しなくたってふたりでヒミツの特訓をしてるって言っちゃったんだ、とヒカルは肩を落とした。

「それで、あの、もしよかったら、なんだけど、だめかな？」

おどおどと、ヒカルは多喜二を窺い見る。

「二人三脚だけでいいんだ。午後の競技で、だから昼過ぎにちょっと来てくれたらそれで」

「朝から行ったらだめなのか」

言うと、ヒカルが驚いた顔をする。

「運動会なんて、何十年も行ったことがないんだ。その日だけ、きみの祖父として運動会を楽しませてくれないかな」

「え、いいの……？」

ヒカルの頬が紅潮する。その顔を見て、多喜二はなんだかとても嬉《うれ》しくなる。俺が行くことで、喜んでくれる存在がいる。

「こちらから、頼んでるんだよ。そうだ、ヒミツの特訓をしているって友達に言ったんだよな？　いまからちょっと練習しないか」

「え……する、する！」

ヒカルが大きな声を上げる。

「じゃあ、そこのイートインスペースで待っていてくれ。ちょっと運動着に着替えてくる。スニーカーに履き替えなくちゃいけないしな」

多喜二は軽い足取りで部屋に戻り、クローゼットを探った。この土地に引っ越してくるときに、断捨離してスーツやゴルフウェアは全部捨ててきた。しかし、ジャージくらいは残していたはずだ。

「ああ、あったあった」

長く袖を通していなかったジャージを引っ張り出して着る。ネクタイの一本を、二人三脚の紐にしようとポケットに突っ込み、スニーカーを履くのももどかしくヒカルの元へ戻った。

マンション近くにある老松公園は、静かで落ち着いた場所だ。暇を持て余していた多喜二は、公園内にある図書館にたまに足を向けたこともあったけれど、運動目的に来たのは初めてだった。改めて見れば、ランニングやウォーキングをしているひとの姿も多い。赤い三輪車に乗った老人が、外国人と並んで写真を撮っているのが見えた。あの老人はよく見かけるが、一体何なんだろう。地元の有名人なのだろうか、と多喜二は小さく首を傾《かし》げたが、いまは関係ないことだと頭を振って意識を変える。

小便小僧のいる噴水のそばで向かい合った多喜二とヒカルは、まず互いに自己紹介をした。

「南方ヒカル。門司第二小学校の五年生」

よろしくお願いします、と頭を下げる姿を多喜二は観察する。五年生ならば、体は少し小さめだろうか。日に焼けた顔は健康そうだ。顔を上げ、真っ直ぐに多喜二を見る目は利発な光が宿っている。

「大塚多喜二だ。きみの祖父役だから、ヒカルと呼んでいいかい？」

「うん。オレは、えっと、じいちゃんって呼んでいいかな」

「もちろんだ」

頷《うなず》きながら、多喜二は口元が緩みそうになるのを堪《こら》えた。じいちゃん。なんと面白い響きだろう。まさか、こんな形でそう呼ばれる日がくるとは。

「じゃあ、ヒカル。さっそく練習しよう。これを鉢巻の代わりにするんだ」

ネクタイを取り出して、それから細い足首と自分の足首を繋《つな》ぐ。子どもの匂《にお》いがして、くすぐったい気持ちになる。

「じいちゃんは、運動得意なの？」

「昔は得意だったけど、いまはどうかなあ」

ゴルフもやめたし、運動と呼べるようなことは、ここ数年は何もしていない。腹が少し出てきたことと、血糖値が高めなことが気になって、夕方に散歩をするくらいだ。

「まあとにかく、どんなもんかやってみよう。今日のところは、息を合わせる練習だな」

それからふたりは、日が落ちてくるまで公園内を歩き回った。その間に、いろんな話をした。ヒカルの父親が、介護施設でケアマネージャーをしていること。人手が足りなくて、いつも忙しそうにしていること。だから、しょっちゅうひとりで食事をとっていること。

「前に、目玉焼きを作っていて火傷しちゃったんだ。それからは自分で料理はしちゃだめだって言われてる」

ヒカルの右腕には、ピンク色の蛇のような痣《あざ》が残っていた。フライパンがひっくり返っちゃったんだ、と残念そうに言う。

「それで、コンビニ弁当を？」

「あそこのイートインスペースはきれいだし色んな大人の目があって安全だって、父さんが」

ふうん、と多喜二は呟く。確かに、コンビニの店員やマンションの住民が頻繁に出入りするあの場所は、危険が少ないだろう。

「買って帰ることもあるけど、家でひとりでごはん食べるのって、何だか美味《おい》しくないんだ」

「だよなあ」

ひとりの食事の虚しさは充分分かるので、多喜二は深く頷く。

しかしヒカルは、ひとりで過ごす寂しさを感じているけれど、父を責める気持ちは持っていないようだ。父親の話をするときの顔に少しの陰りもないのだ。

「たくさんのお年寄りのお世話をしてるんだけど、頭の中にタブレットが入ってんのかなと思うくらい、みんなのことを覚えてるんだ。滝川さんの食事にはとろみをつけないとダメだとか、沖田さんはゴムアレルギーがあるとか。ひとの命を預かるお仕事だから、これでいいやって考えじゃダメなんだって」

ヒカルの父親はきっと、誠意をもって働いているのだろう。ヒカルはその姿をきちんと見ているのだ。多喜二は、誇らしそうに父を語るヒカルの顔を眩《まぶ》しく見つめた。いい親子だ。

仕事と子育て、家事をひとりで全《すべ》て完璧《かんぺき》にこなすのは、とても難しい。自分などは、仕事以外の全てを純子に託して生きてきた。だから、ヒカルの父親にも目の届かない部分があって当然だと思う。ただそれでも、ヒカルにもっと手間をかけてあげられないのかと言いたい。仕事は大事だが、子どもの運動会は年に一度しかないのだ。少し顔を出す時間くらい、もぎとっていいはずだ。

気付いていないのだろう、とも思う。仕事をし、金を稼がなければ子どもを育てられない。子どもに、一所懸命働く父親の背中を見せなくてはいけない。そんな思いばかりが先走って、子どもの気持ちまで思い至る余裕がないのだ。自分がそうだった。金を稼ぎ、金銭的に不自由のない生活を送らせることが最優先事項だと信じていた。子どもの運動会は仕事よりも優先するべきだ、なんて考え付きもしなかった。

「二人三脚、一位取ろう」

多喜二はヒカルに笑いかける。

「クラス優勝だっけ？　それも狙おう。それで、お父さんに自慢するといい」

ヒカルがはにかむように笑う。練習に熱中したせいか、こめかみから汗が流れているのが見えた。多喜二も、ジャージが背中にべったり張り付いていた。ふくらはぎはパンパンに腫《は》れているし、数日後には筋肉痛になっているかもしれない。

見上げると、日が随分傾いていた。オレンジと紫が混ざりあい、遠くは黒く染まりかけている。一番星が瞬いていた。

「やあ、暗くなってきたな。今日は、このあたりでやめにしようか」

「もう夕方だね。あの、また練習、できる？」

「もちろんだ。何なら明日の夕方、ここで待ちあわせしよう」

ヒカルがいいのなら、だけど。そう続けるつもりだったが、それよりも先にヒカルが顔を明るくして「やったあ」と言った。

「いいの？　じゃあ、オレ学校が終わったらすぐに来るよ！」

「お、おお。そうか」

その反応が嬉しくて、多喜二の頬が緩む。

「じゃあ、約束だ。待ってるからな」

多喜二は快い疲労感を抱えて、家に帰った。無人の家に入るとき、少しだけ寂しい気がしたけれど、ヒカルの顔を思い浮かべるとすぐに忘れてしまった。


翌日の夕方、玄関先でスニーカーを履いていると、純子が旅行から帰って来た。

「あら。そんな格好でどこに行くの」

スーツケースと土産の紙袋を持った純子が、多喜二の全身を見て驚く。普段袖を通すことのないジャージ姿に戸惑っているようだった。「何かあったの」と重ねて訊いてくる純子に、多喜二は「別に」と答えた。

「ちょっと出てくるだけだ」

「ちょっとって、どこよ」

「どこでもいいだろ」

言い捨てるようにして玄関を出て、エレベーターに乗り込む。一階に下りると、まだ自宅へ戻っていない婦人方が立ち話に興じていた。

「あら、大塚さんの御主人」

婦人会会長の能瀬が多喜二に気付き、会釈《えしやく》をしてきた。旅行でどれだけはしゃいだのか知らないが、少し疲れたような様子だった。多喜二は愛想笑いを浮かべた。

「おかえりなさい。旅行は楽しかったですか」

「ええ、いい旅でした。旦那《だんな》様たちにはご迷惑をおかけしてしまいましたけど、快く送り出してくださったことにとても感謝しています」

やけに丁寧に言って頭を下げる能瀬に、「いえいえ」と多喜二は手を振る。夫に反対を受けたと純子が言ったのかもしれない。口の軽い女ではなかったはずだが、いまの純子なら分からない。なんて考えるなんて嫌なものだけれど、仕方ない。

「では、散歩に行くのでまた」

笑みを崩さないまま、その場を後にした。しかし、腹の中では黒い感情がむくむくと膨れ上がっていた。どうしても、苛立ってしまう。笑顔であっても申し訳なさげであっても、純子が帰って来たらきっと自分は腹が立つだろうと思っていたけれど、やはりだ。これが、七緒の言っていた『束縛』なのだろうか。いや、純子にだって、非はあるはずだ。純子と七緒には当然の行動なのかもしれないが、こちらにとっては何の説明もなく我儘《わがまま》放題になったようなものなのだ。

「ああくそ」

十年も前に禁煙に成功したが、こんなときは煙草が吸いたくなる。居酒屋に行ってビールを飲んで、と考えていると「じいちゃん！」と声がした。はっとすれば、公園の入り口にヒカルが立っていた。体操服を着て、満面の笑みを浮かべている。

「何だ、待たせちゃったか」

「ううん、オレもついさっき来たところ！」

多喜二が近寄ると、来てくれてありがとう！　とヒカルが言う。

「平日はあんまり時間がないからな。早く練習始めよう」

ヒカルの頭を撫《な》でると、もう汗ばんでいた。急いで来たのかもしれないと思うと、さっきまでの荒《すさ》んだ感情が凪《な》いでいく。いまは家のことは忘れてこの子と過ごそうと、多喜二は微笑んだ。

それから、夕方になると老松公園でヒカルと二人三脚の練習をする日々が続いた。

多喜二は全身が酷《ひど》い筋肉痛に襲われ、特に脚は湿布だらけになった。風呂に入ると疲れがどっと押し寄せてきて、夕飯もそこそこにベッドに潜り込む。晩酌《ばんしゃく》をする余裕もない。日中はソファに寝そべって体力の回復を図るばかり。満身創痍《そうい》、そんな言葉がぴったりだと思う。しかし、ヒカルを前にすると体の疲労のことをすっかり忘れてしまうのだ。それに、練習を止《や》めようという気にもならない。絶対に、この子と一位を取るのだという思いが大きくなるばかりだった。

不思議なもんだ。もはや制服のようになってしまったジャージを着た多喜二はソファに横たわり、目を閉じる。子どもの――それも赤の他人の子どもの運動会に必死になっている自分なんて、嘘みたいだ。かつての自分がこんな姿を見たら、さぞかしたまげることだろう。

「ねえお父さん。あなた最近、おかしいわよ」

ひとりでくつくつ笑っていると声がして、目を開ける。ダイニングテーブルに座った純子が、訝《いぶか》しそうな目で多喜二を見ていた。

「何だ、今日は家にいるのか」

「今日は、パートはお休みだって言ったわよ」

「婦人会は」

「それも、当番じゃないって言った」

はあ、と純子は重たいため息をついて「一体どうしたのよ」と気だるそうに訊いてきた。

「旅行のこと、まだ怒ってるの？」

「はあ？　そんなこと、もう何とも思ってないよ」

ヒカルといると、怒りがどこかへ消え失せてしまったのだ。ああ、不毛なものを抱えなくて済む、ということもあって練習に熱を入れてしまうのかもしれないなと思う。

「お前が好きにやっているように、俺だって好きにやっているだけだ」

「それにしても、何だかひとが変わったみたいで」

「それはお互い様だろう」

純子がため息をついて黙り込む。嫌な沈黙が落ちて、多喜二は心の中で舌打ちをした。全く、こっちに越して来てからの純子は理解できない。一体どうしたと訊きたいのはこちらの方だ。

「俺は少し寝る。お前も、いつも通り好きにしたらいい」

純子の返事はない。言い方が嫌味っぽかったかと思うが、それくらいはいいだろう。多喜二は再び目を瞑《つむ》り、無理やり眠りに落ちた。

目覚ましにかけておいた携帯電話の振動で、目が覚めた。体を起こして、大きく伸びをする。室内を見回せば純子の姿はなく、家のどこかにいる気配もない。どうやら、出かけたらしい。

「まあ、こんなもんだよな」

多喜二は小さく呟いて苦く笑う。昔の純子なら、あんな会話のあとなら家に残っていただろうに、とつい思ってしまった。しかしそれは、自分の身勝手な感情なのだろう。

キッチンで立ったまま麦茶を一杯飲み、玄関に向かう。スニーカーを履いて、いつも通りヒカルの待っている老松公園へと急いだ。

練習を終えた後は、ヒカルと共にマンションに戻るのがお決まりになっていた。多喜二は部屋へ、ヒカルはテンダネスで夕飯の弁当を買うのだ。最近めちゃくちゃお腹空《す》くんだ、というヒカルは弁当を二個買うようになったらしい。そういう話を聞くと、『俺の家で食べて行かないか』と言いたくなるのだが、自分の一存だけで決められるものではない。多喜二が作れるメニューは焼き飯と焼きそばしかないから、ヒカルの食事を純子にお願いするしかないのだ。それに、ヒカルの父親にも一度きちんと会って挨拶を交わしておかねばならない。父親の次の休日には、紹介してもらおう。

「じいちゃん、また明日ね」

「おう、またな」

短く挨拶を交わして家に帰ると、誰もいなかった。電気もついておらず、キッチンには多喜二の使ったグラスがそのまま置かれていた。

「何だ、こんな時間まで帰って来ていないのか」

パートも当番もないと言っていたのにどういうことだ。連絡もなくこんな時間まで不在だなんて、さすがに俺を馬鹿にしていやしないか。とりあえずシャワーでも浴びようと、下着を取りに寝室に向かった多喜二はぎょっとした。真っ暗な寝室のベッドで、純子がうなされていたのだ。

「な、なんだ。お前、いたのか」

思わず声が上ずる。

「ああ、あなた。風邪をひいた、みたい」

多喜二に気付いた純子が咳《せ》き込みながら言う。声が別人のようにしゃがれていた。

「どうした。昼はそんな風じゃなかったじゃないか」

「あのときから少し、体調がよくなかったの」

思い返せば、億劫《おっくう》そうだったか。ため息が多かったし、口調はどこか投げやりでだるそうだった。不機嫌だからだと思っていたけれど。

「どうして言わないんだ。あの時間なら、病院に連れて行けたんだぞ」

「寝ていれば治るかなって。でも、もう年ね。なかなか」

電気をつけて、純子の顔を見る。熱が高いのか、頬が真っ赤になっていた。

「とりあえず、熱を測ろう。ええと、体温計はどこだ」

「それが、ないのよ。引っ越しの時にどこかにいってしまって」

こういうときは、どうしたらいいのか。多喜二と純子は体が丈夫な方で、これまでお互い寝込んだことがなかった。七緒が具合を悪くしたときは純子がつきっきりで世話をしていたから、多喜二は看病というものをしたことがない。

「救急車、呼ぶか」

「何言ってるの。それほどのことじゃないわよ。温かくして寝てたら大丈夫」

笑おうとした純子が激しく咳き込む。吐いてしまうんじゃないかという勢いに、多喜二は焦ってしまう。熱のあるときは、頭を冷やすんだったか。では、氷囊《ひょうのう》とかそういうものがいる。しかし、そんなものこの家にあるのか。

「頭を冷やすものがいるよな。どうしたらいいんだ」

純子に訊くと、「下」と言う。

「下？　下ってどういうことだ」

「凍らせたペットボトルが売ってるの。あれを脇《わき》に挟んでおくから……」

脇にペットボトル？　頭ではなくて？　意味が分からないが、純子はそれでいいのだと言う。とにかく言う通りにしようと、多喜二は財布を摑《つか》んで慌《あわ》てて階下へ向かった。

イートインスペースを抜けてテンダネスに入ろうとすると、ヒカルが弁当を食べていた。

「あれ、じいちゃん。どうしたの？」

「あ、いやそれが部屋に戻ったら、嫁さんが具合悪いって寝込んでたんだ」

水枕とかを買いに、そう言うとヒカルが「大変じゃん」と立ち上がった。弁当の残りをかき込むようにして食べ終え、「オレ手伝うよ」と言う。

「いや、そんな。いいよ」

「オレ、看病得意だよ。何かあったら、いつも父さんと看病し合ってるから」

ゴミを捨てたヒカルに背中を押されるようにして、多喜二はテンダネスに向かった。

「食欲はありそうなの？」

「ううん、どうだろう？　そういや、昼は食べていなかったような……朝もトーストを残してた、かな。何も食べていないかもしれない」

「わかんないの？」

ヒカルに驚いた顔で訊かれ、多喜二は「すまん」と頭を掻く。純子の食欲がどうとか、意識したことがなかった。

「水枕ってことは、熱があるんだよね？」

「あ。そうだ、体温計もないんだ、あとからドラッグストアまで行かないといかん」

ここからドラッグストアまでは徒歩で十分くらいか。一度部屋に戻って、と考えているとヒカルが「売ってるよ」と言う。

「ここ、確か売ってるよ」

ヒカルが迷わずに向かったのは日用品の棚だった。経済的ではないと多喜二がこれまで目もくれなかった場所だ。その中に、ゴム製の水枕や体温計、水差しなどが並んでいた。

「え、こんなものまであるのか」

よく見れば介護用のおむつや前掛けエプロン、経口補水液などもある。何でこんなものが、と驚いていると「この上の階ってお年寄り専用の部屋なんでしょ」とヒカルが言う。

「暮らしやすいようになってるんだって。そうだよね、店長」

菓子の棚の方向に向かって、ヒカルが声を上げる。ひょいと顔を出したのは志波だった。両手に菓子を持っているところを見ると、商品補充でもしていたようだ。志波はやわらかく笑いながら、「そうなんです」と言う。

「この店の利用客は、マンションの住民もそうですが比較的お年寄りが多いんです。そういう方々がいざというとき困らないように、商品の内容を考えて置いているんですよ。ちなみに学生街の店だと、文房具やお菓子がここより充実しています」

ははあ、と多喜二は頷く。たしかに、便利だ。

カゴに水枕と体温計を入れ、それから経口補水液のペットボトルも数本足す。純子に言われた通り、冷凍されたお茶のペットボトルも入れる。

「脇に挟むとか言ってたけど、あいつ熱に浮かされてるのか」

小さく呟くと、ヒカルが「熱が下がりやすいんだ」と言う。

「そこに、太い血管が通ってるんだって」

「へえ」

ヒカルがそんなことを知っていたことも含めて感心する。

「次は食事だよね。これ、おすすめ」

ヒカルが持ってきたのは、レトルトの粥《かゆ》だった。

「こんなものまで置いているのか」

「じいちゃん、なんでいちいち驚いてんの」

ヒカルがくすくすと笑う。少し恥ずかしくなって、「コンビニなんて、まともに使ったことがないんだ」と背を丸くした。

「しかし、わりと便利だな。考えを改めねばならん」

このマンションを検討しているときに、コンビニが階下にあるので便利ですよ、と担当者に言われたのを思い出す。その時は、始終誰かが出入りする店があることの何が便利かと鼻で笑った。どうせ騒がしいばかりだろう、と。

実際はそんなことはなかったし、ビルのセキュリティがしっかりしているのでひとの出入りが多いことに対する不安もなかった。あの担当がこういう場面での「便利」を口にしていたのだとしたら、なるほど言った通りだ。

「この粥があれば、食事は安心だな」

いくら料理ができないといっても、レトルトを温めるくらいのことはできる。すると、ヒカルが「これも」と何か持ってくる。見れば、茶碗蒸しだった。弁当の棚から持ってきたらしい。

「茶碗蒸し？」

「あのね、これ、おすすめなんだ」

ヒカルがにっと笑い、多喜二は首を傾げた。

純子の熱は夜が深まるにつれてぐんぐん上昇した。寒い寒いと震えるので何枚も毛布を掛け、経口補水液を何回も飲ませる。水枕は頻繁に氷を交換し、冷凍庫のストックがなくなったので途中で階下に氷を買い求めに行った。

「奥様、おかげんはいかがですか」

夜勤らしい志波が、心配そうに訊《き》いてくる。意識はあるし、大丈夫だと思う。そう答えたら「何かあったら仰《おっしゃ》ってくださいね」とやさしくも強い口調で言われた。

「ここに、いつでもいますから」

軽薄で薄気味悪いと思っていた男が微笑む。少しだけ頼りがいがあるような気がしたのは、慣れない看病で必死だからだろうか。

「……どうも」

頭を下げて、急いで戻った。

純子のそばでうつらうつらしながら、様子を見る。三時を過ぎたころからどっと汗が噴きだしはじめ、汗を拭《ぬぐ》ってやる。暑いと言いだしたので、冷たい水を絞ったタオルで首筋を拭うと、「気持ちいい」と純子が初めて笑った。

「ああ、いい気持ち。もう、山場は越えたかな。熱も、これから下がると思う」

「何でそんなこと分かるんだ」

しかし、苦しそうだった純子の表情がほぐれているのを見てほっとする。純子は、

「汗が出たら悪い菌を退治し終った証拠、ってよく七緒に言っていたの覚えていない?」

と幾分しっかりした口ぶりで言った。

「そうだったかな。ああいや、そうだった。あれはおまじないの類《たぐい》かと思ってた」

あらやだ本当のことよ、と純子が呆《あき》れたように言う。その声が嗄《か》れていたので、多喜二は経口補水液のボトルを差し出す。ストローに口をつけた純子がそれを一気に飲んで、空にする。

「ああ、美味しい。さっきまで味がしなかったの」

「もっと飲むか？　まだあるぞ」

次のボトルにストローを差し替え、純子の口に持っていく。それを半分ほど飲んだ純子は「ありがとう」と口元をほころばせた。

「お父さん、よくストローなんて気が付いたわね。飲みやすくって、すごく助かる」

「はは、貰《もら》っただけなんだ」

レジで精算をしていると、志波がストローを数本入れてくれたのだ。横になったまま飲めるので役立つと思います、と言って。

「お前たちがきゃあきゃあ騒ぐ意味は未《いま》だに解らんが、まあいい奴《やつ》かもしれないな」

ま、と純子が目を見開いて、それから少しだけ躊躇《ためら》うようにして言った。

「あの……、旅行のこと、ごめんなさい」

「なんだ、別にいいって言っただろう」

こんなときに何を、と呆れると、純子は首を横に振った。

「それから、勝手ばかりを言ってごめんなさい」

「なんだなんだ。病気で、弱気になってるのか」

思わず笑う。可愛いところがあるじゃないか。純子は困ったように眉じりを下げ、

「そうかもしれないけど、そうじゃないの」と言う。

「ちゃんと話をしたかったけど、わたしもうまく、言えなくて」

「ふむ……。話したいことがあるなら、話せ」

純子が暑がるので、寝室の掃き出し窓を少しだけ開けた。遮光カーテンの端からは少しの風と月明かりが零《こぼ》れている。カーテンをもう少しだけ開くと、ミルク色の光が流れ込んできた。おだやかな光は、ベッドで横たわっている純子の顔にまで届く。やはり、さっきまでと違って顔つきが落ち着いている。本人が言う通り、山場は越えたのだろう。

「お父さん、眠くない？」

「いまのところは。それに、明日もどうせ暇だからな。ちょっと寝坊したって誰にも迷惑をかけない」

おどけたように言うと、純子が笑った。それから、「波江《なみえ》ちゃんが、亡《な》くなったでしょう？」と声を落とした。

「ああ、彼女は残念だったたな」

豊田《とよた》波江は、多喜二もよく知る純子の学生時代からの友人だった。頭が良くて行動力があって、どんな場でもリーダーシップを取る能力があった。弁が立ち、多喜二は何度波江に言い負かされたか知れない。面倒見がよく、夫婦喧嘩の仲裁に入ってくれたこともあった。まだ男社会が当たり前だった時代において出世街道を突き進んだが、彼女ならば当然のことだと思えた。

若いころから仕事が恋人だと言っていた波江だったが、六十の誕生日を前に同い年の男と結婚した。いい歳《とし》まで結婚しなかった同士くっつくことにしたの、と言っていたが夫と仲睦《むつ》まじいことがよく分かった。これからの残りの人生は彼とふたりで、やりたいこと全部やるのよ。夢リストを埋めるの！　仕事を早期退職した波江は、たくさんの夢を多喜二夫婦に語って聞かせて、それらをまとめたノートまで見せてくれた。エジプトの王家の墓に行くこと、フィンランドでオーロラを眺めること、ドバイの海中ホテルに泊まること。他にも、お揃《そろ》いのビアカップをつくること、フルマラソンにチャレンジすることなどもあった。しかし、多喜二たちが門司港に移り住む一ヶ月前に、波江は亡くなった。癌《がん》だった。

結婚してすぐに癌が見つかり、波江は緊急入院。手術と入退院を繰り返す日々で、夢のほとんどを果たせなかった。もうだめかもしれないと連絡を受けて多喜二たちが駆けつけたら、痩せ細った波江はベッドの上で目だけぎらぎらさせていた。ねえ、私、何もできなかった。たくさんあったのに、何も。波江の手には、ちっとも埋まっていない夢リストのノートがあった。

「波江ちゃんが亡くなって、わたしもいつ死ぬか分かんないなって思ったの」

純子がそろそろと言う。

「わたしたち、何だかんだでもういい歳でしょう。だからこそ終の棲家だと話し合ってここに越して来たけど、お父さんは本当に、自分の人生が終盤に差し掛かってると思ってる？」

多喜二は言葉に詰まる。健康体で病気ひとつしたことがない。病も死も、まだ遠いものだと思っている。しかし、周囲を見回せばそうとも言えない。亡くなった友だって、いまなお闘病している同僚だっている。恩師の葬式にきた知人は、老後に突入した悩みを語っていた。しかし、自分にはまだ関係がない。そんな風に目を逸《そ》らしてきた。

「わたしは、波江ちゃんが亡くなってから死がとても身近になってしまった。いまは体のどこが悪いってわけじゃないけど、でも、いつどうなるかなんて分かんないじゃない？　だから、波江ちゃんみたいに夢リストを書いてみようと思ったの。これまでやりたくてもやれなかったこと。死ぬまでにやりたいこと。例えば、働きに出てみたい、飲み会に参加してみたい、同僚と仕事の愚痴《ぐち》を言ってみたい」

純子はぽつぽつと続ける。新しい土地で新しい自分を生きてみたかった。波江ちゃんが退職後の人生を楽しみにしていたように、わたしも引っ越した後の人生を楽しみたかった。波江ちゃんみたいになったらと考えずにはいられなくて、少し焦《あせ》ってた部分もあるかしら。

多喜二が「どうして、言ってくれなかったんだ」と訊くと、純子が少しだけ黙る。

「……七緒にね、死に支度のような言い方しないでって叱《しか》られたの。お母さんは波江さんの死に引きずられてるだけよ、って。そうなのかしら、って考えているとお父さんに言うタイミングも分からなくなって」

わたしって本当にだめねえ、と純子が言葉を落とす。月明かりを浴びたその頼りない笑顔は、年老いていた。ふと見下ろせば、皺《しわ》だらけの自身の手の甲がある。いつの間にか、大きなシミがある。その手で頬を撫《な》でれば、弛《ゆる》んだ肌がある。ああそうか、俺もか。

湿布を貼《は》った両足が疼《うず》いた。

「夢リストは、埋められてるのか」

訊くと、「それがね」と純子がため息を一つ吐いた。

「最初はね、思いついたことをやれてたと思う。リストも、だいぶチェックがついた。でも、最近わからなくなった。これでいいのかしらって」

波江ちゃんの夢リストはひとりではできないことが多かったの、と純子は続ける。旦那さん――哲也さんと一緒にやることばかりだった。それを思い出したとき、わたしは、まずやらなければいけないことを間違えたんじゃないかしらって、思うようになったの。

　多喜二が続きを促すように見つめると、純子が頷く。

「ここに越してきたときに、お父さんとちゃんと話をするべきだった。七緒にではなく、お父さんにまず夢リストの話をすればよかったのよ」

「どうかな。ここに越して来たとき、俺は第二の人生が始まるって希望に満ちてた。そんなときに波江さんの夢リストの話をされたら、俺は怒鳴っていたかもしれない。辛気臭い話をするなって」

　多喜二は素直に答える。純子が波江のように夢リストを作りたいと言えば、七緒よりもきつい言い方で止めただろう。死人の真似なんて薄気味悪いことするな、と。

　しかしいまは静かに受け入れられる。純子のこれまでのことも、もつれた糸がほぐれていくように理解できた。

「この間の旅行、とても楽しかったの」

「よかったじゃないか」

「みんなで砂風呂に入って、露天風呂にも入って、お腹いっぱいご飯を食べて。それから眠くなるまでたくさんのお話をしたわ」

　まるで女学生だな、と多喜二が笑うと、純子も笑う。しかしすぐに、寂しそうな顔に変わった。

「とっても楽しかった。でもね……、さあそろそろ寝ましょうかっていうころに、能瀬さんが婦人会の会長を辞めるってみんなに言ったの。ご主人が、人工透析をすることになったんですって」

多喜二は能瀬の夫を思い浮かべる。このマンションのオーナーで、恰幅のいい七福神の布袋《ほてい》様のようなひとだった。

「週に二回、病院に通うそうなの。能瀬さんはそれまで、やさしいご主人に甘えて自由にしてたって言うの。ご主人を置いて出かけることはしょっちゅうで、酷いときには半月も出かけていたこともあったって」

夫とはいつでもどこにでも行けるんだからと思っていたけど、どこにでも行けなくなっちゃった。どうして夫を後回しにしちゃったんだろう。夫人は布団の中で静かに泣き、この旅を最後にしてこれからは夫と一緒の時間を増やしていきたいと言ったという。

「それを聞いて、思ったのよ。わたしは、お父さんともっと話をして、ふたりで……ふたりの夢リストを作るべきだったんじゃないかしらって。自分だけのものを埋めたって、きっといつか後悔してしまう」

純子が多喜二に「ねえ」と呼びかける。

「そんなわけで、わたしは様子が違ったのよ。ごめんなさいね」

「いや……俺も、悪かった。きっと、いままでたくさん苦労を掛けただろう」

多喜二は項垂《うなだ》れるように頭を下げた。

「だからこそ、こうなったんだ」

依怙地《いこじ》で偏屈な性格なのだと、自分でも分かっている。

「七緒に言われたこと、何度も考えたよ。自分では全く意識してなかったけれど、お前を束縛していたんだと思う」

「そういうあなたにしたのは、わたしよ」

純子の言葉に、多喜二は顔を上げた。「夫を育てるのは、妻なのよ」と純子が言う。

「だから、あなたをそういう風に育てたのは、わたし。すごーく昔、まだ若いころのわたしは、あなたの責任感のあるところや仕事に熱心なところが素敵だと思ってた。ずっとそうであって欲しいとさえ思ってたの。他人から見てやりすぎだと言われることがあっても、わたしは黙ってたわ。わたしの夫は、それでいいんだって」

純子が咳き込んだ。多喜二が経口補水液を飲ませようとすると、純子はゆっくりと体を起こしてボトルを受け取った。大丈夫か、と訊くと頷く。自分の手でボトルを握った純子は、ふっと肩で息を吐いた。

「あなたの仕事に対する熱意は年々増して、家庭を顧みなくなった。わたしは、これは長所ではなく短所だったのかもしれないって思うようになった。勝手な話よねぇ。わたしがあなたをそういう風になるよう仕向けたのに、元々こういうひとだったんだって呆れるんだもの」

そんなこともあったか、と多喜二はずっと昔のことを思い出す。あなたが仕事に熱心だから、わたしは何の憂《うれ》いもないわ。かつて、そう言って微笑んだ妻のお腹は大きくて、もっともっと頑張らねばと誓った日があった。

「忘れているもんだなあ」

独りごちるように言うと、純子が頷く。

「もう何十年、一緒にいるんだっけ。わたしがお父さんをそういう風に育てたように、わたしもまた、お父さんに育てられた部分がどこかにあるのよ。夫婦が互いを育てるの」

そんなものなのだろうか、そんなものなのだろうな。純子の言葉は、すとんと多喜二の腹の奥に収まった。

「夫婦が互いを、か……。お前、よくそんなことを考えつくもんだな」

自分ではそんな言葉を導き出せなかっただろう。感心すると、純子が悪戯っぽく笑う。

「実は能瀬さんのご主人の受け売りなの。ご主人に申し訳なかったって泣く奥さんに、ご主人はこう言ったんですって。ぼくは自由な君が好きだから、そう育てたんだ。君は何も反省することはない。そうしたのはぼくなんだよ、って」

「やあ、これはすごい惚気《のろけ》話だな」

「そうよね。宿で聞いたとき、みんなとっても騒いだのよ。素敵だって」

忍びあうように、ふたりで笑う。それから喉《のど》を潤《うるお》した純子は、再び横になった。

「ねえ、あなた。夢リスト、ふたりでつくりましょうよ」

「……そうだな。うん。いいかもしれないな」

自分の夢リストか、と多喜二は考える。趣味が欲しいな。夢中になれるもので、できたら純子と一緒にできるものがいい。それに、旅行もしたい。思えば、夫婦ふたりでどこかに遊びに出かけたのはいつが最後だったろう。

まずはヒカルの運動会で一位を取ることだろうか。ああそうだ、純子に仮の孫ができたことを言わなくてはいけない。

「あのな、純子……って、眠ったか」

見れば、純子は穏やかな寝息を立てていた。胸元の布団が規則正しく上下している。額にそっと手をあて、平熱に戻っているのを確認する。多喜二は掃き出し窓を閉め、カーテンを引いてから自身のベッドに潜り込んだ。


多喜二が目を覚まして隣のベッドを確認すると、純子はまだ眠りについていた。枕元の時計を確認すると、普段より三十分ほど長く眠っていた。やはり年を取ったのだなあ、とひとりで笑う。若いころは、どれだけでも眠れたものだが。

純子を起こさないようにそろそろとベッドから起きだし、多喜二は寝室を後にした。

朝の身支度を手早く終え、音をたてないようにキッチンで作業をしていると純子が起きてきた。少しふらついているようだが、顔色はいい。具合はどうだと訊《き》くと、「喉がまだ少し痛いけど、すっかり元気」とガッツポーズをしてみせた。

「それより、ごめんなさい。寝坊しちゃった」

「パートは休みなんだろう？　ゆっくり寝てたらいいのに」

「そんなわけにはいかないわよ。すぐに食事の支度するわね」

「いい、いい。今朝は俺が作る」

多喜二が言うと、純子がぽかんと口を開けた。

「お父さんが、食事を？」

「ああ。と言っても、あまり期待するな。レトルトの粥をちょっといじるだけだ」

お前は座ってろ、と言うと純子は少しだけ嬉しそうにして「顔を洗ってくるわね」と洗面所へ消えた。その間に、多喜二は作業を進める。

「本当に、旨《うま》いのかな」

不安になって呟くが、しかしすぐに「いや、大丈夫だ」と言い直す。ヒカルは「めちゃくちゃ美味しいから！」と力強く言っていたではないか。

「はあ。顔を洗ったらすっきりした……あら、すごくいい香り」

戻ってきた純子が、鼻をひくつかせた。その反応に、多喜二は心の中でよし、と思う。

「さあ、できたぞ。食おう」

多喜二はコンロに掛けていた土鍋《どなべ》を、ダイニングテーブルに運んで言った。

多喜二が作ったのは、玉子雑炊《ぞうすい》だった。土鍋の蓋《ふた》を取ると出汁《だし》のきいた湯気が立ち上り、純子が「美味しそうじゃないの」と声を上げる。

「お父さん、どうやって作ったの」

「まあまあ。味を見てみないと分からんぞ」

レンゲで深皿によそい、まずは純子に渡す。猫舌の純子はそれを何度も吹いて冷ましてから、口をつけて啜《すす》った。

「ああ……美味しい。すごく美味しいわ、お父さん」

「お、そうか」

多喜二も自身の深皿によそい、啜る。しっかりと出汁がきいた玉子雑炊は米の形がないくらいやわらかい。これなら、喉が痛いという純子でも平気だろう。

「味もなかなかだな」

「なかなかどころか、すごく美味しいわよ。どうやって作ったの」

出汁の引き方なんて知らないでしょう、という純子に多喜二はふふんと胸を張る。

「アレンジ飯ってやつだ」

「え？」

「レトルトの粥に、コンビニ惣菜の茶碗蒸しを入れたんだ。こういうの、アレンジ飯って言うんだろう？」

土鍋にレトルトの粥と茶碗蒸しを崩して入れたものを煮込んだのだ。最後の彩《いろど》りに、これもまた売っていた刻み葱《ねぎ》を乗せた。

『レンジでもできるよ。オレが父さんに作るときは、レンジ用の鍋でやってる』

ヒカルがあまりにも自信満々に言うのでそれならばとやってみたけれど、なかなか旨い。

「コンビニを馬鹿にしていたけれど、便利なものだな」

雑炊を啜って、多喜二はしみじみ言う。

「ここに、いつでもいますから。あの店長にそう言われて、嬉しかったよ」

ここに来ればひとがいる。助けになるものがある。あの一言で、どれだけ安心できただろう。

「志波くんのことをそう言ってくれて、よかった。本当にいいひとなのよ。あ、分かった。この雑炊の作り方、志波くんに訊いたんでしょう？　彼なら、こんなこと思いつきそう」

純子に訊かれて、少し考える。それから、「俺の孫だ」と答えた。

「ああ、そうか。お前の孫ということでもあるのか」

「何、どういうこと？」

純子が不思議そうに首を傾げるので多喜二は笑い、それからヒカルとの出会いをいちから説明し始めた。

＊

運動会当日は、心地よい秋日和となった。日差しは穏やかで、爽《さわ》やかな風が吹く。おろしたてのジャージを着た多喜二は、弁当を抱えた純子と共に小学校に向かった。

「あなた、大丈夫？　昨日は眠れていなかったでしょう」

「いやいや。気力体力共に充分だ！」

今朝は早起きをして、ランニングを済ませた。前日にマッサージに行ったお蔭《かげ》なのか、体がすこぶる軽い。最高に調子がいい。

「ただ、どうなんだろうな。俺たちが行っていいのかな」

一昨日、ヒカルの父親――明広が仕事を休めることになったと連絡が来たのだ。

その前に多喜二は明広に会いに行って、詳しく話をしていた。明広はヒカルの話から想像した通り、真面目《まじめ》でしっかりした、やさしい父親だった。そしてやはり、息子の気持ちに気付けていなかった。息子が寂しい思いをしていることを知って肩を落としていたが、どうにか休日を取れたのだろう。

父子ふたりで参加できるのならばそれに越したことはない。どうか、運動会を楽しんでください。そう言って電話を切ろうとした多喜二だったが、明広は『ぜひともいらしてください』と言った。ヒカルは、大塚さんと二人三脚をして一位を取るんだってとても張り切っているんですよ。来てくださらないと、困ります。

「実のおじいちゃんたちはもう亡くなっていていない、って仰ってたんでしょう？　それなら、わたしたち夫婦が代役を務めさせてもらいましょうよ」

そう言う純子の顔は明るい。小学校の運動会という本来縁の遠いものに参加できることを多喜二以上に楽しみにしていたのだ。今朝も、多喜二が目覚めたときには既に純子は起きていて、楽しそうに弁当を詰めていた。そう言えばいつも凝《こ》った弁当を作っていて、七緒が大喜びしていたな、と思い出す。

「大塚さん！」

保護者たちでごった返す校門の前まで行くと、明広が待っていた。多喜二たちに駆け寄ってきて、「ありがとうございます」と頭を下げる。

「いやいや。こちらこそ、ありがとう」

「じいちゃん！　ばあちゃん！」

声がして、見ればヒカルが駆けてくるところだった。満面の笑みに、多喜二たちも笑顔になる。

「ねえねえあなた。聞いた？　ばあちゃん、ですって」

純子が頬を赤くして言い、多喜二は頷《うなず》く。

「ヒカル。今日はじいちゃんと一位を取るぞ！」

「あったりまえじゃん！　やるぞ、おー！」

ヒカルが拳を空に突き上げ、多喜二もそれに続く。拳をあげて空をみれば、雲ひとつない青空が広がっていた。

第二の人生、始まりだ。

第五話
愛と恋のアドベントカレンダークッキー

中尾恒星は、愛を疑っている。

こういう風に言ってしまうとちょっと大袈裟《おおげさ》だけれど、でも、愛というものは実際存在しないのではないかと思っている。運命ですと語っていた芸能人は数年後には泥沼離婚劇を繰り広げるし、クラスメイトたちは毎月誰かが『信じてたのに』と騒いでいる。SNSには安っぽい愛や恋が溢《あふ》れ、それが当たり前じゃん？　と思うような老夫婦の他愛ないやり取りに『感動』なんてコメントがアホみたいにつく。

「愛なんて正体不明のモンに振り回されて、バカみてえ」

テレビを観《み》ながら、恒星は独りごちた。クラスの女子が騒いでいた恋愛バラエティ番組をちょっとした好奇心で観たものの、全く感情が動かない。どうせ、番組が終了して数年経《た》てばそれぞれ違った相手と付き合っているんだろうなと思うと薄ら笑いが浮かぶばかりだ。

「恒星は冷めてるなあ。もっと感情移入して観れば？」

声がして、振り向けばキッチンに母親の光莉が立っていた。風呂に入っていたと思ったけれど、いつ上がったのだろう。

光莉はお気に入りのスヌーピーの着ぐるみパジャマを着て、頭にはピンク色のタオルキャップを被《かぶ》っている。最近ハマっている手作りのデトックスウォーターを片手に、

「わたしはこういうの観ると、キュンキュンするけどなあ」と唇を尖《とが》らせる。

光莉は今年で四十になった。もういい歳《とし》なのに、若い女子のような派手な格好をして何が『キュンキュン』だ。急に苛立《いらだ》った恒星は、テレビの電源を切った。ひとりの女の子がこれから告白をしにいくと決めたシーンだったので、光莉が「ああ！」と声を上げる。

「ちょっと、めちゃくちゃいいところじゃない！　何で消すのよ」

「くそつまんね」

吐き捨てるように言って、恒星は二階にある自室に戻った。恒星の部屋の隣は父康生《やすお》の趣味部屋で、その向かい側が両親の寝室だ。趣味部屋のドアが少しだけ開いていたので覗《のぞ》くと、康生は楽しそうに釣り具の手入れをしていた。小型テレビでは、お気に入りの釣り師のＤＶＤが流れている。

「また釣りにいくの」

訊《き》くと、恒星に気付いた康生が「まあな」と満面の笑みで答えた。

「冬はやっぱカレイだよ。旨《うま》いカレイの唐揚げを食わせてやるからな」

康生は、若いころはプロの釣り師になりたかったという筋金入りの釣り好きだ。休日の過ごし方はもっぱら釣りで、食卓にはしょっちゅう康生の釣果《ちょうか》があがる。自身で魚を捌《さば》き、料理までするので光莉は『楽ができる』と大喜びだけれど、恒星はあまり歓迎できない。肉が滅多に食べられないのだ。カレイより鶏《とり》の唐揚げがいいんだけど、と言いかけてやめる。そんなことを言ったって何も変わらない。

「恒星も一緒に行かないか？」

「釣りは興味ないって言ってるだろ」

何度となく交わしたやり取りだが、最近の康生はしつこい。釣り仲間の息子——確か小学六年生だった——が先日釣りデビューを果たしたのだそうだ。親子で釣り上げた魚を掲げての記念写真を撮ったのは康生で、とても羨《うらや》ましかったと言う。オレもそういうの、やりたかったんだよなあ。なあ、恒星。一回でいいから行こうよ。

絶対ごめんだと思う。恒星は幼いころ、父の趣味が大嫌いだった。潮の状態がいいとか、急に釣りに誘われたとか、様々な理由で家族の約束を反故《ほご》にされたことが何度もあったのだ。楽しみにしていた映画やスペースワールドは光莉が連れて行ってくれたけれど、家族で行きたかった気持ちは裏切られたままで、どこか不完全な満足だった。釣果を見せびらかしながら『面白かったか』と訊かれて、どうして頷《うなず》けるだろう。何度も抗議したが康生は『すまんすまん』と言うばかり。いつしか、恒星は康生から釣りを引き離すことを諦《あきら》めた。

「お、もうこんな時間か。寝るかな」

康生が壁掛け時計を見上げて言う。倣《なら》うように見れば二十二時を少し過ぎていた。

康生は普段は判で押したような規則的な生活をしている。朝は六時に起きて朝食を作る。大抵のメニューは味噌汁と厚焼き玉子。時々ベーコンエッグ。それと旦過市場《たんがいちば》で買ってくる糠《ぬか》漬けで食事をし、ほうじ茶を飲んでから出勤する。帰宅はだいたい七時。風呂に入ってから缶ビールを一本だけ飲んで、夕飯を食べる。それからは趣味部屋で釣り関係のＤＶＤを観ながら釣り具の手入れをし、二十二時にはベッドに潜り込む。健康的な一日だと恒星は思うが、その反面つまらないと呆《あき》れてもいる。父の人生には、釣り以外で輝く部分がない。

「じゃあ、オレは寝るわ。おやすみ」

手早く片づけをして、康生は寝室へ引っ込んでいった。それとほぼ同時に、階下からコーヒーの香りが漂《ただよ》ってくる。恒星は無意識に眉《まゆ》を顰《ひそ》めた。これから光莉の『ゴールデンタイム』が始まるのだ。

母光莉の毎日は、康生と比べると不規則だ。まず、起きてくる時間があやふやである。康生は朝食を勝手に用意して出て行くし、恒星も自分で起きて父の作った朝食の余りを食べて学校に行く。昼食はふたりとも社食、学食と決まっているので、弁当はなしだ。彼女の起きる時間は家族の都合ではなく、パート先のコンビニのシフトに準じている。日中は家事とパートをこなしたあと、夕方に帰宅。夕飯をつくり、食事の後に入浴と片づけ。そして二十二時からが『ゴールデンタイム』となる。ダイニングテーブルに趣味のものを広げ、好きに時間を過ごす。翌日の予定によって就寝時間はまちまちで、本人曰《いわ》く『めちゃくちゃ調子が良かった』ときは予定などお構いなしで徹夜していることもある。夜中にトイレに起きた時に階下から物音がして、降りてみれば酔っているのかと驚くくらいのテンションで踊り狂っている光莉がいたこともある。

光莉の趣味は『マンガ』だ。読むことも、描くことも好きだ。本人は描くことが好きなのだと言うが、そこに大した差はない。お気に入りのマンガを読んでいる時の光莉は、息子の目から見て情けなくなるくらい『おかしい』のだ。マンガを読むだけでどうして『すばら……』だの、『ありがとうございます』だのうわ言のような声が出るのだ。無言で読んでいるかと思えば、目に涙をいっぱい溜《た》めていたりもする。そして読後は『やる気きたー!』と叫んでざかざかと何かを描き出すので、どちらかと言えば読むと描くはセットだ。

光莉の好きなマンガは、恋愛系が多い。尻《しり》がむず痒《がゆ》くなるような純愛からラブコメディ、詳しくはないがBLというジャンルも多数本棚に並んでいるようだ。紙媒体だけでなく、WEBで連載されているものも熱心に追いかけている。

そして自身も、WEBにマンガを掲載している。

『フェロ店長の不埒《ふらち》日記』という意味不明なタイトルのコメディマンガで、何とかというサイトで常にランキングの上位にいるらしい。いつだったか初めて一位をとったときは狂喜乱舞し、祝いだと言って焼肉を食べに連れて行ってくれた。それは嬉《うれ》しかったけれど、そこを終着点としてマンガを辞めてくれたらいいのにとも思った。

いい大人の女性が、しかも高校生の息子がいる母親が熱中する趣味ではない、と恒星は考えている。友人の小関大祐《こぜきだいすけ》の母の趣味はヨガで、インストラクターの資格を持っていると聞いた。何度か見かけたことがあるけれど、モデルのようにすらりとしたきれいなひとだ。あのひとと同じことをしろとは言わない。けれど、マンガはないだろうマンガは、と言いたくなる。中高生で卒業していないといけない趣味だろ、それは。

しかも、光莉の描いたマンガを一度だけ読んだけれど、正直どこがおもしろいのか全く分からなかった。コンビニの男性店長がやけにフェロモンたっぷりで、彼に周囲の人間が翻弄《ほんろう》されるという内容なのだが、まんま、光莉のパート先のコンビニの店長がモデルなのだ。確かに目が合うと心の中に侵入されそうな錯覚に陥る奇妙なひとではあるけれど、それ以外は普通だと恒星は思う。マンガの中の周囲が彼に盛り上がる理由が分からないし、いうならば光莉の過剰表現でしかないのではないか。そう伝えると光莉は

『恒星はまだ子どもだね』と含み笑いで言ってきて、ムカついた。母さんのマンガは面白くないんだよ、とはっきりと言うと『ハイハイ』と流されたのも重ねてムカつく。いい歳して面白くもないマンガを描いて、一部に面白いと持ち上げられていることで調子に乗ってんじゃねえよ。そんなところで承認欲求満たして喜ぶなよ。言っても聞き流されるだろう言葉をぐっと飲み込んだ。

そして父にも、自分の妻を少しは諫《いさ》めろよと思う。女子高生からコメント貰《もら》ったとか、二十代の女の子がブログで取り上げてくれてたとか、そういう話を笑顔で聞くな。落ち着けと言ってやれ。そもそも、あんたが自分の趣味の釣りのことしか考えていないから、母までも趣味に走って、その挙句に不倫をしているかもしれないんだぞ。

光莉の様子がおかしいと思うようになったのは、十日ほど前のことだった。ゴールデンタイム中の光莉は正視に耐えられないので避けるようにしているのだが、冷蔵庫に用があるときはどうしても顔を合わせなければならない。きっかけになった日は、テスト勉強の合間にコーヒーを淹《い》れにいったのだったが、光莉は誰かと電話をしていた。それ自体はこれまでにもあって『なんとか様尊い』とか『あそこのシーンはエモい』とかどうでもよいことで盛り上がっているばかりだったので、気にもしていなかった。しかしそのときは『悩んでいたんですねえ』というどこかよそいきな口調であった。

『もう。もっと早くわたしに相談してくれればよかったのに』

うふふと笑う様子に、普段と違うものを感じた。先方の声が聞こえないかと耳を澄ますが、どうにも聞こえない。そうするうちにヤカンがピーピーと音を上げ始めた。慌《あわ》てて火を止めると、光莉が『また連絡しますね。頑張って』と電話を切ってしまった。

『やだ、恒星。いつからいたの』

光莉が不満そうに唇を尖らすが、恒星は『さっき』と答える。電話の相手誰？　と訊こうとして、何となく訊けなかった。恒星が何も言わずにコーヒーを淹れているのを見た光莉は、『クッキー食べる？』と言う。差し出されたのは恒星の手のひらにすっぽり収まる星形のクッキーで、透明な袋に包まれていた。星の中央に、『2』と数字が印字されている。何かと訊く前に、光莉が『クリスマスまで、お客さんにひとつずつ配ってるの』と言った。ニセコって謎《なぞ》のひとがいるって前も言ったでしょ。彼が企画したの。テンダネスの、アドベントカレンダークッキー。クリスマスの二十五日に向けて、毎日一枚ずつ食べていくの。今日の分、余っちゃったから。恒星は『いらね』と手を振ってリビングを後にした。

それから毎日のように、光莉は誰かとこそこそ電話をしている。時々忍び笑いを洩《も》らしたり、話し込んだりしているのが分かるが、恒星がリビングに入ると慌てて電話を切る。後ろめたいことがあるようなそぶりで、とにかく怪しい。これはまさか不倫をしているのではないかと、恒星は疑っているのだ。

康生と光莉は、大恋愛の末に結婚したという話だ。出会って二ヶ月でこのひとしかいないと思い、もう少し相手を見定めてから結婚しろと言うそれぞれの両親の忠告も無視して半年で入籍した。結婚式をあげない代わりに、新婚旅行でアジアを一ヶ月ほど旅してまわったという。旅の途中で撮ったたくさんの写真は三冊のアルバムとなって、リビングの本棚にいまもある。若いふたりはとても楽しそうで、恒星は幼稚園児のころ、絵本代わりに眺めたものだ。これは？　と指差して訊くと、両親は目を細めて思い出を語る。お父さんがジュースに浮いてた氷をガリガリ食べちゃってね。発展途上国で氷に使われてるお水はあんまり質がよくなくて、食べたらダメなのよ。だからこの後お腹を壊して大変だったの。病院に駆けこんで、一晩中点滴よ。光莉が楽しそうに言えば、康生も頷く。点滴したままトイレに行ったよ。そしたら今度は紙がなくてなあ。それはどんな物語よりも面白かった。

両親は仲睦《むつ》まじい。それは自分の名前が『恒星』であるのと同じくらい当たり前で変わりないものだと思っていた。いまだって、別に険悪になったわけではない。ふたりが声を荒らげて口論しているところなど、未《い》だ《ま》見たことがない。しかし、いつからか距離が離れたように、恒星は思う。ふたりは自分の趣味にどんどん没頭し、それぞれで楽しんでいる。アルバムは、ついぞ開かれなくなった。

「その果てに、不倫っすよ」

　放課後の帰路だ。肉まんを頬張りながら恒星が言うと、小関が「まだ未確定だろ」と笑った。

「お前のかーちゃん、そんなことしそうなタイプじゃないよ」

「いやでもさ、不倫なんてしそうにないタイプが実はどハマりするとかいうじゃん」

「何だその言い方。恒星は、かーちゃんに不倫していて欲しいのかよ」

　小さく笑う小関はペットボトルの温かい緑茶を飲んでいる。小関が息を吐くと、白い吐息が儚《はかな》く現れて消える。その向こうで、イルミネーションが瞬《またた》いていた。

　クリスマスを目前にした門司港駅前はうつくしい。荘厳《そうごん》な顔をしている古い建物たちは普段でもライトアップされているが、この時期は一段と煌《きら》めいていて、思わず目を奪われてしまう。昔は両親にせがんで、光の粒が零《こぼ》れ溢れる夜の街並みを眺めにきたものだ。しかし、いまは気持ちがどこか塞《ふさ》いでしまって、寒々しく眺めてしまう。

「そういうわけじゃないけどさあ、でもマジで不倫だったらどうしよ」

　肉まんを口に押し込みながら恒星は言う。高校二年の冬、友人たちは彼女ができたとかクリスマスデートだとかで盛り上がっているというのに、どうして自分はこんな悩みを抱えていなくてはいけないのだ。

「お前もいい歳なんだし、両親のそういう面倒事は無視しておけば？」

お茶のペットボトルをコートのポケットに押し込んだ小関が言い、恒星はその台詞に少しだけ恥ずかしくなる。もしかして、これってウェットな話だっただろうか。マザコンと思われたかもしれない。

「ま、まあね。オレはただ、振り回されるのが嫌っつーか？」

コートのポケットに両手を突っ込み、顔を逸《そ》らす。それから、反省した。小関は友人の中でも特に大人びている男だ。マザコンどころか、親離れの出来ていない子どもだと呆れられたに違いない。

恒星はちらりと、隣を歩く友人の顔を窺《うかが》う。小関とは小学生のころからの仲だ。背が高く、いい体つきをしているけれど、本人はスポーツを楽しめる根性はないと言って帰宅部を通している。趣味はカメラで、いつもカメラ雑誌を読んでいる。中学二年のときには新聞社主催の写真コンクールで大賞を受賞した腕前だ。インタビューで、『こんなの別に嬉しくもなんともないです』と顰《しか》め面《つら》で答えている写真が大きく取り上げられたのを、恒星はいまもはっきり覚えている。

小関みたいにもっと自分に自信を持てていたら、オレもこんな風に悩まなくってすむのかもなあ。恒星は、ポケットの中の手をぐっと握りしめた。

恒星は、中学時代はバスケ部だった。某バスケマンガのポイントガードに憧《あこが》れていて、オレもあんな風になるのだと猛練習に励んだ。背が低く、体が貧弱なことなど努力次第でどうにでもなる。そう思っていたけれど、スタメンになることはおろか試合にすらでられない。脳内ではボールを持って機敏に駆け回る自分が描けるのに、実際のコートではもっと走れとコーチに怒鳴られた。チームメイトたちには、『恒星はチームのマスコットだからいいんだよ』と言われたけれど、どうしてそれを喜べるだろう。オレは、チームのヒーローになりたかったのだ。一度も試合に出られないまま引退試合を終えたとき、もうバスケはやらないと決めた。

高校では帰宅部を通している。バスケ以外のスポーツには全く興味を抱けなくて、入部の誘いも断った。陸上なら、バレーなら、そう言われても心が動かない。好きと才能は違うのだなと、虚《むな》しく思った。

バスケを辞めると、自分の『芯《しん》』みたいなものがなくなった。試合に出られなくても、ユニフォームを着られなくても、バスケをしている自分というのは確かにいて、それがぽっかりなくなってしまった。なくなっても死にはしないけれど、でもどこか寂しい。バスケを辞めてからの二年近くで染《し》みついた寂しさは、自分という存在の自信を奪った。

学校が終われば友人と遊びに行き、時間をやり過ごす。家に帰ればスマホでゲームをするか、テレビを観る。ゲームのスコアだけ上昇し、目新しくない芸人のネタには飽きてしまって批判するばかり。でもランキング一位になるわけでもないし、自身が芸人でトップを目指したくなるわけでもない。中途半端なのはバスケと一緒——いや、真面目《まじめ》に打ち込んでいない分バスケ以下だ。自分は、こんなにも薄っぺらい人間だったのか。

「あれ、恒星のクラスの三隅《みすみ》じゃないか？」

ふいに小関が言って指を指す。見れば、見慣れたビルの中にクラスメイトの三隅美冬《みふゆ》が入っていくところだった。

「ホントだ。ここに親戚《しんせき》でもいるのかな」

三隅が入って行ったのはこがね村ビルだ。三階から最上階まで、高齢者専用マンションになっている。一階は光莉のパート先であるテンダネス門司港こがね村店とクリーニング店、空き店舗となっており、二階は整骨院や社交ダンス教室、管理事務所などが入っていたはずだ。三隅が立ち寄ると言えば、住人の部屋しか思いつかない。

「この前もここに入って行くのを見た。住んでるんじゃないか」

「ここ、高齢者専用だぞ？　それに三隅は確かこっち住みじゃなかっただろ」

ふたりで立ち止まり、ビルを見上げる。すぐに、びゅうと木枯らしが吹いて、恒星は身震いした。

「さむ。オレもあったかい飲み物にすればよかった」

肉まんでは、なかなか温まらない。

「早く帰ろうぜ、小関」

恒星は小関を促して、早足で家に帰った。

三隅がどうしてこがね村ビルに入っていったのかを教えてくれたのは、光莉だった。

「うちの店で恒星の学校の子がバイトを始めたのよ。名前はねえ、確か三隅ちゃんだったかな」

家族三人での夕飯の席で言われて、恒星は味噌汁を飲むのを止めた。

「三隅って、三隅美冬？」

「あ、そう。下はそんな名前。父方のおばあちゃんが四階に住んでいてね、一緒に暮らしだしたんだって。徒歩ゼロ分でバイトができるから安心だっておばあちゃんも喜んでた」

「おばあちゃんと同居って、なんで」

訊くと、「そんなの知らないけど」と光莉が言い、それから「気の付くいい子だって店長が言ってた」と続けた。

「年末年始はどうしても人手が足りないから、助かるわー。ねえ、三隅ちゃんと知り合いなの？」

クラスメイト、と短く言うと、光莉は少しだけ楽しそうに笑った。

「私、中尾恒星の母ですって言っていい？」

「いいも何もどうせばれるだろうし、どうでもいいよ」

クリームコロッケを齧《かじ》り、恒星は三隅を思い出す。一年のときから同じクラスだけれど、あまり交流がない。背が低くて、気難しい感じ。教室の隅で分厚い本を読んでいる印象が強い。友人の垣田《かきた》あたりは好みのタイプだと言っていたような気もするけれど、顔立ちははっきり覚えていない。親しくもない女子の顔なんて、まじまじ見ないのだ。

「どうでもいいって、面白くないの」

つまらなそうに光莉が言い、康生が「いいじゃないか」と言う。

「好きな女の子だったら、必死で止めるだろ。な、恒星」

「さあ」

恒星には、好きだなと感じるような特定の女子はいない。アイドルやモデルを見れば可愛いと思うし、付き合っているひとたちを羨ましいと眺めもする。いずれは自分も誰かを好きになるのだろうと漠然と想像するが、それは海の向こうを眺めているようなもので、いまの自分と陸続きに存在する気はしない。

中学の、卒業式でのことだった。女子バスケ部の子から呼び出されて、告白された。

『恒ちんのこと、好きなんだけど』

顔を真っ赤にして言った子は女子バスケ部のスタメンで、スモールフォワードだった。とても綺麗《きれい》な姿でシュートをする子で、練習中は目を奪われることもあった。可愛らしくて面倒見も良くて、女子バスケ部内でも信頼が篤《あつ》い。そんな子が自分を見てくれていることはとても嬉しかったけれど、でも、彼女が自分より優秀なバスケ選手だということが受け入れられなかった。他に好きな子がいるからと言って断った瞬間、自分の小ささに泣きそうになった。彼女がもしバスケをやっていなかったら、喜んでオーケーしただろう。彼女が自分より優れているから断るなんて、情けない。でもどうしても、納得できなかった。

高校一年の秋ごろに、別の高校に進んだその子を見かけた。背の高い男と手を繫《つな》いで歩いていて、恒星に気付くとあっけらかんと手を振ってきた。彼氏なの、と嬉しそうに紹介された相手は、野球部だといった。レギュラー目指して頑張ってるんだよ、と彼氏のことを語る顔はとても可愛くて、ああ、その顔は好きだったなと思い出した。ベンチで応援する自分に、彼女はいつも『恒ちゃんもあそこにいけるよ』と言った。誰も言わない中、彼女だけは言ってくれた。どうしてそんなことを、いまになって気が付くのだろう。誰かのものになっているから？　だとしたら、自分はなんと偉そうで愚かなのだろう。

あれから、ひとを好きになるということがよく分からないでいる。自分は打算的で自分が可愛いばかりの人間で、そんななのにまともに恋愛できるわけがない。ドラマやマンガでいう通り、『好き』という感情が綺麗でうつくしいものだとするならば、自分には永遠に縁がないような気もする。

そこにきて、母親の不倫疑惑だ。両親には、恋という華やかなものはなくなっても愛は存在すると思っていた。なのに、母は不倫をしているようだ。もう、何を信じていいのか分からない。

その数日後、恒星は学校帰りに光莉のパート先であるテンダネスに小関と寄った。普段は別の店舗を利用するのだけれど、この店にしか小関の求めるカメラ雑誌が置いていないのだ。住民にカメラ好きがいるからと光莉に聞いた。住民の好みが色濃く反映された雑誌コーナーは、家庭菜園から日舞、大衆週刊誌に絵本まであってなかなか面白い。大衆演劇を百二十倍楽しむ本、なんて書店のどこを探せばいいのかも分からないようなものが当たり前に平積みされているのだ。

夕飯後のおやつでも買って帰ろうとスナック菓子を取り、炭酸飲料のペットボトルも取る。レジカウンターの中にいた志波が恒星に気付き、「やあ、こんにちは」と微笑みかけてきた。

「久しぶりだね。元気だった？」

「ええ、まあ」

言いながら、恒星は店長を観察する。普通のイケメンだと思う。光莉から教えてもらった店長の兄——廃品回収業の髭《ひげ》もじゃお兄さん、ツギさんの方がオレ的には断然かっこいい。いまは全然髭が生えないけれど、もっと年を重ねたら生えてくるだろうし、そうなったらオレもツギさんみたいにワイルドに髭を伸ばすのだ。

「あ、三隅さん。彼が光莉さんの息子さんだよ」

志波が隣に声をかけ、ホット商品の棚からひょいと顔を覗かせたのは三隅だった。恒星を見て、「ああ」と言う。

「確かに、クラスにいるような気がします」

「なにそれ」

恒星は思わず声を上げた。毎日のように同じ空間にいて顔を突き合わせているのに、その言い草は何だ。しかし三隅は「会話したことないもん」とどうでもよさそうに言った。

「挨拶《あいさつ》も多分したことないと思う。中尾くんも、あたしのことよく知らないでしょ」

それは、図星だった。恒星はちょっとだけ口ごもって、それから「そうかもしれないけど！」と声音を一際《ひときわ》大きくする。

「そうかもしれないけど、一年のころから一緒だろ！」

「へえ、そうなんだ」

どうでもよさそうに言われて、かっとなる。クラス内で特別目立つ存在ではないけれど、かといって埋もれてもいないはずだ。先日のスポーツ大会で行われたバレーで、現役バレー部のブロックを抜いて二回もアタックを決めたのを見ていなかったのか。クラス優勝に大きく貢献して、MVPにも選ばれたんだぞ。しかし三隅は目を細めて恒星を見、「そうだったかなあ」と首を傾《かし》げる。

「恒星くん、彼女は視力があまり良くないんだって」

くすくすと笑いながら志波が言う。

「ここでバイトして、新しいコンタクトレンズを買うんだよね」

「はい。頑張ります」

目が悪いというだけで、そこまで分からないものではないだろう。むっとしていると雑誌を手にした小関が来て、「どうした」と訊く。恒星は三隅を指差して、「ここでバイトしてるんだって」と言った。

「ああ、三隅か」

小関が目を向けると、三隅美冬は「わあ、小関くん」と驚いたように目を見開く。

「何で隣のクラスの小関のことは分かるんだよ！」

「当たり前でしょ、彼は有名だもの。あの、あたし、あの写真すごくいいなと思ったの。犬があんな顔するんだってすごく驚いてね」

コンテストで大賞を獲《と》った写真のことを言っているのだ。犬がレンズに顔をむけているシーンを撮った写真だった。恒星は写真よりも小関のコメントの印象が強すぎて、詳しく覚えていない。しかし、三隅は何年も前の写真の構図まできちんと覚えているらしく、「見ていると胸が痛くなるくらい愛《いと》おしくなった」と丁寧に感想を言う。小関は平然とした顔をして「そう。どうも」とだけ答えた。

恒星は志波に、小関は三隅に会計をしてもらう。

「お母さんにはいつもシフトでわがまま聞いてもらって、助かってるよ」

「はあ、そうすか」

「あ、これ。アドベントカレンダークッキー、よかったら食べて」

『13』と数字の入ったクッキーは、今日はココア色でツリーの形をしていた。ニセコが企画したと母が言ってたなと思いながら受け取ると「どうでもいいだろ」と苛立った声がして、見れば小関が三隅を睨《にら》みつけていた。

「そういうのいらないんで、もう喋《しゃべ》るな」

「あ……ごめんな、さい」

小関が三隅の手から商品を奪うようにして取るのを、恒星はぽかんとして見つめた。それに気付いた小関が、「恒星、行くぞ」と言ってさっさと店外に出て行く。

「待てよ、小関」

慌てて追いかけ、「どうしたんだよ」と小関に訊くと、「別に」と短く返ってくる。

「別に、じゃないだろ。小関が怒るって珍しいじゃん」

言うと、ぴたりと足を止めた小関が大きくため息をついた。それから、「ごめん、ちょっと苛ついてたな」と軽く頭を下げた。

「いや別にいいけど、どうしたんだよ」

「三隅がしつこかった」

小関はいつもの静かな口調に戻って言った。

「写真部に入ればいいのにとか、まあそういうやつ」

ははあ、と恒星は相槌《あいづち》を打つ。小関は受賞して以来、写真を撮っていないのだ。恒星も一度だけ訊いたことがあったけれど、『気分じゃない』と返された。好きだけど、自分がファインダーを覗く気分にならないんだ。恒星は、その気持ちはとてもよく分かる。バスケは好きなままだし、NBAの試合を見ると血沸き肉躍るけれど、でも自分でボールを持とうとはどうしても思えない。もしオレがいま同じようにバスケのことを言われたら、やっぱり怒るかもな、と思ったので、恒星は小関の背中をポンポンと叩《たた》いた。小関は小さく笑って、頷いた。

「……それはそうと、あのひとは相変わらずすげえパワーだな」

思い出したように小関が言い、「コンビニで働いてる意味がわかんねえんだよな」と独りごちる。

「え、志波さん？　パワーって何？　コンビニじゃだめなのか？」

訊くと、小関がまた笑う。

「恒星は、経験値が足りないな」

「なんだそれ」

馬鹿《ばか》にされたようで、腹が立つ。頬を膨らませそうになって、それも馬鹿にされそうで慌ててやめた。

「母さんもよくあのひとのことを『フェロモンがー』とか『色気がー』とか言ってるけどさ、そういうのマジであるか？　ないだろ。オレ全然感じないもん」

「だから、経験値が足りないんだよ。でも、まあ別に悪いことではない」

買った雑誌をバッグに入れながら小関は言う。

「鼻が利《き》くか利かないかというのが近いかな。ほら、田淵《たぶち》は女子がどんな香水使ってるか言い当てられるけど俺たちは香水なのか石鹸《せっけん》なのかも分かんないだろ。でもいろいろ嗅《か》いで経験を積んだら、多少は分かるようになるはずだろ？」

「ははあ」

小関と同じクラスの田淵は、小学生のころから彼女が途切れていないという、男子の間で『魔王』と呼ばれている男だ。すれ違うだけで纏《まと》った匂《にお》いが何か分かるという変な能力を持っていて、女子にめちゃくちゃモテる。もちろんモデルのような甘い顔立ちというのが大きいのだろうが、そういう細かな気遣いが大事なのだろうなと恒星は感心して見ている。

「鼻の利く人間には、志波さんみたいなタイプはぷんぷん匂う何かがあるんだよ。田淵が志波さんに会ったらリスペクトしそうだ」

「ふうん、そんなもんかね」

女子の匂いを真剣に嗅いだことがないし、いまのところ興味もない自分には、なるほど志波の良さは理解できなそうだ。納得していると、小関がくすくすと声を洩らして笑った。いつの間にか、機嫌が直っているようだ。

「恒星は、そのままでいいと思う。素直なところが良さだから」

「何だよ、それ」

「褒めてるんだよ。あ、でもあれだな。三隅も鼻が利かないタイプかもな」

ふと気付いたように小関が言う。

「志波さんの横にいて平然とした顔をしてた。恒星のかーちゃんみたいに、匂いを楽しめる余裕タイプでもなさそうだし」

ふむ、と恒星もさっきの光景を思い出す。まだバイトに慣れていないのか緊張した様子ではあったけれど、確かに志波に対して特別な態度ではなかった。

「それが普通じゃないの?」

そう言うと、小関は夜空を見上げて「普通、なあ」と独り言のように言う。普通って変な言葉だよな。何が普通かなんて、ひとによって変わるもんなあ。

恒星は、白い息を吐く小関をちらりと眺める。やっぱ、小関はいいなあと思う。絶対に口にはしないけど、小関みたいになりたいと思っているのだった。自分にはない『厚み』が小関にはある。小学校からずっと一緒で、同じように成長してきた気がするのに、小関の背はぐんぐん伸びて、そしてかっこよくなった。オレは田淵よりも断然、小関の方がいい。

三隅美冬、視力は悪いのかもしれないけどいい目をしてるな。

小関に一所懸命感想を伝えようとしていた三隅を思い出して感心する。小関は学校内では目立たない、物静かで大人しい男なのだ。コンテストで受賞したときはさすがに注目されたけれどそれももう何年も前のことで、同じ中学出身の人間ですらその事実を忘れていたりする。それをしっかり覚えていて、なおかつ小関がいまカメラを手にしていないことまで知っているのはすごい。もしかしたら、三隅は小関のことが好きなのではないだろうか。

「小関はさあ、好きな子とかいるの」

何となく訊くと、小関が驚いたように見てきた。「珍しい質問するな」と言われたので、恒星はたしかにと思う。こういう質問をしたのは、初めてだ。

「何でまた急に、そんなことを訊くんだ」

「いや、小関に彼女ができたら一緒に帰ったりできないんだなあ、とふと思って」

　高校に入ってから、恒星は毎日のように小関と登下校を共にしている。知識が豊富な小関との会話はとても気楽で楽しい。時々刺激を受けたりもして、いい友人だと思っている。その小関に特定のひとができると自分が取り残されてしまう、という想像を無意識にしてしまって、恒星は少し寂しくなったのだった。考えてみれば、小関のようない男を女子が見落とすはずがない。

「どうしてそういうことをふと思いついたのかは知らんけど」

　ふう、と小関が息を吐く。

「俺は、彼女を作る気はないね」

「なんで？」

　断言したことに驚いて訊くと、小関は「興味がない」と言った。

「というか、よく分からないんだよな。自分の隣にそういう女がいるのを想像できない」

「あ、それは分かる！　オレも一緒」

　恒星は嬉しくなって笑う。小関が少しだけ近くなった気がした。

　翌日、登校してすぐに恒星のクラスの学級閉鎖が言い渡された。インフルエンザでクラスの半分が休んだのだ。そういうことは早く言えよと残りのクラスメイト達とひとしきり文句を言って、恒星は帰宅することにした。

「学年閉鎖だったらよかったのにな」

小関のクラスは規定数を越えておらず、通常通りだということだった。ひとりで電車に乗り、門司港駅まで帰り着く。駅舎を出ようとした恒星は、自身の目を疑った。

駅前通りを、光莉が見知らぬ男と歩いていた。

男は、光莉より少し若いだろうか。黒のダウンジャケットにデニムパンツ、黒いスニーカーというごくごく地味な格好だ。光莉はロングのダウンコートを着込んで、お気に入りの斜め掛けバッグを掛けている。ふたりは親しそうで、しかしどこか距離がある。付き合いたてのカップルのような雰囲気といえなくもなかった。

「まじかよ」

血の気が引くというのは、このことだろうか。頭に酸素が回らなくてクラクラする。ふ気を抜けばその場にへたり込んでしまいそうだった。これは、どうしたらいいんだ。ふたりに駆け寄って、どういう仲だと問い詰めればいいのか。しかしそこで「ごめんなさい」とか言われてしまったらどうしよう。そんなことになったら、どう答えていいのか分からない。

ああ、せめてここに小関がいたら。そしたらどうしたらいいのか教えてくれただろうに。

「何してんの」

声がしてぱっと振り返ると、そこに立っていたのは三隅だった。ピーコートにマフラーをぐるぐる巻きにした三隅は、恒星を見て「出入口のど真ん中に立ってんの、迷惑なんだけど」と顔をしかめた。それから、「具合でも悪いの」と訊いてくる。

「いや、そうじゃなくて、その」

何と言っていいのか分からない。言葉を探していると、三隅は「まあいいや。じゃ」と横を通り過ぎようとする。そのマフラーを摑《つか》んで、恒星は「ごめん、ちょっと付き合って」と言った。

「ひとりでどうしていいのか分かんないんだ」

小関がいないいま、もはや誰でもよかった。誰か傍にいてくれないと、うまくやり過ごせそうにない。三隅が恒星に向き直り、「何よ」と言う。

「何かあったの？」

「何かあった……いや、何か見たっていうか、何か起きてるっていうか」

「意味わかんない」

はあ、とため息をつく三隅は、とても面倒くさそうに見えた。小関と話してたときと態度が全然違うじゃん、と恒星は苛立ち、しかしそんなことを責めている場合ではないとすぐに思い直す。

「あの、あのさ。うちの母親がさ」

「ああ、光莉さん」

「うん、その母親の、不倫現場を見た、っぽくて、いま」

絞り出すように言うと、三隅が「ひえ」と小さな悲鳴を上げた。

「それ、まじ？」

「まじ、かもしんない。どうしよ」

「どっち行ったの？　車？　歩き？」

三隅は周囲を見回して言う。「歩き」と短く答えると、「どっち」と言って恒星の手を摑んできた。その力強さに驚いていると、「ほら、ひとりで行けないんでしょう」と三隅が手を引いて言う。

「一緒に行くから、ほら」

「ありが、とう」

恒星はそこで初めて、しっかりと三隅の顔を見た。涼しげな切れ長の目に、小さな鼻。可愛いというよりは、きれいな顔立ちをしている。真剣な表情はどこかやさしくて、恒星はそれに少し救われる思いがした。

「えっと、あっちに行った」

言うと三隅は頷いて、恒星の半歩先を歩き出した。しっかりと握られた手を見ながら、どうしてこんなことになっているんだと思う。光莉のことももちろんだが、先日までぼんやりとしか存在を把握していなかったクラスメイトの女子とこんな風に歩いているのも信じられない。その女子が、自分に親身になってくれていることも。

「あ、いたよ」

三隅の声にはっとして前方を見る。光莉と男が話しながら歩いている背中を見つけた。男は大きな紙袋を手にしており、照れたように笑っている。光莉も、楽しそうだ。家でいつも見る笑顔で、でもそれが見も知らぬ男に向けられていると、ぞわぞわする。

そうして、ふたりが並んで入って行ったのは、プレミアホテル門司港だった。

「ホテル……、まじかよ……」

もう、決定的だ。その場で座り込んだ恒星に、三隅が「ほら、行くよ」と言う。

「行ってどうすんだよ、今更」

少しだけ、泣きそうだった。母親のこんなシーン、見たくなかった。

「分かんないよ、まだ」

三隅は船を模したデザインのホテルを見上げて言う。

「不倫してるようなひとはね、こんな目立つところで会ったりしないもんだよ。地元から離れた、もっと人目に付かないところで会うの」

きっぱりとした言い方に驚いて三隅を見ると、にっこりと笑いかけられた。その笑顔に一瞬どきりとする。

「あたしは、光莉さんは不倫なんかするようなひととは思えないよ。まだ付き合いは短いけど、でも分かる」

だから行こう、と三隅は恒星の腕を引く。恒星はのろりと立ち上がり、それから「やけくそだ」と自分に言い聞かせるように言った。

「こうなりゃ、やけくそだ。ちゃんと最後まで確認しよう」

「そうそう。行こう」

三隅が再び手を引き、恒星はホテルの中へと入って行った。

クリスマスカラーで飾られているロビーは華やかだった。制服姿の高校生がいるのは少し場違いな気がしてもぞもぞする恒星に、周りのことなど気にも留める様子のない三隅は「あっち」と声を潜めて言う。光莉たちは真っ直《す》ぐ階段に向かっていた。フロントに行くんじゃないのかと思うも、三隅が「ほら」と急《せ》かすのでこっそりと後をつける。

ふたりは、イタリアンレストランに入って行った。

「え、レストラン？」

「うーん、気付かれずに入れるかな。すみません。あの、好きな席に座ってもいいですか？　端っこが好きなので」

三隅はスタッフに声をかけ、堂々と中に入る。そうして、ふたりから少し離れた壁際の席に座った。

「ちょ、ちょっと、三隅」

慌てて追いかけると、三隅は平然と「早く座りなよ」と言う。

「あと、もっと堂々として。こそこそするほうが目立つから」

「あ、う、うん」

言われるままに座ると、三隅は背後をそっと振り返った。

「光莉さんはこっちに背中向けてる位置だから、ばれにくいよ。大丈夫」

それから三隅が周囲を見回して言う。ランチタイムにはまだ少し早いけど、だんだん増えてくるだろうし、そうなったらもっと気付かれにくいと思う。

「三隅、何だか慣れてない？」

恒星は思わず訊いた。いくら他人事《ひとごと》とは言っても、あまりにも肝が据わっている行動だ。

「まあ、経験あるんで。あ、日替わりパスタランチふたつください。あ、メイン選べるんだ。うーん、鱈《たら》と蕪《かぶ》のチーズクリーム煮にしようかな。中尾くんは何にする？」

いつの間にか来ていたウェイターからメニューを渡されて、「え、あ、じゃあペペロンチーノで」と注文し、それから恒星は「経験って？」と訊く。

「うちの母親、まじで不倫してたんだよね。去年のいまごろ、あたしはそれを証明しようと尾行しまくったんだ」

何でもないことのように言って、三隅はマフラーを解いた。コートも脱いで、足元の手荷物ボックスに放り込む。

「うちの母親はラブホばっかりだったよ。こんな、自分の地元で誰に会うか分かんないホテルなんて絶対使わなかった」

「え、え。待て待て、何でそんなこと話すの」

内容が濃すぎる。慌てる恒星に、三隅は「もう終ったことだし、いいんだよ」と言う。

「それに、中尾くんだって自分の家の家庭の事情だけ知られるの嫌でしょ」

「え、いや、その」

何と答えていいか分からない。頭を掻《か》くと、三隅は「うちの母親と光莉さん、全然違うよ」と言う。

「自分に余裕があるっていうのかな。家庭でも個人でも満たされてる感じがする。そういうひとは不倫なんてしないよ」

お冷やのグラスに口をつけ、三隅は続ける。満たされない可哀想なひとが見境なく愛を欲しがって、浮気や不倫をするんだよ。

その冷めた顔に、恒星は三隅の過去を考える。母親のことを可哀想《かわいそう》なひとと切り捨てるには、どんな哀《かな》しいことがあったんだろう。

少しして、両方のテーブルに料理が届いた。味のしないペペロンチーノを食べながら、恒星は光莉たちを窺う。楽しそうに会話をしているが、どこかぎこちない。同じように眺めていた三隅が「やっぱ違うんじゃないかなあ」と言う。

「親密さっていうの？　そういうのがないもん」

「でもさ、付き合いたてとか」

「うーん。それもないと思う」

デザートとコーヒーが運ばれてくると、光莉たちのテーブルに変化が起きた。男の方が、バッグからタブレットを取り出したのだ。ふたりで顔を寄せ合ってタブレットを見始める。顔が近づいて、恒星は思わず「ぎゃ」と声を洩らした。すぐに三隅が口を押えてくる。

「声が大きい。あれぐらい、よくあることでしょ」

「うわ。ご、ごめん」

女子の手が、唇に触れている。慌てて体ごと離れ、恥ずかしさを隠してふたりを見る。浮ついた気持ちは、すぐに沈んだ。男の方が、真剣なまなざしで光莉を見つめている。光莉はそんなことにも気づかずに、タブレットに視線を落としたまま喋りつづけている。

何してんだよ、母さん。

「あ、誰か近づいてくよ」

三隅が短く声を上げ、恒星が視線を向ける。ふたりのテーブルに近づき、空いた椅子《いす》にどっかと腰かけたのはひとりの男だった。

「あれえ。ツギさん」

恒星は今度こそ大きな声をあげてしまい、三人が振り返った。

「え、恒星？」

光莉が驚いた顔をして、それからにんまり笑った。

「やだやだやだ、何、デート？」

「ば、ばか！」

後ろめたさも焦《あせ》りもない光莉の問いに、恒星はますます声を大きくする。周囲のテーブルの客たちが一斉に恒星を見て、それに気付いた三隅に「うるさい」と叱《しか》られた。慌てて口を閉じて、周りにぺこぺこと頭を下げた。

「ご、ごめん、三隅」

「なんだ、光莉さんの息子じゃん。こっち来れば？」

ツギが手招きをし、恒星と三隅は誘われるままにテーブルを移動した。向かい合って食事をしていた男が光莉の横に移動し、むっとする。光莉はそんなことも気にならない様子で、くふくふと笑って恒星と三隅を交互に見た。

「何よー、三隅ちゃんとそういう仲なの？　てか、学校は？　サボりはだめだよ」

お母さんゲンコツしちゃうぞ？　とおどける光莉に、恒星は「母さんこそ、ここで何してるんだよ」と声を荒らげる。光莉は「あ、そうそう。紹介しとくね」と隣の男を示して「わたしの弟子の、桐山良郎さん」と言った。

「は？　弟子？」

意味が分からない。眉《まゆ》を寄せると、「桐山さんも漫画を描いているんだけどね。作品を広く発表する場が欲しいって言うから、わたしがＷＥＢでの活動を指南してるんだ」と光莉が自慢げに言い、桐山が頭を下げた。

詳しく聞けば、桐山はいまは大分に住んでいるが、元々テンダネスの常連客で光莉とは顔見知りだったらしい。子どものころから漫画家を目指していた桐山だったが、なかなかうまくいかない。漫画を辞めようとして、でも辞められなくて、描いた作品をせめてひとに読んでもらえたらと悩んでいた。そんな時、ふたりの共通の知人であるツギが、『プロではないけど漫画を描いて活動しているひとを知っている』と桐山に光莉を紹介したのだという。

「ぼくは全くそういうのに疎《うと》くて。それに、手描きに拘《こだわ》っていたのでペンタブの使い方すら分からなかったんだ。中尾さんに毎晩のように教えてもらって、どうにか使えるようになったんだけど、やっぱり電話じゃわからないことも多いから、とうとう時間を割いてもらうことにしたんだ」

恥ずかしそうに言う桐山は、ツギだけでなく弟の志波とも仲が良くて、今日は志波の部屋に泊るのだという。そして驚いたことに、今日光莉が桐山と会うことは康生も承知の上だと光莉は言った。

「桐山さんが、わたしが漫画を描いている環境が見たいって言うから、夕飯にも招待してるの。お父さんは張り切って釣りに行ってるよ」

仕事に行っているとばかり思っていたけれど、有給を取って釣りに出かけているらしい。全く知らなかった、と愕然《がくぜん》とする恒星に、光莉は「恒星に言ったって嫌な顔しかしないじゃない」とあっさりと言った。

「また漫画かよ、って言うんだろうなあと思ったからぎりぎりまで黙ってるつもりだったの。言うでしょ？」

「それは……まあ、その」

みんなの視線を受けて、恒星は俯《うつむ》く。桐山が、「恒星くんは、お母さんの活動が好きではないらしいね」と穏やかに言った。

「ぼくは、素晴らしいと思うよ。子どものころから好きだったことを捨てずに、しかも楽しんで続けていられるってすごいことだよ。それに加えて、すごく評価されている。お母さんの作品についたコメントを読んだことがあるかい？　更新が楽しみです、待ちわびてました、そんなのが山ほどある。自分の描いたものが誰かの支えになっているってすごいことだよ。奇跡といってもいい」

だんだん熱心になってくる桐山を、恒星は不思議な思いで見た。そんな風に母のことを褒めるひとを見たのは初めてだった。そして、母が子どものころからマンガが好きだったなんて知らなかった。母が絵が上手《うま》いことは知っていたけれど、どうしてマンガを始めたのかなんて考えたこともなかった。気付けば活動を始めていたような印象だ。はて、母はいつからマンガ活動を始めたのだったか。

「光莉さん、マンガ描いてるんですか」

三隅が訊《き》き、光莉が「そうなんだけど、事情があってあまりひとに言ってないの。黙っていてくれる?」と言って手元にあったタブレットを操作した。「これ」と示されたものを見て、「うわあ」と三隅が声を上げた。

「まじですか! あたしこれめちゃくちゃ好きです! 更新追ってます」

「え、三隅ちゃん。まじで?」

「ああ!? てことは、フェロ店長ってまさかあれですか!」

「あれ、あれなの!」

「ははあ! 確かにこれは、極秘事項ですね! あ、待ってください。アユくんってもしかして実在人物ですか? あの、わんこ系美容師!」

「ぐふふ、ヒミツー」

ひとが変わったのではないかと思うくらいに、三隅が興奮し始める。その上、恒星の肩をがっと摑んできて、「光莉さん、そりゃ充実してるよ。満たされてるよ」と言った。

「意味分かんねえ」

「え、本当に分かんないの？　光莉さんのマンガの人気凄《すご》いし、何より内容がいつも面白いの。あれを読んだら、中尾くんはお母さんのこと尊敬すると思うし、安心もするよ」

「一回読んだけど、わかんなかったんだよ！」

手を振り払って言うと、三隅は「あれはねえ、一回じゃだめだよ」と顔を顰める。

「どうせ一話で切ったんでしょ。見切りが早すぎる。せめて五話まで読まなくちゃ」

三隅が分かったように言い、光莉が「ありがとお」と笑う。桐山は「いいなあ。ファンにこうして出会えるなんて最高ですよ」と羨《うらや》ましそうにため息を吐《つ》き、ツギはそれをにやにやと眺めている。

何だこれ、と恒星は腹の奥で呟《つぶや》く。何でこんなことになってるんだ。でも、光莉が不倫をしていないということだけは、嬉《うれ》しかった。


その夜は、桐山だけでなく何故か三隅も中尾家にやって来た。

「何だ何だ、恒星の彼女か」

康生は三隅を見て嬉しそうにし、キッチンで張り切って釣果《ちょうか》を調理し始めた。リビングでは、桐山と三隅、光莉がパソコンの前で盛り上がっている。光莉はいつもよりも楽しそうで、始終笑っていた。

「ねえ、父さん。母さんがずっとマンガが好きだって知ってた？」

キッチンカウンターの椅子に腰かけて三人を遠くに眺めていた恒星が訊くと、康生は「そりゃ知ってるさ」と言った。

「出会ったころも、漫画家を目指してたよ。ただオレと出会って、結婚して、お前が生まれたときに辞めたんだ。お前が大きくなるまでは育児に専念する、って」

「なんで」

驚いて訊く。自分のせいで、辞めたと言うのか。しかし康生は「そんなの、お前が可愛いからに決まってるだろ」と呆《あき》れたように言った。

「お前は生まれた時から病弱でさ。しかも母乳は上手く飲めないし、寝ないし、とにかく手間がかかった。お前をちゃんと育てようとしたら、漫画なんてできなかったんだよ」

そんなこと知らなかった。愕然としていると、「小学校高学年になって、バスケを始めたよな。あのころから体が丈夫になっていって、お前もバスケに夢中になった。中学にあがったら本当にバスケ一筋になって、家族で出かけることもなくなっただろう」と康生は懐《なつ》かしそうに言う。手元では、カレイが慣れた手つきで捌《さば》かれている。煮つけと唐揚げにするのだろう。

「お前が中一のときか。初詣《はつもうで》に行こうと誘ったら、お前はそんなことよりもバスケの練習に行くと言って出かけた。そのときに、お母さんが言ったんだよ。そろそろ、わたしも自分の趣味を楽しんでいい時期が来たのかな、って」

恒星は黙って康生の手元を見つめる。バスケに夢中になった自分は確かに部活を何より優先していた。

「好きなものを続けるってのは、案外難しいんだぞ」

康生が言う。周りを見てみろ。好きなものにがむしゃらになっているひとというのは、実は驚くほど少ない。まずそういうものに巡り合うのがとても難しいんだ。そしてそれに打ち込める環境、状態であるのもなかなか難しい。あとは、才能も必要かもしれないな。もうダメだ、これ以上進めないと挫折《ざせつ》してしまえば、辞めてしまう。

恒星は自分の手のひらを見つめる。バスケを辞めてから、ずいぶん手の皮がやわらかくなった。あんなに夢中になったのに、才能がないからと手放した。両親は何も言わなかったけれど、それは、続けることの難しさを知っていたからなのだろう。

「それならオレも、釣りはしばらく止《や》めると言ったんだけどね、あなたまで止めることないじゃないってお母さんが言ってくれたんだ。その代わり、またいつかわたしが漫画を始めたら、黙って応援してね、って」

好きなことを好きなだけやらせてもらえてオレは恵まれているよ、と康生はカレイの半分を鍋《なべ》に入れる。出汁《だし》や醤油《しょうゆ》で作った煮汁がふつふつと温まっていて、いい香りがする。その香りを嗅《か》ぎながら、恒星は光莉を見る。

父が釣りに行くとき、母は嫌な顔ひとつみせない。魚料理が続いても、文句を言わない。それは、父の好きなことを応援していたからだったのか。そして、父が二十二時にすっと寝室に入るのは、母の活動を応援しているという合図だったのだ。

「オレは、お母さんが楽しそうにしているのを見るのが楽しいんだよ」

しみじみと言う康生を見ると、康生は光莉を見つめていた。その目は、アルバムを共に眺めていたあのときと何も変わらなかった。ああ、父と母の間には、変わらぬものがいまもあるのだ。それを感じて、恒星の胸の内に温かなものが広がった。そして、好きなものをずっと大事にし続けているふたりを尊敬もした。挫折することも、嫌になることもあったと思う。でも、ふたりはいつだって楽しそうに続けている。

オレは、どうなんだろう。いつかまた、バスケをしたくなるのだろうか。それとも、また何か新しいものに出会い、夢中になるのだろうか。何かを好きになれば、胸の奥の空洞が満たされて、自分に自信が戻って来るだろうか。そうだといいなと思う。

康生が、カレイに片栗粉をまぶし始めた。慣れた手つきを眺めながら、恒星は「今度、釣りについて行っていい？」と訊いた。ぱっと顔を上げた康生は「行ってくれるのか」と弾んだ声で言った。

「一度くらいは、まあ」

康生は「そうか、それは、いいなあ」と繰り返して、鼻歌を歌い始めた。

食事が済むと、「祖母が心配するので、帰ります」と三隅が言った。最初は一緒にこがね村ビルへ帰ろうと言っていた桐山は、康生とすっかり意気投合してしまい、酒を飲み交わしている最中だった。酒を切り上げようとする桐山に、「お気遣いなく。ひとりで帰れます」と三隅は笑う。手早く身支度を整える三隅に、恒星は「じゃあオレが送って行くよ」と立ち上がった。

ちゃんと送り届けるのよ、と念押しする光莉に見送られて、ふたりで家を出た。風が冷たくて身を竦ませる恒星に、三隅が「見て、空がきれい」と言う。恒星が見上げれば、澄んだ冬の夜空が広がっていた。瞬《また》く星に「ほんとだ、きれい」と素直な声が出る。そして、こんな気持ちで空を眺めるのは久しぶりだなと思った。

「今日、ありがとな。三隅のお蔭《かげ》だ」

恒星が言うと、「別に何もしてないじゃん」と三隅が肩を竦めた。

「まっすぐ家に帰ってたって桐山さんがいて、種明かしされてたわけでしょ？　あたしの手柄はどこにもないよ」

「そんなことないよ」

恒星は強く言って、それから「でも、ごめんな」と頭を下げた。

「お前の家の事情まで話させたし」

「それはあたしが勝手に言っただけじゃん。なんか、中尾くんってイイコだよね」

ふふ、と三隅がからかうように笑い、恒星はその余裕に戸惑ってしまう。

「あ、えーと。三隅がおばあちゃんと住んでるのって、その、母親の不倫のせい？」

訊くと、三隅が「あたしが不倫を明らかにしたことで、うちの両親離婚したんだよね」とつまらなそうに言った。

「不倫をやめて、って母親に言ったら『バレたかー』って悪びれずに言って、バレたからもう母親やめるねって」

「え、意味分からないんだけど」

驚いて言うと、三隅も「意味不明だよね」と頷《うなず》く。

「でも本当の話でさ。父親も、浮気していることを薄々察してたみたい。こうなったからには家族を続けていても意味がないから一家離散だって言い出したの。お前も、両親を信頼できなくなっただろ、って。それでふたりともどっか行っちゃった」

恒星は思わず立ち止まる。何と言っていいのか分からなくて必死に言葉を探していると、「気にしなくていいよ」と先を歩いていた三隅が言う。

「ふたりとも大学にいく費用は出すって言ってるし、おばあちゃんはあたしと暮らせることを喜んでくれてる。気楽なもんだよ」

「でも……でも、そんなの寂しいじゃないか。三隅は、家族のために頑張ったんだろ」

今日、ほんの少しの尾行ですら心臓が張り裂けそうに痛かった。いちいちに泣きそうになって、逃げ出したいとすら思った。三隅があれをひとりでやって、そして事実を知ったときのことを想像すると、苦しくなる。

「違うといいなと思いながら必死で頑張ったんだろ？　その挙句に一家離散とか、そんなの、ないよな」

三隅が報われない。悔しくて、目元が熱くなる。そんな恒星に三隅は少しだけむっとした顔を見せた。

「そういう湿っぽいの、もうないから」

「でも……」

「あたしはもう全然気にしてないの」

三隅がきっぱりと言い、その強さに恒星は押し黙る。三隅が「本当に、気にしてないってば」と笑顔を作った。

「それにさっき、中尾くんの家族見てて、こりゃうちの家族はダメだわって思った。空気が違ったもん。なんか圧倒的な説得力みたいなものがあって、逆にうけた」

恒星の背中を軽く叩いて、三隅はけらけらと笑う。

「中尾くん、クラスの女の子の間でわりと人気あるんだよね。あたしは全然良さが分かんなかったんだけど、少しだけ分かった。このピュアさだろうね、きっと」

「な、何だよそれ」

どうしてここで、女子人気がどうとか言われなくてはいけないのだ。少し赤面してしまうと、夜目なのに気付かれてしまったらしい。三隅は「かわいいかわいい」と小動物に対するような口調で言った。

「じゃあ、じゃあさ。三隅は、どんな男がいいんだよ」

「え？　小関くん」

平然と答えられて、恒星は言葉を失う。三隅は恥ずかしがる様子もなく、「いいよね、小関くん」と言う。

「小関のこと、好きなの」

訊くと、三隅は「うん、すごく好き」と頷いた。

何だろう。すごく、モヤモヤする。

恒星は胃もたれでも起こしたような不快感に眉を寄せた。さっきまですっきりとしていた頭が、急に靄《もや》がかかったような気もする。

昨日、三隅が小関を好きかもしれないと思った時は、小関に置いて行かれるような寂しさを覚えた。今日は三隅の気持ちが予想ではなく確定しただけのことなのに、どうしてオレは、狼狽《うろた》えているんだろう。

「告白とか、するの」

訊いた声は、自分でも驚くくらい元気がなかった。それに気付かない三隅は「そのつもり」と言う。

「あ、写真のこと？」

「仲良くなるのが先かな。でも、難しいかなあ。あたし、こないだ怒らせちゃったし」

「うん。あたし、あの写真を見たとき、ビリビリきたんだよね。同い年でこんな感性の子がいるのか！　って。だから、それを言ったの」

恒星は「ふむ」と口の中で言う。本当に、小関のあの写真が好きなのだなと思う。そして胃がますます重たくなる。

「でも、どうして怒らせちゃったか分かんないんだよね。まずは理由を聞いて、謝るのが先かなあ」

はふ、と三隅がため息を吐く。それはどこか艶《つや》っぽくて、恒星は無駄にどきりとしてしまった。待て、何でどきりとせねばならんのだ。

「あ、テンダネスが見えてきた。もうここでいいよ」

遠くに灯りが見えて、三隅が言う。

「いや、いいよ。ちゃんと、送る」

せめてエレベーターまで送り届けなくては意味がない。オレも一応男なのだ。ちょっとしたプライドのようなものもあって強く言うと、三隅は「あ、そう」とだけ言った。そして駐車場に着くなり、「じゃ、どーもね」とあっさり手を振って、マンションの方へ駆けこんで行った。振り返らない背中を、恒星は虚《むな》しく見つめた。

「あれ、恒星くん」

声がしてのろのろと見れば、志波が店舗の方から顔を覗《のぞ》かせていた。

「ひとり？　桐山さんは」

「あー、うちの父と飲んでます。もう少し、かかるかもしれない」

「そっかそっか。ぼくもまだ仕事上がれないから、よかった」

寄ってく？　と訊かれて、恒星は頷いた。店内に入り、なんとなしに歩く。三隅は、小関のどこが好きなんだろう。やっぱり、大人びたところだろうか。例えばさっきの三隅の話を小関が聞いたなら、オレみたいなアホな回答はしなかっただろう。三隅がほっとするような、そういう返しが出来たに違いない。

「あー、くそ」

情けない。普段、小関に対して憧《あこが》れに似た感情を抱いていた分、自分の小ささを感じてしまう。いや、待て。どうしてオレは、こんなに三隅のことを考えているのだ。オレだってクラス内の女子で人気があると言われたじゃないか。オレにはオレの良さが……いや、三隅はその良さが分からなかったと言ったんだった。

「ああ、もう何なんだよ」

店の通路のど真ん中で、座り込んだ。頭をがしがしと掻いて、ため息を吐く。

「おい、邪魔だぞ。恋する少年」

声がして振り返れば、ツギが立っていた。

「今日はよく会うな、光莉さんの息子。えーと」

「恒星です。ツギさんこそ、どうしてここにいるんですか」

言って立ち上がると、ツギが「良郎と飲む約束してる」と言った。

「ミツの部屋に俺も泊まる予定でな。ツマミを」

ツギの手にしたカゴには、様々な食べ物が入っていた。ツギにも、桐山は帰って来るまでに時間がかかりそうだと言うと、「いいじゃん」と言う。

「元々光莉さんに会うために来てるんだし、俺たちはオマケ。それよりさ、冷凍食品のカルビ焼きが改良されたの知ってるか。すげえ旨《うま》くなってんぞ。まず肉が分厚くてな」

カゴの中の冷凍食品を取り上げて熱心に語るツギに、「ていうか、さっきのなんすか。恋する少年、て」と訊く。もういっこ買っとくかなと独りごちていたツギだったが、手元から恒星に視線を戻して「見たまんま」と答えた。

「さっき店内から恒星と三隅ちゃんを見てた。お前、好きなんだろ。あの子のこと」

え。オレが、三隅を？　ぽかんとすると、ツギは「しっかりしたいい子じゃん。いい趣味してると思うぞ」と肩をポンポンと叩いてきた。少し考えて、それから恒星は自分の顔がどんどん赤くなっていくのを感じた。そうか、これ、好きってやつか。

恥ずかしくなって、店を飛び出すようにして後にした。冷たい風が火照《ほて》った顔を撫《な》でていく。

言われてみれば、好きという感情だと思う。しかし、三隅本人の口から小関を好きだと聞いているのに、何ができるだろう。それにオレは、自分が小関よりいい男だとは思えない。小関なら、勝ち目はない。

すっかり頭が冷えたころ、立ち止まって息を吐いた。白い息はすぐに、闇《やみ》に溶けて見えなくなった。

学級閉鎖は翌週に解かれた。

久しぶりの小関との登校中に、恒星は光莉が不倫していなかったと報告をした。小関は「よかったじゃないか」と微笑んだ。

「しそうにないって、言っただろ」

「うん。もう、全然オレの勘違いだった」

恥ずかしそうに頭を掻きながら、恒星は小関を窺《うかが》い見た。休みの間中、小関のことを考えていた。小関は、もし三隅に告白をされたらどんな反応を示すのだろう。面白そうだからとオーケーをしそうな気もするし、面倒だと断りそうな気もする。そもそも小関の好みのタイプすら知らないので、想像のしようがない。

「しかし、どうして不倫じゃないと分かったんだ？」

「それがさあ」

小関に訊かれ、三隅と尾行をしたことを言いそうになった恒星だったが、口を噤《つぐ》む。何となく、言いたくなかった。だから、三隅と出会ったことを省いて説明をした。

「家に連れてきたんだよ。なんか、マンガの弟子とか言って」

嘘《うそ》ではない。でも少し罪悪感を覚えてしまう。隠し事をしているようで、気持ち悪い。そんなことを知る由《よし》もない小関が興味深そうに耳を傾けてくれるのが、申し訳なかった。

「へえ。元塾講師で、マンガかあ。それで、WEBでどんな活動するんだよ」

「とりあえずはこれまで描き溜《た》めたマンガをアップしていくって言ってた。少しだけ見せてもらったけど、何かいい感じだった」

流行の絵柄ではなくて、はっきり言えばちょっとダサい。でもどこか懐かしい雰囲気がして、恒星は好きだなと感じた。しかし、ストーリーはいまいちだった。どこかで見たことのあるエピソードを切り貼《ば》りしているような印象だったのだ。光莉もそう感じたのか、作画に徹底して誰かにストーリーを作ってもらうのもいいかもしれない、とアドバイスしていた。

「こっちに三日くらい滞在したのかな。オレ、学校が休みで暇だったから桐山さんとわりとずっと一緒にいたんだけどさ、さすが元塾講師だよ。教え方が超わかりやすいの。期末テスト前に出会いたかった」

　桐山は、国語の講師だったという。中学生を教えていたというがさすが知識が豊富で、説明が上手い。恒星が放置していた課題図書の『舞姫』をドラマティックかつ要点を分かりやすく話してくれたときは感動した。お蔭で、感想文をきっちり書けた。

「桐山さんに、塾講師を辞めるなんてもったいない！　って思わず言ったもんな。おい、小関。どした？」

　小関が急に黙りこくったので顔を覗き込むと、小関は「それ、いいんじゃないの」と呟いた。

「文学を片っ端からマンガにするの。しかも、ここだけ押さえとけ、みたいな対受験用のやつ」

「ははあ」

　恒星は小学校の図書室にあった、偉人の伝記漫画本を思い出した。雨ふりで外で遊べない時に、時間つぶしに読んだ。わりと面白くて、あれでエジソンや織田信長を知ったのだった。

　あんな感じのことを、桐山の絵で、桐山の教えかたでやるわけか。

「いいかもな」

　スマホから簡単に読めれば手軽でもある。恒星はなるほどと感心して、それから小関に「すげえな」と言った。よく、そういうことを思いつくものだ。

「いや、そういうのは昔からあるだろ。いまは色んな作品が溢《あふ》れてるから、自分の得意なところに特化して攻めていくしかないんじゃないのと思っただけ」

「すげえいいアドバイスだと思う。なあ、桐山さんに教えてあげてもいい？」

「好きにしろ。やったからって人気が出るとは限らないし。本人のアレンジ次第だな」

　桐山に、あとで連絡をしよう。あの絵柄で『夜長姫と耳男』なんて面白いのではないだろうか。にやにやしていると、背中をポンと叩かれた。振り返ると、三隅が立っていた。

「おはよ、中尾くん。小関くん」

「お、おはよ」

　へどもどと挨拶を返す恒星の横を、三隅が追い抜いて行く。先に友人がいたのか、手を振って駅舎へと駆けこんで行った。

「三隅が挨拶してくるなんて、珍しいな」

小関が不思議そうに言い、恒星は「そう、だな」と相槌をうつ。先日のことがあるから声をかけてきたのだとは思うけど、頭の隅で小関に話しかけたかっただけだろと言う自分もいた。

「小関、三隅のことどう思う？」

ついうっかり訊いてしまって、しまったと焦《あせ》る。こんなの、訊くつもりじゃなかったのだ。しかし、訊いてしまったからには回答が気になる。動揺を必死で隠して、小関を見ると、小関はどうでもよさそうに欠伸《あくび》をした。

「興味ない」

退屈な授業を受けているような態度で、気負っていた恒星は「あ、そう」と間抜けに返した。車が恒星の脇《わき》を通り過ぎ、小関が「危ないぞ」と恒星の腕を引いた。それから、「どちらかと言うと嫌いなタイプだな」と言った。

「え、あ、三隅が？」

「うん。ああいう、自分の感情を押し付けてくるのは嫌い」

きっぱり言う小関に、恒星は心のどこかが痛んだ。

「あ、その、オレは、好き、かも。三隅の、こと」

ぽろぽろと、言葉が零《こぼ》れた。小関は驚いたように目を見開き、それから「そうか」とだけ言った。

……なあ、オレよ。何で言ってしまったのか。

その日、恒星は一日中悶々《もんもん》として過ごした。あのシーンは、言わなくてよかったはずだ。なのにどうして口に出した。小関に対する牽制《けんせい》？　いやまさか。だって嫌いだと言ってたんだぞ。じゃあどうして？

六限目も、そろそろ終わる。恒星は斜め前で授業を受けている三隅の背中を見つめた。三隅は、小関に嫌いなタイプと言われたと知ったら悲しむだろうか。告白したって、フラれてしまうわけだし。ああ、そうか。オレは、多分オレの中の三隅が悲しんでいたから、なんか、慰めたかったんだ。オレは好きだけど、って。でも、慰めになんてなんないよなあ。

胸が痛くなって、そういう自分に恒星は驚く。つい先日まで愛だの恋だのないと鼻で笑っていた自分が、どこにもいない。

そして、数日後。事態は驚くほど急展開を迎えた。三隅が小関に告白をして、手酷《てひど》くフラれたのだ。それを恒星に教えてくれたのは田淵で、「三隅が門司港駅前でめちゃくちゃ泣いててさ、女の子をあんな風に泣かすってまじどんな断り方したのって話」と少し怒り気味だった。田淵は女子にとにかくやさしくて、フラれようが別れようが、田淵の悪口を言う女子はいない。そんな田淵には、信じられないことなのだろう。

「え、それいつの話」

訊くと、田淵は「昨日の夕方」と言う。昨日の夕方は、小関が小倉の歯医者に行くからと言ったので別々に帰ったのだった。そして今日、三隅は学校を休んでいる。

「恒星。お前あいつと仲良いんだし、少し叱ってやれよな」

田淵はそれが言いたかったらしい。言い置いて、自分のクラスに帰って行った。恒星は立ち上がりかけて、しかし椅子に座り直す。小関は、今朝はいつも通りで何も変わらず、そして何も言わなかった。どうして、言ってくれなかったのだ。

オレが、三隅のこと好きって言ったから？　遠慮のようなものを覚えたと言うのだろうか。言ってくれてもいいのに。オレは、三隅の気持ちは知ってたんだから。

「ごめん、気分悪いから帰るわ」

恒星は近くの席の女子にそう言って、帰り支度を始めた。大丈夫？　と訊かれて適当に頷いてから教室を出た。隣のクラスの横を通らなければ、下駄箱には行けない。小走りで通り抜けようとしたら、運悪く小関が廊下にいた。

「どうした、帰るのか？」

「あ、ああ。気分、悪くて。ごめん」

小関と話したい、いや、話したくない。よく分からない感情でぐちゃぐちゃになりながら、恒星は小関の脇を通り抜けた。

真っ直ぐに向かったのは、こがね村ビルだった。エレベーターの前まで来て、部屋を知らないことに気付く。そもそも、三隅に会って何を言えばいいのだろう。ぼうっとしていると、「中尾くん？」と声がした。振り返ると、テンダネスのレジ袋を下げた三隅が立っていた。黒縁の眼鏡をかけていて、本当に目が悪かったんだなと恒星は思った。

「何してんの、こんなところで」

「や、あの、昨日の話を聞いて、それで」

もごもごと言うと、「ああ」と三隅は納得したように頷いた。それから、「学校サボったんだね。いま光莉さんが出勤してるから、離れようよ」と外を指した。

それからふたりで、何となく海辺を目指して歩き始めた。三隅は買っていた肉まんをふたつに割り、片方を恒星にくれた。湯気の立つ肉まんを齧《かじ》ると、三隅が「あたし、わりと好きだったみたい」と明るく言った。

「っていっても、それってあたしの作り上げた小関くんなんだけど」

「どういうこと」

三隅は肉まんを口いっぱいに頬張り、飲み込んでからゆっくりと口を開く。

「理想の小関くんがいたんだ、あたしの中に。どこか冷めた目で世間を眺めてて、自分の感情に振り回されない冷静さがある。太くて逞《たくま》しい精神をもつ、強いひとだと思ってた」

「どうしてそう思ったの」

「小関くんが賞を獲った写真、見たことある？『恐怖』ってタイトルの」

恒星は頷いた、先日、中学時代に学校から配布された新聞のコピーを探し出したのだった。三隅が熱く語った写真がどんなものだったか、確認するために。

それは、いわば他愛ない写真だ。横たわった老犬が頭を持ち上げて、レンズの向こうにいるひとを見上げている。

「あれ、小関くんの飼い犬が死ぬ間際の写真なんだよ。あたしはね、あの犬の目に確かに、死に対する恐怖と絶望を見つけたの。ああ、犬でも死が怖いんだなって最初は思った。そしてその後、飼い犬の恐怖を冷静に切り取れる小関くんの視線に気付いて、震えたんだ。このひとは、愛とか情とかを切り離して世界を見られるんだ、って。それってあたしにとって、すごい衝撃だった。あの写真のお蔭で、あたしは自分の感情を切り離して両親を見ることができるようになった」

三隅は続ける。どれだけ写真が支えになったかを。お母さんが不倫相手とラブホテルに入っていく姿を捉えようとシャッターを押したとき、自分の感情がふっと離れていくのを感じたの。ああ、これが俯瞰《ふかん》というもので、これをもっと高潔にしたものが小関くんの目なんだと思った。小関くんの写真があったから、あたしはそういう目を手に入れられたんだよ。

ふたりの足は、門司港レトロ展望室へと向かった。有名な建築家がデザインした高層マンションの最上階が、展望室として開放されているのだ。門司港レトロを一望でき、遠くにかかる関門橋まで見ることができる。平日のせいかひとの姿がまばらで、恒星たちは景色が一番よく見えるベンチに腰かけた。恒星は途中で買った温かなミルクティの缶を三隅に渡し、自分の分の缶を開ける。甘い湯気が鼻腔《びこう》を擽《くすぐ》った。

「昨日の夕方、たまたま小関くんがひとりでいるのを見かけて、つい話しかけちゃったの。こないだ怒った理由も聞きたかったし、あたしの気持ちも知って欲しかったし。それでいまみたいに喋《しゃべ》ったらね、小関くんすごく怒った」

カシュ、とプルタブを引いた三隅が哀しく笑う。

「俺はそんな風にあいつを撮ったんじゃねえよ！　って。命とか、愛とかそんな軽いもんじゃねえ、とも言ってたかな」

小関は三隅を軽蔑するように見て、『お前、最低だ』と吐き捨てたと言う。

「あたしそれですごくショック受けてさ、みっともないくらい泣いちゃった。なんでそんなこと言われなきゃいけないのか分かんないし、何より、小関くんはあたしの気持ちを分かってくれるとばっかり思ってたんだよね。でもそれって、あたしが勝手に期待してただけなんだよね」

缶に少し口をつけ、「ばかみたい」と三隅が言う。期待なんて、しちゃいけなかったのにね。

「……チコは、小関が生まれた時に妹として飼いだした犬なんだ」

ぼそりと恒星は言った。

「チコのことすごくかわいがってて、カメラを始めたのもチコを撮るためだったんだ」

恒星は小学校のときから、小関がチコと散歩をしている光景を当たり前に眺めていた。雨の日も雪の日も、小関は楽しそうにチコと歩いては、首にかけたカメラでチコを撮った。

あの写真を新聞社に送ったのは、小関ではなかった。小関の母が、あまりにいい写真だからと勝手に送ったのだ。受賞の連絡が学校に来たときに小関は母の仕業を知り、キレた。賞を辞退すると言い張り、校長や担任がどれだけ説得しても首を縦に振らなかった。

「その時、オレはチコが死んだことを知らなかった。だから『変なの』としか思わなかったんだ。だから小関に、『いい写真だと思う』って言った。そしたらまあ、あいつ『どこがだよ』って怒鳴ってきて」

コピーを見ながら、恒星ははっきりと思い出した、中二の頃の自分は、あの写真を単純に『いい』と思ったのだ。当たり前の、普通の写真じゃないかと。だから小関にそう言った。

「チコはいつもみたいに小関のことを見てるだけじゃないか。チコの目には、小関しか映ってないじゃん、って言った」

その時、小関の肩からふっと力が抜けた。それから小関は、賞を受け入れたのだった。

『恐怖』とタイトルをつけて。

「後からチコが死んだときの写真だって知ったんだよ。オレは、『恐怖』してたのは小関だと思うよ。生まれた時からずっと一緒で、自分を信頼して真っ直ぐ見てくれる存在がこの世からいなくなることがただ怖かったんだと思う。失いたくなくて、どうにか残そうとして、小関はシャッターを切ったんだ、きっと」

ミルクティを飲んで、恒星は「だから、冷静とか言われて小関はムカついたんだと思う」と続けた。

三隅は缶を弄《もてあそ》びながら、ふっと窓の向こうに視線を投げた。あたしが想像してたのと、やっぱ違うね。あたしはもっと、ドライな彼を期待してた。

「……三隅が小関に向ける気持ち、分かるよ。それに、冷静に状況を見てくれる存在がどんだけおっきいかも分かる。こないだ、三隅がオレについてきてくれた時、すげえ助かったもん。いてくれてよかったって思う」

三隅が恒星に視線を戻し、恒星は言う。

「でもそのことでオレが三隅に『強くてドライでかっこいい』って言ったら違うんじゃないか？　そういうお前が好きだって言ったら、ムカつかない？　そういうことで小関は怒ったんだと思う」

しばらく恒星を見つめていた三隅が、ふいに立ち上がった。飲みかけの缶を自分の座っていたところに置き、「中尾くんって、自分語りが好きなの?」と静かに言った。

「それともオレのほうが小関のことをよく知ってるアピール? ごめん、そういうのいらないんで。てかウザい」

「え、あ」

ばいばい、と言って三隅は去って行った。止める間もなくエレベーターに乗り、その姿を消してしまう。

「え、なんで」

どうして三隅が怒ったのか分からない。追いかけた方がいいのだろうか、と立ち上がっては腰かけるを繰り返していると、くすくすと笑い声がした。

「え、あ、小関!?」

どういうわけだか、小関が立っていた。

「お前が険しい顔して帰ったから、気になって」

愉快そうに笑って、小関は三隅の置いた缶を拾いあげた。

「だめだな、置きっぱなしは」

後で捨てよう、と小関は缶を手にしたまま恒星の隣に座る。それから、「ありがとな」

と言った。

「な、なにがだよ」

「話をずっと聞いてたんだ。それで、中二のときも俺はお前にお礼を言ってなかったなと思い出したんだ。あの写真を分かってくれて、ありがとな」

真面目《まじめ》な口調に、中腰だった恒星は座り直した。飲みかけのミルクティを飲みながら、

「なんだよ」と言う。

「礼を言われるようなことではないだろ。チコの写真はそういう風にしか見えなかった、それだけだろ」

「それだけと言うけどさ。分かってくれたのは、お前だけなんだ」

しみじみと小関が言う。

「お前だけが分かってくれて、だからお前だけは何も訊かない。それってすごくありがたいことなんだ」

小関が窓の向こうに視線をやる。冬の厚い雲に、さっきまでなかった切れ間が生まれ、青空が少しだけ見えた。

「チコが死ぬとき、俺は怖くて怖くて仕方なかった。この両目を持った存在がこの世からなくなったら俺はどうなるんだって思って、そしたらシャッターを押してた。恒星の言う通り、残したかった。どうにかして残さないと、って夢中だったんだ」

缶を握る小関の手に、力が籠もっている。爪先が真っ白になっていた。

「チコの写真が世に出ると、今度はいろんな人間から冷たいと言われるようになった。そしたら分かんなくなってさ。大事な存在が死ぬ瞬間に、ファインダー越しに眺めていた俺は酷い人間だったのかなって。自分のためにシャッター切って、それはチコを哀しませたのかなとも思った。そっから、カメラも持てなくなった」

初めて聞く、小関の告白だった。でも恒星は不思議と、初めての気がしない。おぼろげに見えていたことがくっきりと形になったような感じがしていた。

そして、反省した。小関のことを大人びていると思っていたけれど、自分と同じように悩み苦しんでいたのだ。分かっているからと訊かないでいることは、かえって悩みを溜めこませるだけだった。どこかで吐き出させてあげなければいけなかったのだ。オレは小関には何だって相談してたんだから、少し考えたらわかるはずだった。

「別に、オレだけが分かってるってことはないよ。それに、オレは何も訊かなかったわけじゃなくて、うまく訊く能力がなかっただけ。そんな気の利いた理由じゃない」

へへ、と笑って言うと、「それでいいんだよ」と小関が言う。だから、俺はお前の傍は居心地がいいんだ。やさしい声音の小関に、恒星は嬉しくなる。オレも、小関の役に立ってるってことだろうか。

「だから三隅みたいに勝手な印象を押し付けられるとしんどくて、あんな風になった。

ごめんな、お前、好きだったんだろ」

あ、そういえばオレは三隅にウザいとまで言われたんだった。遅まきながら気付いて、恒星は少しだけ哀しくなる。でも三隅が小関を好きなことは知ってたわけで、だから仕方ない。

「いいよ、別に。もしかしたらこれからまた仲良くなれるかもしれないし。それに、いまは……いいや。オレは、いいなと思った写真を同じ目線で見られるひとがいい」

思い出したのはリビングのアルバムで、それを同じように微笑ましく眺める両親の姿だった。オレは、ああいうことをずっとできる相手を、探すのだ。

「そうだな、俺もそう思う」

小関がふっと笑う。そして、立ち上がりながら「ラーメン食いに行かないか。おごってやる」と言った。

「え、まじで？　なんで」

「何となく。嫌ならおごらない」

「え、やだ、食わせて。食べたい。お願いします！」

恒星が慌《あわ》てて立ち上がると、小関が「お前、ほんと好き」と笑った。

『24』のアドベントクッキーは、ピンクのハート形だった。

「なにじっと見てんの」

恒星が手渡されたクッキーを見ていると、レジカウンターの方から手が伸びてきてクッキーを取り上げた。戻って来たときには、クッキーは無残にも真っ二つに割れていた。

「酷い。何でこんなことするんだよ」

これ以上割られたらたまらないとポケットにクッキーを入れて抗議をすると、レジカウンターの中にいた三隅がつんと顔を背けた。

「何となく、ムカついたから。どうしてふたりでいるの」

クリスマスイブの夜。恒星が小関とテンダネスまで買い物に来たら三隅がいて、気まずさを覚えながら会計をしてもらったのだった。小関と一緒にいるのは、今日から冬休みが始まるのでその祝いに夜通しゲームをしようという話になったからだ。三日前に発売されたRPGを最短でクリアするつもり、なのだがそういう説明をすればいいという問題でもなさそうだ。

サンタ帽を被《かぶ》った三隅は終始顔を顰《しか》めていて、機嫌が悪そうだ。

「オレ、何かした?」

「ウザい」

吐き捨てるように言われて、恒星の胸の奥が軽く痛む。そこまで嫌われるようなこと、した覚えはないのだが。

「レジ終わったなら早く行こうぜ、恒星」

小関は三隅のことなど眼中にないようで、三隅はそれもまた腹が立っているらしい。じろりと小関を睨《にら》みつけるが、小関は知らん顔をしている。

「何だ何だ、ケンカか」

見れば声の主はツギで、ツギと気付いた途端三隅が満面の笑みを浮かべた。

「いらっしゃいませ、ツギさん。クリスマスイブなのに、彼女と過ごしたりしないんですか」

「いねえもん、そんなの」

ひょいと肩を竦《すく》めて言うツギに、「うっそお」と三隅が顔を輝かせる。

「いないなら、あたし立候補したい」

「やだよ。俺、年下の趣味ねえもん」

あれ、これはもしや相手が変わったのか。恒星が驚いていると、ツギが「恒星も相手はいねえんだろ」と訊いてくる。小関を指差すとツギが笑い、「そんならこれからメシ食い行こうぜ」と肩を抱いてきた。

「暇なんだろ？　ふたりとも付き合えよ。光莉さんには連絡しとくし」

「え、え、まじすか」

ツギと出かけるなんて初めてのことで、嬉しい。どんなひとなのかとても興味があったのだ。小関を見ると黙って頷いたので、了承と判断する。是非ともお供させてください、と言うと念のようなものを感じ、見れば三隅が目から毒針でも打ちそうな雰囲気で睨んでいた。

「中尾くんって、まじムカつくね」

胸の奥に毒針が刺さる。でも、ツギと出かけられるほうが嬉しい。

「じゃあ三隅。メリークリスマス！」

笑顔で言うと、三隅が思いきり舌を出してきた。

「ほら行くぞ」

ツギに連れられて店の外に出る。頬に冷たいものが当たって見上げれば、雪が舞っていた。

「うわ、ホワイトクリスマス」

「高校生のボウズと三人なんて、色気がねえよなあ」

かっかっとツギが笑う。

「お前、ふられたんだろう。まあ、いろいろ恋愛すればいいさ」

「うう……バレてた……。ツギさんも、やっぱいろいろしたんですか」

夜空を見上げながら訊くと、ツギの笑い声が途絶える。不思議に思って顔を向けると、

ツギも夜空を見上げていた。その目は普段見たことがないくらいやさしくて、哀しそう

だった。

「もう、ないなあ。俺は」

ツギの声が白い吐息に変わって夜空に溶ける。何があったんだろう。訊きたくて、訊けない。恒星は黙って、夜空に視線を戻した。

この間まで、愛だの恋だのはないと思っていた。でも愛はオレが生まれる前からずっとあって、オレにも恋があった。三隅にも恋があって、ツギさんにはきっと恋も愛もあって、そして世界中にはもっともっと溢れているわけだ。そしてこれから先、オレは愛も知るのかもしれない。愛を欲しがったり失ったり、泣いたり笑ったりして、いつか両親みたいに手に入れられるかもしれない。それはまだ遠い先の、遥か未来だろうけれど。

「ツギさん、愛ってなんかすごいすよね」

言うと、ツギがかっかっと笑った。いいな、男子高校生。サンタに願ってたら、届けてくれるぞ。

風が吹いて、恒星は身震いする。思わずポケットに手を突っ込むと、ハートに触れた。

第六話
クリスマス狂想曲

八時四十五分。九時から勤務に入る中尾光莉がスタッフルームのドアを開けると、そこはむせ返るほどの薔薇《ばら》の香りで満たされていた。

「圧倒的薔薇の存在感！」

思わず叫んで見回せば、部屋の中央にあるテーブルの上に、抱えるのも大変そうな大きな花束がふたつも置かれていた。どちらも真紅の薔薇で、一方は花びらに金の模様がある。造花かと顔を寄せてみれば本物の薔薇で、ベルベットのような花びらに、金のラメで文字が書いてある。

『***mon chéri***』

優に三十本はある薔薇のその全ての花びらに同様の文字が細かくみっちりと入っている。愛が重い……と光莉は引き攣《つ》った笑いを零《こぼ》した。

「めちゃくちゃ高そうね。どうせ愛の言葉なんだろうけど、何て意味だろう、これ」

「モンシェリ。私の愛《いと》しい人って意味らしいすよ」

先に室内にいた大学生バイトの村岡《むらおか》がスマホの画面を見ながら言う。村岡も金の文字に気付いたのだろう。

スマホから顔を上げた村岡が室内を見回し「ていうか、すげえ人気っすよね。あのひと」と顔を顰める。

村岡はテンダネスでバイトを始めて一年近く経《た》つが、志波が苦手だ。本人曰《いわ》く、嫌いではなく近づくと鼻がムズムズしてくしゃみが止まらないらしい。花粉症みたいなもんでしょうね、と本人はあっけらかんと言うが、花粉扱いされた志波はいつも少し寂しそうだ。

「いまだに店長の良さが理解できないんすけど、時々おれの方がマイノリティなのかなあとも思うんすよね」

しみじみと村岡が言い、光莉も室内を見回した。さほど広くないスタッフルームには、様々なプレゼントが溢《あふ》れていた。大きなぬいぐるみに有名ブランドの紙袋、派手なリボンが掛かったギフトボックス。その全《すべ》てが、店長である志波へのクリスマスプレゼントだ。たくさんいる志波ファンが、ここぞとばかりに持ってくるのだ。

「ていうか、店長って昨日の二十一時までシフト入ってましたよね？　なんで持って帰ってないんですか」

村岡の言葉に、光莉の顔から感情が消えた。

「昨日の分は、きちんと持って帰ってるんだよ……」

光莉は昨日のクリスマスイブは朝から夕方までの勤務だったのだが、いま思い出しても胸焼けするような一日だった。店の中には販売用のクリスマス商材が溢れ、そしてそれとは別に、志波宛《あて》のプレゼントが次々と届く。志波のいるレジカウンターの前にはたくさんのひとが列を成し、さながら握手会かサイン会のような様相をみせていた。

『クリスマスイブに会えるなんて、嬉《うれ》しいです』

志波がそう言ってたおやかに微笑めば店内に悲鳴が巻き起こる。プレゼントを渡されて、『お買い物に来て下さる気持ちだけでも、ぼくは十分嬉しいのに』と困ったように眉を寄せれば身悶《みもだ》えする者が続出する。光莉はその隣のレジでカツ丼やエナジードリンクのバーコードを読みとらせていて、自分がどこで何をしているのか分からなくなりそうになった。どうしてコンビニで『フリータイムはひとり二分まで』なんて叫びを聞いているんだろう。『会いに行ける推し』って、ここはただのコンビニで、そのひとは確か店長って肩書きのはずだけれど。

志波の前の列は途絶えることがなく、なので志波はレジカウンターから動けない。ファンは志波と一秒でも長く触れあいたいが故《ゆえ》なのか大量に商品を購入するので、異様な速さで空になっていく棚の補充やその他何もかもが、志波以外のスタッフの仕事になる。同じく昨日バイトに入っていた廣瀬は『店長用のテントを駐車場に設置して、そこで好きにやってもらいましょう、うぜえ』と血走った目で言っていた。すぐにもテントの設営に行きそうな廣瀬を押しとどめている間にも、棚は空になっていく……。

ふっと蘇《よみがえ》った昨日の惨状に光莉は思わず身震いし、それから村岡に「私が知ってるだけで、店長は二回は自宅にプレゼントを持っていってたんだよね」と言った。

「だからこれらは、店長が仕事を上がったあとに届いたものだよ」

「うへえ、まじすか。じゃあ今頃、店長の部屋はすげえことになってますね」

村岡が顔を顰め、光莉は頷《うなず》いて応《こた》える。ちょっとしたお店を開けるくらいの量はあるはずだ。

「店長、別の仕事に就くべきでしょ。あのひとが本気出したら、門司港の経済ガンガン回せるんじゃないですか。博多よりでかい街にしてくれそう」

村岡が手近にあった小さなボックスを持ち上げて言い、光莉はその言い方に笑う。

「村岡くんの気持ちはわかる。でも、才能があっても本人にその気がないからねえ」

光莉も、最初こそ村岡と同じように思ったものだけれど、志波との付き合いが長くなるにつれて考えを改めた。何しろ志波という人間はコンビニを心から愛しているのだ。利用客のことをつぶさに見ており、常連客のことを熟知している。昨日だって、プレゼントをくれるひと全ての名前をきちんと覚えていたほどだ。

志波は本社からやってくるエリアマネージャーやスーパーバイザーよりも丁寧かつ的

確な仕事をする。志波が店長になってからは利用客が爆発的に増えたというし、いまでは門司港こがね村店は福岡県内でもトップクラスの売り上げを誇っている。店内に住んでいるのではないかと客に噂《うわさ》されるほど店にいるし、イベントともなれば誰よりも熱心だ。

店にプライベートの時間すら捧《ささ》げているのではないかと思われるほどだが、志波は『コンビニの中にいる時間っていいよねえ』といつでも楽しそうだ。コンビニを利用する客の姿、そこにある悲喜こもごもを見るのが何よりしあわせなのだと言ったのは、確か常連客同士が結婚すると知ったときのこと。イートインスペースでしょっちゅう顔を合わせていて、それで……とふたり揃《そろ》って報告に来てくれたのだったが、志波は自分が愛の告白をされたかのように頬を赤く染めて『ありがとうございます』と言った。そういう、誰かの人生の喜びに関われたなんて光栄です。そしてそれがこの店であったことが、何より嬉しい。どうぞ、お幸せに！

ふたりを見送った志波はずっとニコニコしていて、このひとは見た目こそ胡散臭《うさんくさ》いけれど、本当にコンビニという場所が好きなんだなと光莉も嬉しくなった。周囲が何と言おうと、このひとにとってこの仕事がきっと天職なのだろう。

「店長は今日休みでしょ？　クリスマスだし、やっぱ本命に会ってんのかなあ」

ボックスを薔薇の隣に置いた村岡が言い、ロッカーから制服の上着を取りだしていた光莉は「そんなのいるのかなあ」と首を傾《かし》げる。

「私はここに勤めて何年も経つけど、聞いたことがないな。誰かと妙な雰囲気で一緒にいるところはしょっちゅう見かけるけど」

光莉はこれまで、志波が様々なタイプのひととふたりきりでいる場面に遭遇している。誰と一緒でも必ず意味ありげで、濃密な空気を放っている。その度に、とうとう決定的な現場を押さえたと興奮するのだけれど、光莉に気付いた志波は焦《あせ》ることなく『やあ、おつかれさま！』とまっさらな笑顔で言うのだった。動揺や後ろめたさが一片もない様子に、自分の目が汚れているのかと思えて、関係を問いただせない。次のタイミングでは必ず、と誓うものの、同じ人物を二度見かけることはないのだった。

「それってワンナイトってやつすか」

「いや、そこまでは知らないよ」

志波は独身だし、誰とどんな恋愛をしてもいい。むしろ、自分のネタ的にはどんどんやってくれと光莉は思う。

「でも、これという本命はいないんじゃないかな。いたら、こがね村ビル婦人会が黙っちゃいない」

イートインスペースの管理をしてくれている志波ファンクラブは、百戦錬磨の熟女たちで構成されている。こがね村ビルの住民以外にも非正規会員がおり、そのネットワークは門司港全体に及ぶと正平さんが言っていた。正平さんの話は話半分に聞いておくとしても、彼女たちが本命という危険因子をみすみす見逃すはずがない。

「ファンクラブがいる一般人って、マンガとかではよく見るけど実際はそうそういないっすよ。それに、コンビニの外の私生活もよくわからないし、気になるなあ」

「お、村岡くん。店長に惚《ほ》れたのかね」

「希少生物の生態に興味があるってだけです」

さらりと言った村岡は、光莉さんは気にならないんすかと訊き、光莉は笑う。気にならないわけがないだろう。何年も一緒にいるけれど、彼を包んだ謎《なぞ》のヴェールの全貌《ぜんぼう》すら、見えていないのだ。

「私は店長のことを知るのをライフワークにしてるの。それに、もしいきなり全部を知る機会があっても、それはそれでつまらないなあって思うかもしれない」

志波をモデルに描き始めた『フェロ店長の不埒《ふらち》日記』はいまでもWEBで大好評だ。サブストーリーとして『毛玉兄貴の野郎ライフ』というのも描き始めたのだが、それもまたなかなかの人気を博している。店長と言うより、私は志波兄弟をライフワークにしているのかもしれないなと、光莉はちらりと思った。

「さてと、そろそろ表に出ようか」

鏡の前で身だしなみの最終確認をしてから、村岡と連れ立って店内に出ると、レジカウンターの中にいた高木《たかぎ》が助けを乞《こ》うように光莉に駆け寄ってきた。

「光莉さん！　緊急事態発生です！」

フリーターの高木は、普段はおっとりとした男だ。面接時にピンクのアロハシャツを着て来たことから、バイト仲間からは「ウクレレくん」と呼ばれている。そのウクレレくんが珍しく動揺している。

「どうしたの、何かあった？」

「店長を訊《たず》ねて人が来てるんですけど」

「よくあることじゃん。今日は休みですって言った？」

「そ、それが」

ウクレレくんがぽっと頬を赤く染める。恥じらうような顔を見せたのも初めてで、しかし意味が分からなくて光莉は「何よ」と首を傾げた。

「あの……、めちゃくちゃ、美少女なんです」

光莉の背後にいた村岡が「ウクレレがそんなん言うの、珍しい」と言い、光莉は小さく息を吐く。これまでだって、志波目当てに様々なひとが来た。その中には目を奪われるほどの美女もイケメンもいたのだ。今更美少女くらいで騒げるか。

「で？　店長はお休みだって伝えたんでしょ」

「い、言いました。そしたら、帰って来るまで待つって、向こうに」

ウクレレくんがイートインスペースを指す。

いつもだったら名前を訊ねて、それから店長に指示を仰ぐくらいのことをする子なのに、そんなに好みだったのか。光莉は「とりあえず私が行くからウクレレくんは村岡くんと引継ぎしてて」と言い置いてイートインスペースに向かった。

イートインスペースは、静かだった。いつもなら数人の客の姿があるし、正平さんもいるのだが、いまはカウンター席の一番端にひとりの女の子が座っているだけだ。斜め方向を向いているので顔は分からないけれど、日本人形のようにうつくしく真っ直《す》ぐ伸びた黒髪が目を引く。

「あの、店長をお待ちだとか」

光莉が声をかけると、女の子がゆっくりと振り返る。その顔を見て、光莉は思わず息を呑《の》んだ。

やっばい。マジ美少女。

精巧な、実物大のビスクドールではないのか。ふさふさの睫毛《まつげ》が縁取る大きな瞳《ひとみ》に、高くツンとした鼻。白雪姫かと思うような真っ白の肌、桃色の頬とさくらんぼのような唇。年は高校生、息子の恒星と同じくらいだろうか。

真っ白のふわふわのコートに、仕立ての良さそうなツイードのワンピースも、ビスクドール感を高めている。ワンピースの裾《すそ》から伸びる足が、なんと細く白いことだろう。

これは、ウクレレくんには刺激が強い……！

「志波三彦を、呼んでもらいたいんですけど。できれば大至急」

鈴を転がすような可愛《かわい》らしい声で女の子は言い、不機嫌そうに眉根《まゆね》をきゅっと寄せた。その声も仕草も、きゅんとくる。自分と同じ性別の生き物とは到底思えない。光莉が見《み》惚《と》れていると、女の子は苛立《いらだ》ったように「志波三彦」と繰り返した。それにはっとした光莉は、「店長は今日お休みをいただいているんです」と慌《あわ》てて言う。

「それは聞きました。それで、あたし携帯電話を持ってないんです。この辺りには公衆電話もなさそうだし、連絡を取ってもらえませんか」

さっきのひとにも頼もうとしたんだけど聞いてくれなくて、と女の子はため息を吐く。

「ああ、そういうことだったんですね。ごめんなさい。じゃあ連絡をしてみますので、少々お待ちいただけますか？」

女の子が頷いたので、光莉は慌てて店内に戻った。そわそわした様子のウクレレくんに「ごめん、あれは掛け値なしの美少女だわ」と言うと、村岡が「まじすか」と浮ついた声を上げる。電話の子機を掴《つか》んでレジカウンターの奥に屈《かが》んだ光莉は、急いで志波に電話を掛けた。しかし、繋《つな》がらない。何度掛けても、『電波の届かない場所にあるか……』とアナウンスが流れるのだ。

「ええ、何でこんなときに！」

何度か掛け直してみても、コール音は鳴らない。志波の部屋の固定電話にもかけてみたけれど出ないので、どこかに出かけているのは間違いないだろう。

さてどうしたものかと光莉がイートインスペースに戻ると、女の子はカウンターに突っ伏していた。

「遅れてごめんなさい。あの……？」

遅くなったことに機嫌を悪くしたのかと近くに寄ると、どうも様子がおかしい。気になって、投げ出された手の甲に触れると氷のように冷たかった。首筋に手を置くと、こちらは逆に熱が高い。

「あなた、具合悪いのね？」

恒星が発熱したときとよく似ている。無理やり顔を覗《のぞ》き込めば、呼吸も荒い。これは間違いない。頰の色が赤かったのは、熱のせいだったのだ。

「こっち来て」

光莉はふらついている女の子の手を引いて、スタッフルームに連れて行った。寒気が襲っているのかかたかたと小さく震えているので、室内温度を上げる。それから自分のコートを女の子に羽織らせて椅子に座らせた。ぼうっとした女の子は熱で潤《うる》む目で光莉を見上げ、「志波三彦は……」と訊く。

「ごめんなさい。どういうわけだか連絡がつかないの。それよりあなた、お家はこの辺？　今日は家族の方に迎えに来てもらった方がいいわ」

　さっきまでの強気な態度は霧散し、女の子はテーブルに突っ伏した。そしてそのまま、首を微《かす》かに横に振った。

「家、宮崎なんです……」

「えー、そんな遠くから来てるの!?　どうしよう。ねえ、店長には何の用だったの」

「会いたくて、それで」

　声もすっかり頼りない。もしかしたら、体調が悪いのをおしてここまで来たのかもしれない。ここにきて、我慢の限界を迎えたのか。

「あの、光莉さん。どうしたんですか」

　おずおずと顔をだしたのはウクレレくんで、女の子が具合悪そうにしているのを見ると「わああ」と情けない声を上げる。

「ど、どうしたんですか」

「それがね、体調が良くないみたいで、とりあえずここに連れて来たの。悪いんだけど、もう少しわたしの代わりに仕事してもらってていい？」

「も、もちろんです！」

　言うなり、ウクレレくんは店内に戻って行った。

「さて、ここじゃ寝かせられないしなあ」

「なんでも野郎、呼んでくださ い」

か細い声がして、見れば女の子が少しだけ顔を持ち上げていた。

「ツギだったら、いるはず……」

「ツギ？　ツギくんを知ってるの？　あなた、えっと」

「あたし……妹です」

いもうと。光莉は頭の中で女の子の言葉を反芻《はんすう》した。いもうと、イモウト、妹……？

妹！

ぎゃあ、と悲鳴を上げなかっただけわたしは偉い、と光莉は思った。まさか、この美少女が、あのふたりの妹だと？

「え、えっとあの、あなた、樹恵琉《じゅえる》ちゃん……？」

以前に聞いたことのある名前を口にすると、女の子――樹恵琉は少しだけ笑った。

「兄たち、あたしのことちゃんと話してくれてるんですね」

えへへ、とはにかむ顔は、兄たちどちらにも似ていないが、しかし兄妹と言われたらそうとしか思えないほどの美貌だ。あのふたりの妹なら、まあこんなこともあるだろう。くそう。では他にいるという兄弟は、どんな生き物なんだ。好奇心がむくむくと膨れ上がりそうになるが、光莉はぐっと堪《こら》える。

「分かった。すぐに連絡する」

子機はまだ持ったままだったので、すぐにツギの携帯電話に掛ける。しかしツギもまた、電話が繋がらない。志波のときと同じアナウンスが無情に流れるだけだった。

「えー、何で？　どうなってんの！」

緊急事態なのに！　と電話を叩《たた》きつけそうになるのを堪えて、樹恵琉に目を向ける。熱で上気した頬に一筋の毛が流れ落ち、いまにも儚《はかな》く散ってしまうのではないかと思う。

とにもかくにも、最優先はこの子だわ。

光莉は電話をテーブルに置いて、考えた。このままこの子をここに置いておくわけにはいかない。早退して、私の家に連れて帰るのが一番だろうか。いや、さっき家を出るときに恒星の友人が数名たむろしていたのを見た。血気盛んな男子高校生が何人もいる中に病気の子――しかもこんな美少女を連れて帰っていいものか。うーん、恒星に出て行けとメールするしかないか。光莉が思案していると、スタッフルームのドアが鳴った。ドアを開けると、こがね村ビル婦人会のメンバーが数人立っていた。

「みっちゃんにね、みっちゃん宛のプレゼントの回収を頼まれていたので、来ました。ここに溢れているとスタッフの迷惑になるだろうから、婦人会のミーティングルームに一旦置いといてほしいって」

こがね村ビルの三階には住民用の会議室があるのだが、そこは婦人会のミーティングルームとして使われているらしい。光莉は足を踏み入れたことはないが、婦人会の本部といったところなのだろう。

光莉はざっとメンバーの顔を見る。その中に、元看護師の佐久間《さくま》の顔があることに気が付いて、「お願いがあるんです」と頭を下げた。

「店長の妹さんが店長に会いに来てるんですけど、店長と連絡がつかないんです。しかも妹さん、具合が悪くて……」

メンバーの顔つきが、さっと変わった。佐久間が「ちょっと入らせてね」と言い、残りも佐久間に続く。

「まあまあまあ、なんて可愛らしいお嬢さん。みっちゃんにこんな可愛らしい妹さんがいたのねえ。それで、具合が悪いのね？　少し触らせてちょうだいね。具合が悪いのは、いつぐらいから？」

佐久間は樹恵琉の様子をざっと見てから、金沢《かなざわ》というメンバーのひとりに「車出してくれる？　境田《さかいだ》先生の所に連れて行きましょう」と言う。

「多分風邪だと思うけど、インフルエンザの時期でもあるし念のためにね。大塚《おおつか》さんはミーティングルームに行って、この子が帰ったらすぐに寝られるようにソファを整えておいてくれる？　この子なら、あそこのソファで充分横になれるはずだわ。三隅《みすみ》さん、この子をふたりで支えましょう。いくわよ」

「すみません、佐久間さん」

助かります、と光莉が頭を下げると、「大事なみっちゃんの妹でしょう」と佐久間が笑った。

「あたしたちがみっちゃんにどんだけお世話になってると思ってんの。恩返しなんて大《おお》袈裟《げさ》なものじゃないけど、何だってするわ」

佐久間の反対側にいる三隅も、同意するように深く頷く。

「病院が済んだら、氷とか飲み物を買いにここに来るわ。その時この子の状態も報告する。光莉ちゃんはいつも通り、お店をお願いね」

「はい！」

光莉は佐久間たちと一緒に店の外まで出て、金沢の車に樹恵琉を乗せる手伝いをしてから店内に戻った。異様な雰囲気を察したのか、客の数人が心配そうな顔をしている。

「ふたりとも、仕事任せきりでごめん」

光莉がレジカウンターに戻って言うと、ウクレレくんが「それよりあの子大丈夫なんですか」と語気を強めて言う。

「病気なんですか？　美少女には重い病がつきものですし」

「てかあの子、店長とどんな関係なんすか」

真剣そのもののウクレレくんと違い、村岡は態度が些《いささ》か軽い。そんなふたりに、光莉は「店長の妹」と言った。

「具合が悪いのに、無理して会いに来たってところかなあ。佐久間さんはただの風邪だろうって言ってたけど、熱がすごく高そうだから心配だね」

光莉はふう、とため息をついて駐車場に視線を投げた。その次の瞬間、強盗にでも押し入られたかのような悲鳴が店内に響き渡った。

「え、え、ええ？　て、店長、店長の妹さんが、あの美少女……？」

「え、店長に血縁いるの⁉　絶対天涯孤独だと思ってた」

「待って待って、オレちゃんと見てない。見たかった！　見たかった！」

「すみません、店長の妹さんが来てるんですか」

「志波さまに、美少女かつ病気の妹？　やだそんなの滾《たぎ》る！」

店内にいる全員が、光莉のいるレジカウンターに集結した。ぎゃあぎゃあと喚《わめ》くひとたちを前に、光莉は「しまった」と後悔する。不用意に言うんじゃなかった。

「店長はさ、ぼくが家族はいるんですかって訊いたら『ゆっくり知ってくださいね』って囁《ささや》いてくれたんだよ。いまがその時なのかな」

いつからいたのか、最近毎日のように買い物に来てくれる村岡の友人が頬を赤らめて言い、村岡がそれを聞いて「え」とのけぞる。

「な、なにそれ。お前、店長のこと、もしかして好きなの……？」

「短絡的だな。ぼくは店長をそういう下衆《げす》な目で見ているわけではない。彼は尊いんだよ！」

噛《か》み付くように言う友人に村岡が言葉を失っていると、近くにいた女性客が「バカじゃないの」と噴き出す。

「わたしは妹がいることくらい、知ってたわよ。彼は年の離れたお兄さんもいる、三人兄妹なのよ」

「はい、ハズレー！　兄のように育った犬もいるんです。銀って名前で、それはもう深い仲なのよ。わたしは、ちゃーんと聞いたわ」

「おいおい、兄妹の話だけしてどうするんだよ。俺は彼のおばあさんの名前を知ってるぞ。初音《はつね》というんだ。うつくしいよなあ」

「名前なんていまはどうでもいいんだよ！」

　カオスだ、と光莉は思う。みんな、かつての恒星のようだ。まだ小学生だったころの恒星が、カードゲームに夢中になっていたときと同じ顔をしている。おれの持ってるカードがクラスで一番強いんだぜ！

「おいおいおい。志波くんの妹さんが病気だって？　家内に、ここで氷嚢《ひょうのう》と冷凍ペットボトルを買ってミーティングルームに置いといてって言われたよ。大変だなあ」

　そこへ、妻に頼まれて降りてきた大塚多喜二がひょいと現れ、カードを披露しあっていた女性客のひとりが「え、え、え、店長の妹ここに戻って来るのね？」と叫ぶ。手には有名菓子店の紙袋があって、それはきっと志波宛のプレゼントだったのだろう。光莉は背中に冷や汗が流れるのを感じる。大失態だ。今日の店内は志波ファンの率が高いことを、すっかり忘れていた。

「あ、あの大塚さん、その」

余計なことは言わないで。これ以上言わないで。目で伝えようとしたけれど、大塚は気付かない。自分に縋《すが》るようにしてくる女性に少したじろぎつつも、「そうだよ」と答えてしまった。それを聞いた女性はその場でなぜかガッツポーズを決める。それから彼女は光莉に紙袋を差し出し、「これ、妹さんに食べさせてあげて」と猫なで声で言ってきた。

「店長の好きなお店のフルーツタルトなの。妹さんもきっと好きだと思うわ」

「あらあらあらあ？　風邪だっていう子にタルトなんて辛いだけよ。すみません。このゼリー全部買うので、妹さんにぜひ。何ならわたし、お世話を手伝いましょうか？」

いつの間にか、店内のゼリーを全てカゴに入れた他の女性客が現れて言ったかと思えば、タルトの女性が「バカじゃないの」と嚙みつく。

「大して親しくもない女が大事な妹と一緒にいたら、店長がどん引きするだけよ。だいたいコンビニのゼリーで手を打とうなんて、雑じゃない？」

「あら、志波さんはテンダネスのスイーツが大好きだから、むしろ喜んでくれるわよ」

「どうかしらあ？　ひねりのない女だなって思うんじゃない？」

ふたりが言い争っている間にまた新しい客が来て、そして「ええ、店長の妹が」「そりゃあ大変だ」と口々に言う。収拾がつかなくなっていくことに、光莉は眩暈《めまい》を覚えた。

これ、どうしたらいいの……。

＊

帰るタイミングを完全に見失ったウクレレくんに志波とツギに電話を掛ける役目を任せ、騒ぐ客――言い換えれば志波のファンの対応をしているだけで、午前中が終わった。

「死ぬかと思った……」

ようやく落ち着きを取り戻した頃には、光莉はいつも以上の疲労を覚えていた。昨日はまだ覚悟を決めて出勤していたけれど、今日は心の準備が何もできていなかった。村岡も、後から来たパート仲間の木戸も、げっそりとした顔をしている。

「お正月でもこんなに疲れないわよ……」

いつもは完璧《かんぺき》に整った化粧が半分剝《は》がれ落ちた木戸が言い、村岡が黙って頷く。いつもだったら一緒に愚痴《ぐち》るところだろうが、そんな元気はないらしい。いや、友人に「店長の良さが分からないなんてお前の目は節穴か。そんな役立たずの穴、いらないだろ」

と罵《のの》られたのが効いているのかもしれない。

「それにしても、店長の妹ちゃんって子は大丈夫かしらね」

「ああ……さっき大塚さんのご主人が来て、風邪だって言ってたっす。境田医院で点滴を打ってもらって、いまは婦人会のミーティングルームで寝てるとか」

「あ、本当？　よかったねえ」

「婦人会のメンバーが面倒見てるらしいですよ」

子どもや孫の世話をしてきたエキスパートばかりだから、樹恵琉は何の心配もいらないだろう。

「しかし、店長どこに行ってるんだろう」

「たまーに、連絡がつかない時があるよね」

三人で首を傾げていると、子機を持ったウクレレくんが「繋がりましたぁ！」とスタッフルームから飛び出してきた。

「店長はなんでも野郎さんと一緒にいたみたいで、こっちに戻って来てます。妹さんは親御さんに黙ってこっちに出て来ていたそうで、みんなで探していたんですって。光莉さん、ちょっと代わってもらえますか」

電話を渡されて、光莉はスタッフルームに駆け戻る。「もしもし」と言うと、志波の『迷惑かけてごめん』といつもより余裕のない声がした。

『高木くんから聞いたけど、いろいろ大変だったんだって？』

「いまはもう落ち着きました。でも、一体どうなってるんです」

志波の話によると、樹恵琉がいないことに両親が気付いたのが今朝のこと。そしてそこに、志波がツギと共に妹へのクリスマスプレゼントを抱えて帰省したのだという。

『電話が繋がらなかったのは、ぼくの実家って宮崎の山奥で、携帯電話の電波が入らないんだ。で、まさか樹恵琉が門司港に来てるなんて思いもしなかったから、兄ちゃんとこっち方面ばかり探し回ってたんだ。そしたら兄ちゃんが「門司港にいる気がする」って言い出して……』

「なるほど。さすがの勘ですね……」

志波が電話の向こうでため息をつく。ツギが『どうしてわざわざ門司港にまで来ようと思ったんだか』とぼやくのが聞こえた。

『光莉さん。樹恵琉、何か言ってた？』

「いえ、話をしようにも具合が本当に良くなくて。わたし、今日は十五時で上がりなので、看病に向かいますね」

こがね村ビル婦人会の方にだけ任せては申し訳ない。志波は『助かる』と言った。夕方にはそちらに着くと思うので、少しだけお願いします。

それから光莉は時間まで働き、仕事が終わるとミーティングルームに向かった。ウクレレくんは一緒に来たそうだったけれど、『見ず知らずの男がいると怖いでしょうから』と経口補水液やポカリをたくさん買って光莉に渡してきた。なんていい子だろう、と感心していたら『本当に彼女が妹さんかどうか、きちんと確認してくださいね。もし彼女だったらぼく……ショックでもう働けないかもしれません』と真剣な目で言ってきた。惚れたのか、と冗談でも言えない雰囲気で、光莉は黙って頷いた。

「樹恵琉ちゃん、どうですかあ？」

ミーティングルームは、光莉が想像していたよりも広く充実した部屋だった。大きな冷蔵庫のあるＩＨキッチンに、革張りの応接セットが置かれている。ちょっとした会社の社長室かしら、と思うほどの調度だった。

今朝の薔薇は大きな花瓶に活《い》けかえられ、応接テーブルの中央に飾られている。婦人会元会長の能瀬と佐久間がそれを挟むように向い合せに座っており、のんびりとコーヒーを飲んでいた。

「あれ？　樹恵琉ちゃんはどこに？」

姿が見えないので訊くと、能瀬が「隣よ」と言う。隣室は大きなプロジェクタースクリーンのある視聴覚部屋になっているらしい。映画をゆったり眺められるように大きなソファが置かれており、樹恵琉はそこで眠っていると能瀬は言った。

「加湿器とファンヒーターで室温調整もばっちりだから、安心して」

「何から何まで、すみません」

頭を下げながら、光莉はしかしすごいなと感心する。ふたりが当たり前に座っているソファの真横には、等身大と思われる笑顔の志波のパネルがいくつも飾られているのだ。これはもしかしなくとも、特注品……？

光莉は、生身の人間の熱烈なファンになったことはない。常に二次元が対象で、若いころは部屋中にイラストを飾ったものだ。母には『あんたの部屋に入ると常に誰かに見られているようで気持ち悪い』と言われ、『こんなに素敵なのに何で分かんないかなあ』と不満に思ったものだ。

お母さんごめん、いまやっとその気持ちが理解できた気がする。

ファンではない対象の目がそこここに溢れていると、どうも居心地が悪い。それがたとえ興味があるひとだとしても、イケメンだとしても、肌が軽く粟立《あわだ》ってしまう。

「光莉ちゃんお疲れさま。そこに座りなさいな」

能瀬が立ち上がり、光莉に手際よくコーヒーを淹《い》れてくれる。佐久間にはソファを勧められ、光莉が言われるままに座るとクッキーやチョコレートが供された。

「ねえねえ佐久間さん。冷蔵庫に入ってるケーキ、光莉ちゃんに出してあげて」

「はいはい。あ、光莉ちゃん、お腹空《す》いてる？　ババロアなんかも冷えてるわよ」

「えっと、大丈夫です……」

能瀬や佐久間はもちろん、この空間に馴染《なじ》んでいる。志波の写真があるのが当たり前な雰囲気だ。光莉は改めて、ファンクラブの愛の深さを感じた。

「あ、そうだ。みなさんのお蔭《かげ》ですごく助かりました。さっき店長と連絡がついて、いまこっちに向かっているそうです。店長が、このお礼は必ず、と言ってました」

妹にクリスマスプレゼントを届けに実家に帰り、行き違いになったことを話すと能瀬と佐久間は満足そうに頷いた。

「妹思いよねえ。さすが、わたしたちのみっちゃんだわ」

「わたしはきっとそういうことだろうとは思ってたけどね」

それから光莉は、ふたりの話に付き合うことになった。主に、志波がこのビルに住んでいるのではないかと周辺をうろつく者がいるという愚痴——みっちゃんの私生活は婦人会が絶対に守ってみせるわ。でもね、どうしても彼の魅力に当てられたひとが現れるのよ。みっちゃんの人徳だとは思うけど、困るのよねえ——をひとしきり聞かされたのだ。

ふたりは光莉に一通り話し終えると気持ちが落ち着いたらしい。「帰って夕飯の支度をしないと」、「主人の透析が終わる頃だから、迎えに行かないと」とそれぞれ帰って行った。

「はあ、相変わらずすごいわ……」

光莉の母と年が変わらないはずだが、こがね村ビルの婦人方は全員パワフルだ。志波がいるお蔭で毎日に張りがでるからよ、とみんな口を揃えて言うから、いっそ志波健康法とか始めると人気が出るかもしれない、と思う。志波と一緒にお茶を飲んで過ごすだけで若返るという画期的な健康法。いいな、これ本気でやりたいな。

光莉がくだらないことを考えながらコーヒーカップやお皿を洗っていると微かに音がして、隣室のドアが開いた。樹恵琉がそっと顔を覗かせる。

「あら、起きた？　具合はどう？」

「あ……だいぶ、いいです」

「熱が高かったんだから、まだ寝てなさいよ。何か飲む？　ゼリーやアイスもあるよ」

「え、っと。ポカリがあれば、いただけますか」

「はいよ。持って行くから、寝てて」

ウクレレくんのくれたポカリを持って隣室に入ると、高そうなソファとテーブルが置かれていた。部屋の隅や天井には有名メーカーのスピーカーが設置され、こんなところでのんびり映画を観《み》られたらさぞかしリラックスできるだろうなあと思う。しかし壁にはやはり様々な志波パネルや写真が飾られていていて、なかなか映画に集中出来なそうだと光莉は苦笑した。

「すごいねえ、この部屋」

アイボリーの大きなソファに寝た樹恵琉に言うと、こくんと頷いて部屋を見回す。

「なんか、すごいですよね。さっきの方たち、ミツのファンクラブだって自己紹介されたんですけど」

「そうそう、ファンクラブなの。圧倒されちゃうよね」

さぞかし驚くだろうと思ったのに、樹恵琉は「みんな、考えることって同じなんですね」とさらりと言った。

「高校の時もあったんですけど、いまもあるんだって思いました」

光莉の喉奥《のど》から「ふへ」と声が漏れた。

「高校のは、すごく決まりの厳しいクラブだったらしいです。たとえばミツ宛の手紙は月にひとり二通まで。そして絶対会員ナンバーを書かないといけない、とか。未だに番号入りの年賀状が何枚か届くんですよね」

くすりと樹恵琉が笑い、光莉は愕然《がくぜん》とする。ファンクラブのある高校生……。あの色気は十代からなのか。見てみたかった。

「……あ、そうそう。とりあえずこれをゆっくり飲んで」

ソファにちんまりと収まっている樹恵琉にペットボトルを手渡す。白雪姫か眠り姫かという可憐《かれん》さだ。細い喉をあらわにしてペットボトルを傾けているさまもうつくしい。兄にあったというのなら、彼女にもファンクラブがあってもおかしくなさそうだと光莉は思う。

「あ、そう言えば、御両親にもお兄ちゃんたちにも黙ってここに来たんだって？」

思い出して訊くと、樹恵琉の動きが止まった。

「店長もツギくんも、あなた宛てのクリスマスプレゼントを持って実家に帰ってたんだって。もしちゃんと話していたら、こんなすれ違いにはならなくて済んだのに」

ペットボトルから口を離した樹恵琉が「え」と声を上げる。

「そうなんですか……。そうか、帰って来てくれてたんだ」

「どうして黙って出てきたの？　宮崎からここまで来るのも、大変だったでしょう」

「友達が、博多でコンサートがあるから親に車で送ってもらうって言ってたんです。それで途中まで乗せてもらいました」

「ふうん。じゃあ、どうして黙って来たの？　あ、怒ってるつもりはないのよ？　わたしもね、同じ年頃の子どもがいるから、気になるの。高校二年生なんだけどね」

笑顔を作って言うと、樹恵琉は「ひとつ下だ」と呟いた。それから少しだけ考えるようにして、「あの。子どもさん、進路って決まってますか？」と訊いてきた。

「え、恒星？　ぜーんぜん」

出がけに、友達とゲームに夢中になっていた息子を思い出して光莉はくすりと笑ったのだったが、樹恵琉の顔に真剣な色を見て付け足した。

「うちの子はまだ自分のやりたいことが分かってないと思うよ」

「分かってない、ですか。でも、いずれちゃんと考えないといけないですよね。例えば、一年後のいまくらいには」

「まあねえ。でも、いついつまでに、なんて期限は決められないなあと私は思うの。だって、大学に行ったら見つかるかもしれないし、社会人になって気付くかもしれない。私はね、自分がやりたいことをやれてる！　って実感したのはここ数年のことなのよ。自分がそんな風なのに、子どもにだけ早く決めろって言えないのよねえ」

光莉は笑って、訝《いぶか》しそうに見てくる樹恵琉に言う。

「もちろん、やりたいことを探すって漠然と生きていられちゃ困るんだけどね。夢はさておき、一人前の人間として自立できるようになってもらわなくちゃいけない。でも私はあの子がいつか、やりたいことをちゃんと見つけられるって信じてる、かな」

ペットボトルを両手で握った樹恵琉が俯《うつむ》く。そして、「お母さんたちと同じこと言う」と小さく呟いた。

「両親も、そう言うんです。でも、あたし全然分かんない。兄たちはみんな、やりたいことを見つけて家を出て行ったんです。でもあたしは無理で、このまま両親と一緒に薪《まき》を割って生きていくのかもしれないって、不安で……」

若いときって、そういう漠然とした不安を抱えるよね。分かるよ。樹恵琉の言葉に親身になって耳を傾けていた光莉だったが、最後の言葉に耳を疑った。いま、薪を割ってって言った？

「山の生活が嫌いなわけじゃないんです。両親も大好きだし。でもやっぱり電気のある都会の生活にも憧《あこが》れるし、どうしたらいいのか」

え、え、え、どうなってんの。実家が宮崎の山奥だというのはさっき聞いたけど、文明がないの？　しかしいまは、樹恵琉に確認するタイミングではない気がする。

「だから、兄たちに相談しようと思ったんです。一番上と一番下の兄は海外にいるので、門司港にいるふたりにと思って」

「は、ははあ」

ライフワークにするつもりの志波兄弟のデータが溢れ、渋滞している。どうしよう。いやここは大人として樹恵琉の相談に乗らねばならないのだが、それにしたって多すぎる。もっと小出しにしてくれない？　と言いそうになってしまうのを、光莉はぐっと堪えた。

「ええと、なんとなく事情は分かった。もう少しで、お兄ちゃんたちはこっちに戻ってくるからゆっくり相談するといいよ。もちろん、わたしも訊くよ」

樹恵琉がほっとしたように笑ったので、光莉も笑った。

そして日が暮れた頃、志波とツギが戻って来た。

「ごめん！　ありがとう光莉さん」

普段見ることのない兄の顔をしたふたりは、ソファで横になっている樹恵琉に「こら」と厳しい顔を向けた。

「みんな、必死にお前を探してたんだぞ」

「ごめんなさい……」

項垂《うなだ》れる樹恵琉に、ふたりはため息を吐く。ツギが、「もう二度と連絡なしでこっちに来たらダメだぞ」と言う。

「もうしない。みんなに迷惑かけた、ってちゃんとわかってる」

きっぱりと言う樹恵琉に、志波が表情をやわらかくした。

「まあ、樹恵琉にも事情があったんだよね。それはこれから聞くとして、えっと、どうしてここに桐山さんがいるんだろう？」

ミーティングルームには、光莉と樹恵琉の他にも桐山がいた。桐山は申し訳なさそうに「こんな時にすみません」と頭を下げる。

「知り合いから美味《おい》しい鴨《かも》肉をたくさんいただいたので、皆さんにいつものお礼にと思って持って来たんです」

桐山は大分から電車を乗り継いで、大きな保冷バッグを抱えてやって来たのだった。

桐山は何度も志波の部屋に泊っている仲であるし、問題ないだろうと光莉が招き入れた。

「え、なんだ良郎。俺が、鴨が大好物だって前に言ったのを覚えててくれたのかよ」

ツギが嬉しそうに言い、桐山が「葱《ねぎ》も焼き豆腐もたくさん持って来た。鴨鍋《なべ》ができるよ」と人の良さそうな顔で笑う。

「聞いたら、妹さんも鴨が好きだって言うからよかったよ。葱を食べれば、風邪もよくなるんじゃないかな」

「ああそうだ。樹恵琉、具合はどうなんだ……って、顔色はよさそうだな」

早めの点滴と薬が効いたのか、樹恵琉の熱はすっかり引いていた。少しだけ咳《せき》が残っているけれど、佐久間曰《いわ》く室内の湿度をあげてゆっくり休めば問題ないとのことだった。

「よかったよかった。でも、みんなにお世話になっちゃったなあ」

「店長、冷蔵庫の中がパンパンですよ。志波店長の妹が寝込んでるって情報がこの辺りを駆け巡ったみたいで、お見舞いが山ほど。クリスマスプレゼントと重なって大変なことになってます」

こがね村ビルの婦人方のみならず、男性陣、周辺の住民までもがこぞって差し入れを持ってやって来た。フルーツにゼリー、プリンにアイス。ミーティングルームの冷蔵庫に入りきらずに、こがね村ビル婦人会の各家庭に一旦《いったん》振り分けたものもあるほどだ。

「ええ、そうか。それは迷惑かけちゃったなあ。ん、こっちは何？」

志波が、ソファのサイドテーブルに置かれた皿に気付く。

皿の上にあったのは、サンタクロースの帽子を被《かぶ》ったクマのクッキーだ。アイシングで綺麗に色づけされたクマはおどけた表情を浮かべていて可愛らしい。志波が「どこのお店のクッキーだろう、可愛いね」と言うので、光莉は「手作りですよ」と返す。

「ほら、火曜日の夕方になるとスイーツを買いに来る女の子いるじゃないですか」

「ああ、梓か」

答えたのはツギだった。

「長崎に引っ越したお友達が、こっちに泊りに来てるんですって。それで、ふたりでクッキーを作ったらしくて」

店長とツギさんに、と店に持って来たのだが、梓たちは樹恵琉がいると知るとぜひ食べて欲しいと言ったのだった。わたしたちと年の近い妹さんがいたなんて知らなかった！　ふたりの分はまた今度持って来るから妹さんにあげてください、と嬉《うれ》しそうにしていた。

「あんまりにも可愛いからもったいなくて食べられなくて。だから眺めてたの」

「へえ、テンダネスのパティシエになりたいって言うだけあって、うまいもんだ」

兄ふたりが、皿を覗きこんでやさしく笑う。その笑顔に、樹恵琉は「ツギもミツも、すごいのね」としみじみした口ぶりで言った。

「みんな、あたしが妹だって知るとすごく優しくしてくれた。お兄ちゃんにはたくさんお世話になってるんだから、これくらいさせてほしいって言うの。あたし本当に嬉しかった。ふたりとも、みんなに好かれてるのね」

はあ、と樹恵琉はため息を吐く。

「好きなことを見つけて家を出て、こうしてみんなに大事にされてるんだもの。やっぱりお兄ちゃんたちはすごいよ。あたしにはきっとできない。何にもできないもん」

寂しそうな声に、兄たちは顔を見合わせた。それからふたりは妹のベッドの脇《わき》に座り、そっと頭を撫《な》でた。

「母さんたちが、進路に悩んでたって言ってた。ごめんな、俺たちが行くのが遅かったな」

「悩むことは大事だけど、がっかりすることはないんだよ。ぼくたちだってたくさん迷って、いまがあるんだ」

「本当？　でも、結局こうしていまがあるわけでしょ。あたしはこれからどうしたいのか、見当もつかないの。どうしよう」

大学に進んでもっと勉強したいものもないし、こういう仕事に就きたいというものもない。ひとより優れたものもない、平凡すぎる自分はどうしたらいいんだろう。樹恵琉は光莉と桐山にも同じようなことを言い、ふたりはそれぞれ焦らなくていいと言ったけれど、樹恵琉の顔が晴れることはなかった。しかし、兄ふたりならばきっと、晴らしてあげることができるだろう。

光莉は桐山と顔で合図をして、そっと視聴覚部屋を出た。ここは、兄妹の時間を邪魔するまい。

「……しかし、あんなに可愛い妹さんがいるなんて驚きですよ」

あの可愛さだけで非凡だと思いますけどねえ、とソファに腰かけた桐山がため息交じりに言い、向かい側に座った光莉が頷《うなず》く。あの美貌は、それだけで財産だ。

「私はいま、プロットを作りたい欲が爆発しそうなんですよね。今日だけでどれだけの情報が入ったと思います？　フェロ店長も毛玉兄貴も、ガンガン更新しなくちゃ」

「はは、これは今後が楽しみだなあ」

「あ、そうだ。コーヒーでも淹れましょうか。三人の話、長くなるだろうし」

能瀬からこの部屋のものは好きに使っていいと言われていたので、光莉はコーヒーを淹れ、桐山とふたりでのんびりと飲んだ。なんとなしに視線を流すと、パネルの志波と目が合って、光莉は苦笑する。

「ストーカーでもここまでやるかなって思うくらい、愛の深い部屋ですよね。隣の視聴覚室で、店長のイメージビデオとか観るのかなとか思っちゃう」

「あるかもしれませんねえ。志波さんはノリノリで撮影していそうだ」

「いっそ、うちの店でグッズ展開しようかな。アクリルキーホルダーとかいいかも」

「あ、売れそうですねえ。ツギさんのも作るといいですよ。彼の人気も、なかなかです」

思い出したように桐山が笑い、光莉が首を傾げると「ぼく、ツギさんの部屋にも泊らせてもらうことがあるんですけど」と言う。

「男の秘密基地みたいな雰囲気で、いろんな人が出入りしているんです。この間は、夜中にプロのシェフってひとがワインと大きな熟成肉を持ってやって来たんですよ。ツギさんはぐうぐう寝ているのに、勝手にキッチンで調理しはじめてね。まるで自分の家のキッチンみたいな態度でした。そして寝ているツギさんを叩き起こして『旨いうちに食え』って。ぼくもご相伴に与《あずか》りましたけど、めちゃくちゃ美味しかったです。でも、結局誰だったのかは分からずじまいで……」

「待って、桐山さん。その情報は、いまは出さないで。整理しきれなくて取りこぼす自信がある」

樹恵琉の登場だけでもなかなかの出来事なのに、ここで余計な情報を足さないで欲しい。そんな光莉に桐山は「不思議なひとたちですよねえ」と言って室内を見回した。部屋のそこかしこにプレゼントが置かれており、目の前の薔薇《ばら》はほんのりと香りを漂わせている。桐山は金の文字を眺めながら続ける。

「こんなにもひとに愛されて、必要とされてる。言葉で上手く説明出来ない、変な魅力があるんですよね」

ぼくは彼らに出会えてよかったなあと思いますよ。しみじみと桐山が言う。そのやさしい顔を、光莉は微笑ましい思いで眺めた。そしてふと気付く。

桐山をはじめ、彼らを取り巻くひとたちのほとんどはコンビニで出会っている。常連であったり、通りすがりだったり。そこには志波の言う『悲喜こもごも』があって、それが彼らとの縁になったのかもしれない。かくいう自分も彼らとコンビニで出会ったわけだし、そう思うと感慨深いような気がする。

「お。これはふたりから樹恵琉さんへのプレゼントかな？」

桐山がソファの横に転がされたふたつの包みに気付いて、ひとつを拾い上げた。

「え？　ああ、さっきまでなかったし、そうじゃないかな」

「ああ、こっちは店長からだ。ほら、見てください」

大きなリボンにメッセージカードが差し込まれており、志波の流れるような美しい字で「FROM　ミツヒコ」と書かれているのが見えた。志波は妹にどんなプレゼントを贈るのだろう。あとでちょっと見せて欲しい……と光莉の邪《よこしま》な感情がむくりと膨れる。

「あ！　ということはこっちはツギくんのね。あのひとも、あの年頃の女の子にどんなプレゼントを贈るんだろう、あ……」

もうひとつを拾い上げた光莉は、言葉を失った。

メッセージカードに乱暴に書かれていたのは、『ニヒコより』。

「ね、え。桐山さん。これ、何て読めます？」

「え、何がですか？　あ、え……ニセ、コ……？　ニセコ？」

書き殴っているせいなのか、カタカナの「ヒ」が「セ」にしか読めない。光莉と桐山は顔を見合わせた。この名前、知ってるんだけど。

「まさか、ニセコって……」

「ごめんごめん、ふたりとも！　鴨鍋食おうぜ！」

視聴覚部屋のドアが乱暴に開いた。出てきたのはツギで、「腹減ってんだよ俺」と情けない声で言った。

「樹恵琉がいなくなった騒ぎのせいで、朝から飯食ってなくてさ。鴨鍋しよう、鴨鍋。光莉さん、食っていける？」

「え、え？　だって樹恵琉ちゃんの具合……」

「葱食ったら治るって。あとあいつ、すぐ風邪ひくんだ。寒がりだから腹巻が手放せないくせに、外に出るとかっこつけて外すの。今回も腹巻外してた……いてえ！」

樹恵琉が投げたのか、クッションがぼこんとツギの頭にヒットする。次いで「言うなバカツギ！」と大きな声がした。

「な？　元気だろ。他のみんなにはおいおいお礼をするとして、とりあえずこのメンバーで鴨鍋食おうぜ。この部屋借りていいのかなあ？　あ、光莉さんは恒星呼ぶ？」

「あ、えと。あの、ツギくん」

光莉がメッセージカードと桐山を交互に見ると、桐山が首を横に振る。口が、「また、今度」と動いたので光莉は頷いた。そうだ、今日は情報過多で、だから訊《き》かないでおこう。だって、彼らとの時間はこれからも続くのだ。

「ええと、そうだ、私も一緒に食べていいの？」

光莉が訊くと、ツギの後ろから志波が顔を覗かせて「もちろん」と言う。

「みんなで食べましょう。あ、デザートもね。冷蔵庫がパンパンなんでしょ？　だったらはやいとこ食べないと」

光莉は少しだけ目を瞬《まばた》かせて、それから「じゃあお言葉に甘えて！」と笑った。

新しい物語を手にしたときのように、胸が高鳴っている。謎の多い兄弟に妹が加わり、謎はますます増えた。私はこれからもこの素敵で面白い兄弟……兄妹？　とにかくこの家族を見守っていこう。少しだけ邪な目線も混じっているけれど、ライフワークだし、何なら愛も混じってる。

「あ、いいこと思いついた！　あたし高校卒業したらここに引っ越して来ようっと。ミツ、一緒に働いていい？」

無邪気な声がして、ツギと志波が同時に顔を引きつらせる。

「待ちなさい、樹恵琉。もう少し真面目に考えなさい」

「俺やだよ。お前の面倒みるのは月イチくらいじゃないと無理！」

慌てる兄ふたりに、「決めたもーん」とあっけらかんとした樹恵琉の声。光莉は桐山と顔を見合わせて、それから笑った。

これからも、楽しいことになりそうだ。

エピローグ

夜勤が終わるまであと少し、という時間が好きだ。建物の隙間《すきま》からやさしくも力強い朝日が姿を見せ、空が赤紫色に染まる。店内からその景色を眺めていると、一日の終わりと新しい一日の狭間《はざま》にいるのだなあと思う。

一日の狭間にいるお客さまの顔つきを見るのも好きだ。夜から抜け出てきた顔は、これから眠りにつくひとも、動き始めるひとも、どこか表情がやわらかくて頼りない。身を守る殻の奥の、ふわふわした大切な部分が見え隠れしているような気がする。

「おつかれさまでした。おやすみなさい」

「おはようございます、いってらっしゃいませ」

缶ビールやつまみを買う若い男性は、自分と同じ夜勤の仕事なのか少し疲れた顔をしていた。眠りにつく前の気持ちを波立たせないように努めて穏やかに言う。

夕方までキープするためだろう、少しきつめに髪をカールさせた女性には、働く背中を押すつもりで声を少しだけ張り、テキパキとした仕草で応対する。

「どうぞ、お気をつけて」

レジ袋に商品を入れ、会計をして手渡す。そして、気持ちを込めて最後に一言声をかける。料理の仕上げは愛情だというけれど、接客の仕上げも愛情だと思う。ぼくはいつだって、いま目の前にいるひとへ愛を込めて微笑《ほほえ》むことを意識している。

「朝から余計なモン振りまかんで下さい、店長」

数人の接客を終えて見送っていると、背中で不機嫌そうな声がした。振り返るとバイトの廣瀬くんが顔を顰《しか》めていた。

「え、なになに？　余計なモンって？」

「毎回言ってるでしょう。朝からそんなもん出してたら、警察に捕まりますよ」

大学三年生の廣瀬くんは、シフトのわがままを聞いてくれるしバリバリ仕事の出来るいい子だけれど、いつもぼくにとても冷たい。ぼくがお客さまに対して余計なモン――色気を出しすぎていると言うのだ。

「そんなの、出してるつもりはないけどなあ」

「さっきの自分の一連の行動を思い出してみましょうね。両手でお釣りを渡してお客の手をきゅっと握り、『おやすみなさい。よい夢を』って囁《ささや》いて笑う。ほら、みました？　いらん行動、ありますよね？」

やけにクネクネと体をくねらせて、最後に舌なめずりをした廣瀬くんがぼくを窺《うかが》うように訊《き》いてくる。

「……ひどい」

「そうでしょ、ひどいでしょ」

「ぼく、そんなシリアルキラーみたいな笑顔じゃないよ」

何て酷《ひど》い物まね。胸に小さな針が刺さったような気がして、そっと胸に手を当てる。

「シリアルキラーじゃなくて、ハートキラーなんすよ、店長は！　さっきのあの兄さん、顔を真っ赤にして帰って行ったでしょ。あんな状態でゆっくり眠れると思います？　それに、その次のOLっぽいお姉さんだって、店長がシフトに入ってる日だけメイクがめちゃくちゃキマッてるって知ってます？　店長が休みの日は、ノーメイクにひとつ結びですよ。買うモンもグリーンスムージーじゃなくて赤マムシドリンクっすよ」

廣瀬くんは普段は無口なのに、ぼくに文句を言うときはとても饒舌《じょうぜつ》だ。そんな風に責められたって、ぼくはぼくの接客が間違っていないと思っているので、どうしようもないのだけれど。だって彼らは数多《あまた》あるコンビニの中からこの店——テンダネス門司港こがね村店を選んで来てくれている。一日の始まりや終わりの準備を、この店で整えてくれている。それがどれだけ嬉《うれ》しくて有難いことか。ぼくはその感謝を精一杯の愛情に代えて、彼らに伝えているだけなのだ。

「赤マムシはさておき、夜勤明けに眠れなくなるかもしれないというのは、よくないね。

もう少し、労《いた》わりの気持ちを込めて言うようにしてみるよ」

頷《うなず》きながら言うと、「分かってねええええ」と廣瀬くんが肩を落として言う。

「あのねえ、もっと無個性な接客でいいと思うんすよ。コンビニ店員に個性は必要ないんすよ。みんな、ふらっと立ち寄るだけの場所なんですから」

廣瀬くんは、高校時代は野球部だと聞いた。いまは野球をやっていないのに五分刈り頭で、それがとてもやんちゃなイメージで可愛《かわい》い。可愛いなんて言うと怒るので言わないけど。その廣瀬くんが子どものように頬《ほお》を膨らませたので、ぼくはつい笑ってしまった。

「コンビニ店員だって個性があっていいんだよ。そしてぼくはね、ふらっと立ち寄るだけの場所だからこそ、最高に居心地のいい空間にしたいんだ」

廣瀬くんってば可愛いなあ。最後、心の中だけにしておこうと思った呟《つぶや》きが声に出てしまい、廣瀬くんの顔がふわっと赤くなる。怒った証拠だ。

「店長、分かってねえでしょ。あのねえ、店長がそうやって無駄に色気とか愛想を振りまくから、うちの店にはストーカーめいた客が溢《あふ》れてるんですよ。知ってます？　うちの店、大学の友達にコンビニホストって呼ばれてんすよ。お手軽にホスト体験できるコンビニだって！」

「ええー、その名前は初耳。まあでもこの店は廣瀬くんみたいにかわい……かっこいいスタッフも多いから、さもありなんかもねえ」

「オレらのことじゃなくて、店長ひとりのことだっつーの。分かれよ」

あーもう、と廣瀬くんが頭をガシガシと掻《か》いたところで、来客を告げるメロディが鳴った。自動ドアの方を見れば、ライトグリーンのツナギを着た髭《ひげ》もじゃの男がひょこひょこと入ってくるところだった。いらっしゃいませ、と声をあげたぼくと目が合うと、男は髭で半分覆《おお》われた顔でにんまり笑いかけてくる。しかも本人はこっそりやっているつもりだろうが、手なんぞ振ってくる。

「あのひとも絶対、店長のストーカーっすよ。しょっちゅう来てるし」

廣瀬くんが接客用スマイルを張り付けたまま小さな声で言い、ぼくはただ笑う。ストーカーなんて可愛い存在じゃ、ないんだけどな。

それから男が引き連れてきたように、次々とお客さまがやって来た。夜勤がおわるまでもう少し。ぼくはお客さまに精いっぱいの愛情を込めて言う。

「いってらっしゃいませ」

この店を選んできてくれたあなたに、最大の愛を。

本書は新潮文庫のために書き下ろされた。